KB010761

서문문고
034

토마스 만 단편집

토마스 만 지음
박 찬 기 옮김

차 례

해 설

박 찬 기

토마스 만의 초기 단편을 중심으로

현대 독일 문단의 제일인자로 일컬어졌던 토마스 만(Thomas Mann, 1875~1955)은 일찍이 노벨 문학상을 획득한 재주 있는 작가로서보다, 또는 제1차와 제2차의 세계대전을 겪으면서 갖은 박해를 무릅쓰고 끝내 자신의 지조를 꺾지 않았던 양심적인 모랄리스트로서보다 모든 현대인이 지닌 고뇌와 불안을 한 몸에 걸머지고 현실의 비참과 폭력을 도피함이 없이, 그것을 자신의 문화적 사명으로 알고 전인류의 전도에 횃불을 밝히는 꾸준한 노력을 80평생 계속한 눈물겨운 휴머니스트로서 전세계의 경의와 흠모를 받았다.

그의 본령은 일찍이 장편소설에서 발휘되었다. 그의 냉정하고 객관적인 표현 태도가 어디까지나 현실을 파고드는 이지와 그 속에서 아름다움을 끄집어 내는 예술과 잘 조화되어, 그의 고상한 아이러니와 더불어 무한한 바다의 물결 소리와도 같이—특히 장편에서—담담히 계속되는 사건은 또 새로운 사건의 꼬리를 물고, 독자를 세계 속에 삼켜 버리고 마는 것이다. 그러나 그는 또한 단편소설에 있어서도 자기의 독특한 특징을 보여주었다. 적확(的確)하고 미묘한 묘사, 잔인할 정도로 정관적이며 심미적인 태도, 날카롭게 드러나는 주제의 대조 등, 독자로 하여금 한층 더 단적으로 그의 문학 세계로 접근하게 하는 것이다.

토마스 만은 그 밖에도 수많은 논문·강연과 대담·강의·방송 등 실로 그 활동이 놀라웠으며, 능히 20세기 지성의 대표자라고 할 수 있을 것이다. 그가 별세한 지 이미 수십 년이 지난 오늘날까지 그에 대한 연구 서적이 속속 간행되고 있고, 그의 문학 및 정신 일반에 대한 평가가 아직도 미지수로 남은 채 미국을 비롯한 각국에서 그의 전집이 거의 번역 출간되고 있는 형편에 있다. 우리나라에서도 토마스 만의 이름이 널리 알려져 있기는 하지만, 아직 그의 대표적인 작품들이 번역되어 있지 않는 이때에, 여기 조그마하나마 그의 특색 있는 단편을 몇 편 번역하여 내어놓는 것도 의의 있는 일이라고 할 수 있을 것이다.

토마스 만은 1875년 6월 6일 독일의 북쪽에 있는 항구 도시 뤼벡(Lubeck)에서 전통 있는 가정의 차남으로 탄생하였다.(그의 형 하인리히(Heinrich Mann)도 독일 문단에서 이름 있는 작가였다) 만 자신이 자서전에서 밝힌 바와 같이, 그는 '인생의 진지한 영위', 즉 모랄리스트로서의 기질을 부친으로부터 이어받았고, '낙천적인 성격', 즉 예술가로서의 성질을 모친으로부터 물려받았다. 그의 조부는 네덜란드의 명예 영사였으며 부친 또한 시(市)의 참의원으로, 또는 부시장으로 무엇보다 명예를 중시하고, 신경질적이며 깊이 사색하고, 내성적이면서도 단정한 성격을 가진 사람이었다. 그 반면 그의 모친은 남미에서 농장 경영을 하던 독일 남자와 포르투갈계(系)의 브라질 여자와의 사이에서 태어나, 어렸을 때 독일 뤼백으로 이사해 온 여성이었다.(본 역서 중, ≪행복으로의 의지≫에 그와 같은 장면이 나온다) 그리하여 그 여자는 항상 남쪽 나라의 아름다운 하늘을 바라보며 동경(憧憬)에 잠기는 로맨틱한 성향을 내보였고, 동시에 정열적이며 쾌활하기도 한 미인이었다고 한다.

연약하고 민감한 성격의 만은 어려서부터 시대적인 영향으로 세기말적·염세적 경향을 띠게 되었다. 특히 쇼펜하워의 철학과 바그너의 음악은 그에게 결정적인 영향을 미쳤다. 그러나 그후 그가 그와 같은 염세관을 극복하고 '죽음'을 '삶'으로 이끌고, 피땀나는 자기 발전을 경유하여 새로운 시대의 휴머니스트를 지향시킬 수 있었던 바탕은, 실로 그의 '니체' 체험 때문이었다.

그가 23세의 약관으로 발표한 출세작, 〈작은 신사 프리데만 씨〉는 그 자신의 '삶'과 '죽음'의 문제, 예술가의 정신과 생활의 문제 등을 내포하고 있다. 어릴 때 불의의 사고로 꼽추가 된 주인공 프리데만 씨는 깊이 사색하는 내면적인 성격으로서, 고뇌와 비애 속에서도 현실세계에 대한 체념적인 자기 만족을 발견한다. 그러나 독서와 자연을 즐기며 조용히 규율 있게 살아나가는 그에게 갑자기 나타난 미인, 린링겐 중령 부인은 그의 생활을 여지없이 흔들어 놓는다. 냉정하고자 하는 이성(理性)과 걷잡을 수 없는 육체적인 충동과의 사이에 분열을 일으킨 그는, 마침내 참혹한 죽음을 당할 수밖에 없었다. 문장의 유려함은 물론, 하나하나의 묘사가 적확하고 미묘하여서, 이 작품은 그의 문단에서의 직위를 확립하고 남음이 있었다.

〈행복으로의 의지(Der Wille zum Glück)〉(1896)—이것은 전기(前記) 작품과 함께 단편집에 수록되어 발간된 것이지만, 그보다 1년 앞서, 만이 잡지 〈짐플리시시므스〉의 편집을 맡아 보았을 때, 이미 동 지상에 발표되었던 작품이다. 이 작품의 무대가, 북독일로부터 뮌헨으로 이사를 하는 것이나, 주인공의 외가가 남미의 농장 경영주인 것이나 모두 저자 자신의 경우와 비슷할 뿐 아니라, 주인공 파울로의 성격이 내면적이고 예술적 기질로 감각이 예민한 선병질(腺病質)인 점까지 그대로 저자의 모델이 되어 있다. 그러나 〈프리데만 씨〉의 경우와는 반대로 그의 정신(의지)이 끝끝내 그의 육체를 지탱하여, 애인과 숙원의 결혼을 성취한다. 목적을 달성한 정신과 육체가 그날로 파멸되어서 일종의 그로테스크한 신비성까지 엿보이기도 하지만, 역시 저자의 정관점(靜觀點)이며 냉담한 아이러니가 작품에 침착과 품위를 부여하고 있다.

〈루이스헨(Luischen)〉(1897)은 한 쌍의 기묘한 부부 관계를 그리면서, 아이러니가 지나쳐서 사티레(Satire)의 지경에까지 이르고 있다. 뚱뚱보 변호사 야코비는 자기의 아름다운 부인에 대하여 개(犬)와 같은, 노예와 같은 복종과 존경에 가득한 애정을 바치지만, 부인은 그 반대로 자기의 남편을 농락하고 배반하고, 마침내는 백여 명의 환시(環視) 속에서 강제로 치욕의 춤을 추게 하고, 자기는 다른 애인과 같이 남편이 춤추다가 죽는 것을 바라본다. 주제는 〈작은 신사 프리데만 씨〉와 흡사한 점이 있으나, 여기에는 새디스틱한 요소와 음악의 효과가 가미되어 독특한 분위기가 풍기고 있다. 그의 세밀한 필치가 미세한 부분에까지 이르며, 격함이 없는 초기의 작품 태도와 수법이 잘 나타나 있는 단편이라고 하겠다.

그의 최초의 장편 〈부덴브로크스 가(家)〉는 전기 단편들과 거의 시기를 같이하여 기고되었으며, 약 3년 후인 1900년에 출간되었다. 〈어느 가족의 몰락〉이라고 부제목을 붙인 이 소설은 그대로 만 가(家) 자체의 역사이기도 하다. 상인으로서 건실하게 성가(成家)하여 부와 명예를 획득한 부덴브로크스 일족이 자자손손으로 내려오면서 차츰 옛날의 기개가 사라지고 의지와 실행력을 잃어서, 현실 사회의 거센 바람 속에 무위무능, 멀리 바라보고 깊이 꿈꾸는 퇴폐적·신경질적 예술가 기질의 자손이 출생하여 가운이 점차 기울어져 가는 것이다. 1세기에 달하는 오랜 세월, 그 가족의 4대에 걸친 멸망의 역사는, 그대로 작자 만의 조상의 역사를 전하여 준다. 역사뿐만 아니라 여기서는 작자 자신도 그 구가의 말기에 나타난 하나의 퇴영적·퇴폐적 현상으로 본다. 인생을 힘차게 살아나갈 것을 단념하고 죽음을 동경하는 경향, 음악 속에 파묻혀 고통에 몸을 맡기는 군상들,

거기에는 바그너의 염세관이 작용하고 있다. 그러나 주인공 토마스(동시에 작가 토마스 만)는 생에 대하여 회의적이며 염세적이기는 하지만 삶을 전적으로 부정하는 태도를 취하지는 않는다. 오히려 '삶'에 대하여 동경과 애착을 표시하고 있다. 그는 '삶'을 미워하지 않는다. 그러나 미워하지 않을 뿐이지, '죽음'에 대한 '삶'으로서 그것을 존경하고 사랑하기까지에는 이르지 못하고 있다. 그의 그후의 작품에서도 여전히 미해결인 '삶'과 '죽음'의 문제, 생활과 정신, 시민의 기질과 예술가 기질의 대립이 조화를 이루게 되는 것은 그후에도 20여 년이 지나서 완성된 〈마(魔)의 산〉에 이르러서였다.

〈트리스탄(Tristan)〉(1903)은 그후 3년 만에 나온 단편집의 이름이며, 동시에 그 속에 있는 한편의 단편소설의 이름이기도 하다. 같은 단편집 속에서도 특히 세인의 주목을 끈 것은 〈토니오 크뢰거〉와 〈트리스탄〉 2편이었다.(토니오 크뢰거는 이미 우리나라에서도 번역되었다)

〈트리스탄〉(단편)은 바그너의 악극 〈트리스탄과 이졸데〉를 모티브한 것이며, 특히 정관적인 예술가와 비속한 생활 향락의 시민 사이의 대조가 뚜렷하게 드러나 있다. 〈토니오 크뢰거〉에서도 그 작품의 주제인 정신과 삶, 시민성과 예술성이 또다시 문제가 되지만, 품위 있는 묘사와 독특한 아이러니 때문에 여기에서는 그 긴장미가 훨씬 완화되어 있으며, 독자로 하여금 침착하게 그 장점과 단점을 음미할 수 있게 한다. 저자 자신이 어떠한 결론도 내리지 않고 자신의 분신인 예술가 슈피넬 씨에 대해서도 신랄한 비판을 내리고, 그 상대자 크뢰터안 씨의 비속성에서도 흐뭇한 인간성을 보여 준다. 문체의 정제함은 말할 것도 없지만, 특히 이 작품에서 음악이 정신에 미치는 작용을 묘파(描破)한 것은 그후의 〈마의 산〉에서, 혹은 만년의 대작 〈파우스트 박사〉에서 다시 논의되는 중요한 점이다.

만은 〈부덴브로크스 가〉의 의외의 성공으로 일약 세계적인 명성을 차지하고, 그의 사생활에 있어서까지 커다란 변화를 일으키게 된다. 원래가 염세주의자이며 특히 자기와 같이 '삶'에 무능한 예술가의 존재 가치를 의심하고 있었던 그는, 이제 사회적인 지보(地步)를 획득함에 이르러 차츰 명랑해지며 예술가로서의 스스로의 사명을 인식하게 된다. 1905년에 그는 뮌헨 대학의 교수 프링스하임 씨의 영애와 결혼하여 행복과 만족의 신혼생활을 영위한다. 그가 30세 때이다. 행복한 결혼생활에서 생겨난 듯한 인상의 〈대공전하(大公殿下)〉가 그후(1909년)에 발표되었고, 이미 그때부터 만은 끝내 미완성으로 남은 〈사기사 펠릭스 크룰의 고백〉을 준비하고 있었다.

〈베니스에서의 죽음(Der Tod in Venedig)〉(1913)은 전기 〈사기사의 고백〉을 중지한 채 베니스로 여행을 하던 중 거기서의 인상으로 작성된 명작으로, 그의 38세 때의 작품이다. 예술적으로 세련되고 내면적으로도 충실한 표현 방법과, 일언반구도 소홀함이 없이 깎이고 또 닦인 조각품과도 같은 문장이 사용되어 있다. 그가 한 마디의 말을 찾기 위하여 얼마나 피땀 나는 노력을 하였는가는 작품 속의 작가 아센바하로 하여금 고백케 한 그대로이다. 때문에 이 작품의 번역에 있어서도 다른 작품의 몇 배의 노력이 들었다는 것이 역자의 솔직한 고백이다. 비극의 주인공 아센바하는 예술을 위하여 '삶'을 단념하는 순수 예술가 기질의 시인이다. 그는 과중한 노작에 지쳐서 '삶이 환상이 되고, 예술이 현실이 되는' 아름다운 물의 도시 베니스로 찾아간다. 거기서 그는 뜻하지 않게 완전무결한 미소년(美少年)을 만나 그 아름다움에 굴복당한다. 그리하여 미와 정신에 완전히 포로가 된 그는, 그때 마침 유행하던 악역(惡疫) 페스트에도 불구하고 그 자리를 떠나지 않는다. 불타는 정열이 도달하는 종착지가 '죽음'이란 것을 예감하면서도 관능적인 공상에 도취되어, 끝끝내 그곳을 떠나지 못하고 정염과 번뇌 속에서 해체되어 사멸하고 마는 것이다.

토마스 만은 자기 발전의 작가라고 한다. 그리고 그는 어느 작품에서나 자기 자신을 고백한다. 그러나 그 '자기 자신'은 한 군데에 머물러 있지 않는다. 끊임없이 극복하고 노력하고 성장하고 발전하는 것이다. 그의 최초의 작품들에서 나타난 것이 삶과 정신, 시민과 예술가의 대립이었다면(프리데만 등), 그후에는 각자의 입장을 의식함으로써 삶에 대한 체관적(締觀的)인 '사랑'이 싹트고 그 대립이 극복되어, 예술가로서의 존재에 의심을 품었던 그에게 일맥의 광명을 비쳐 주었다고 할 수 있다.(토니오 크뢰거 등) 그러나 그 대립에 다리를 놓는 '사랑'에 대한 신앙은 아직도 토마스 만에 있어서 충분한 것이 못 되었다. 그리고 그 대립의 균형이나 종합은 어느 일방적인 강조로 말미암아 용이하게 깨뜨려질 수 있다는 것을 그는 느끼고 있었다. 그래서 그와 같은 생활 감정, 그 위험에 대한 두려움 등이 표시된 것이 바로 이 〈베니스에서의 죽음〉이라고 볼 수 있다. 다시 말하면 정신·예술의 일방적인 강조가 결국은 예술가를 파멸로 이끈다는 것이다. 예술을 위하여 삶을 단념하는 주인공 아센바하는 너무나 외곬로 정신에 봉사하였기 때문에, 무서운 '삶'의 복수를 받고 파멸하지 않을 수 없었다. '삶'과 '정신'의 조화로운 종합을 본질로 하는 예술가가, 그 조화를 깨뜨리고 정신(예술)만을 고양할 때에 마침내 자기 멸망의 길을 걸어가게 된다는 것이다. 이것은 그가 깊이 자기를 반성하고 비판한 결과인 '예술가에 대한 경고'라고 할 것이다.

그후 12년의 세월을 소비하여 완성한 대작 〈마의 산〉은 그 내용으로 보나 분량으로 보나 '만'문학의 절정을 이룬 감이 있다. 이제까지의 모든 소재가 다시 한 번 심각하게 논의되어 있을 뿐만 아니라, 항상 되풀이되는 '삶'과 '죽음'의 문제가 근본적으로 다시 검토되고 있으며, 요기(妖氣)와 꿈의 '마의 산' 속에서 벗어나는 한스 카스톨프는 음악을 통한 디오니소스적인 체험으로 마침내 새로운 '삶'으로 발전하게 되어 있다.—이 작품이 세상에 발표되자 전유럽은 흥분의 도가니에 휩싸였고, 특히 각국의 지식층을 열광케하는 결과를 자아냈다. 하여간 여기에서는 무엇보다도 그가 '죽음과의 친근감(Sympathie mit dem Tode)'을 높은 의미의 인류애로써 극복하고 새로운 휴머니스트로서 씩씩하게 재출발하게 되는 데 큰 의의가 있다고 보며, 이 작품을 기점으로 토마스 만의 문학에는 새로운 경지가 전개되는 것을 볼 수 있다. 그후 그가 80세의 일생을 마칠 때까지 30년 동안에 남긴 문학적인 업적은 실로 놀라운 바이며, 또 한편 평론에 있어서도 전인미답(前人未踏)의 경지를 이룩했지만, 여기서는 그의 초기 작품의 경향만을 해설하는 것으로 그치려고 한다.

다만 그후로 발표된 그의 중요한 작품만을 들어 본다면,

1930 ≪마리오와 마술사≫—단편소설

1933 ≪요세프와 그의 형제들≫—4부작

1939 ≪바이말의 로테≫—장편소설

1940 ≪바꾸어진 모가지≫—장편소설

1945 ≪정신의 고귀≫—평론집

1947 ≪파우스트 박사≫—장편소설

1951 ≪선택된 인간≫—장편소설

1953 ≪낡은 것과 새 것≫—평론집

1953 ≪환멸의 여인≫—단편소설

이 밖에도 논문·강연·강의·방송·서간 등, 발표된 것이 무수히 있으며 〈사기사 펠릭스 크룰의 고백〉의 제1부가 미완성이나마, 그가 별세하기 1년 전인 1954년에 출간되었다는 것을 덧붙여 둔다.

행복으로의 의지

늙은 호프만은 남아메리카에 있는 묘판(苗板) 농장을 경영하는 지주로서 많은 돈을 벌었다. 그리고 거기에서 좋은 집안 출신의 그곳 여자와 결혼하고, 그후 얼마 후 그 여자와 함께 고향인 복독일로 이사를 왔다. 그들은 내가 자라난 도시에서 살게 되었는데, 그 도시에는 호프만의 친척들도 살고 있었다. 파올로는 그 도시에서 출생하였다.

나는 그의 양친을 잘 알지는 못했다. 하여간에 파올로는 그의 어머니와 똑같은 모습이었다. 내가 파올로를 처음 보았을 때—다시 말하면 우리 두 사람의 아버지들이 우리들을 처음으로 학교에 데려왔을 때, 그는 누르스름한 얼굴빛의 바싹 마른 사내아이였다. 지금도 나는 그 모습이 눈에 선하다. 그는 당시 검은 머리털을 길게 곱실거리며, 세일러 양복의 칼라 위에 그대로 늘어뜨려서 갸름한 얼굴을 도드라지게 보이도록 하였다.

우리들은 둘 다 안락한 생활을 누렸기 때문에 이 새로운 환경, 썰렁한 교실, 특히 우리들에게 억지로라도

ABC를 가르치려는 붉은 수염의 초라한 인간에게 조금도 호의를 가질 수 없었다. 나는 집으로 돌아가려는 아버지의 재킷 자락을 울면서 꽉 붙잡았는데, 그 반면 파올로는 매우 소극적인 태도를 취하였다. 한쪽 벽에 몸을 기댄 채 움직이지도 않고 얇은 입술을 꼭 물고, 눈물이 가득 찬 커다란 눈으로 기뻐 날뛰는 다른 아이들을 바라보기만 하였다. 그 아이들은 서로 옆구리를 찌르기도 하고, 빙글빙글 웃기도 했다.

이와 같이 여러 괴물들 틈에 둘러싸여서 우리 둘은 처음부터 서로에게 이끌렸으며, 붉은 수염의 그 선생이 우리를 짝지어 앉혔을 때는 말할 나위 없이 큰 기쁨을 느꼈다. 그 이후로 우리들은 단결하게 되었다. 그래서 공동으로 우리들의 교육의 기초도 쌓았고, 매일같이 점심 빵을 교환하기도 하였다.

그 당시에도 그는 몸이 약했다는 것을 나는 기억한다. 가끔 그는 상당히 오랫동안 학교를 빠졌는데, 다시 학교에 나오게 되면 언제나 그의 목덜미와 뺨에는 그 전보다 더 한층 명백하게 푸른 혈관이 드러나 보였다. 그것은 연약하고 가무잡잡한 사람에게 잘 나타나는 그런 징후였다. 파올로는 그것을 줄곧 가지고 있었고 여기 뮌헨에서 우리가 다시 만났을 때도, 그후 로마에서 만났을 때도 제일 먼저 내 눈에 띈 것은 바로 그것이었다. 우리들의 친분은 시작됐을 때와 거의 같은 이유로 학생 시절 동안 계속되었다. 그것은 동창생의 대부분에 대한 '거리감'이었다. 열다섯 살에 남몰래 하이네를 탐독하고 중학교 3,4학년 때에 세계와 인생관에 대해서 확고한 판단을 내리는 사람이라면 누구나 경험하는 그 '감정' 말이다.

우리가 열여섯 살이었을 때라고 기억하는데—함께 댄스를 배우러 갔던 우리는 둘 다 첫사랑을 경험하게 되었다.

파올로를 홀딱 반하게 한 소녀는 금발머리의 아주 쾌활한 아이였는데, 그는 자기 나이와는 너무나 어울리지 않게, 도가 지나칠 정도로 침울한 격정으로 사모하였다. 그 감정이 너무나 격렬하여 나는 두려움을 느낄 정도였다. 나는 어느 날의 댄스파티를 기억한다. 그 소녀가 어떤 남자와 계속해서 두 번이나 코틸욘 춤을 추고 있었다. 그전에 그녀는 그의 청에도 불구하고 철저히 그를 무시했었다. 나는 불안을 느끼고 그를 주목하고 있었다. 그는 내 곁에, 벽에 기대고 서서 움직이지 않고 자기의 에나멜 구두를 응시하고 있더니 갑자기 픽 쓰러져 기절하고 말았다. 사람들이 그를 집으로 운반하였고, 그후 일 주일 동안 그는 끙끙 앓으며 누워 있었다. 그 당시—아마 이 사건으로—그의 심장이 건강하지 않다고 판명되었던 것 같다.

그 이전에 그는 그림 그리기를 시작했었고, 그 방면에서 대단한 재주를 발휘하였다. 나는 그가 카본으로 스케치한, 그 소녀의 모습을 여실히 보여 주는 그림을 한

장 아직도 가지고 있는데, 그 밑에는 '너는 한 떨기의 꽃과도 같다—파올로 호프만 화(畵)'라고 씌어 있었다.

언제였는지 정확히 기억은 안 나지만, 하여간 우리가 상급학년에 있을 때, 그의 양친이 그 도시를 떠나 칼스루에에 정주하게 되었다. 그 지방에 파올로의 아버지가 여러 가지 연관을 가지고 있었기 때문이다. 파올로는 학교를 옮기지 않고 어느 늙은 교수댁에 하숙을 시키기로 하였다.

그러나 그 상태는 오래 계속되지 않았다. 파올로가 어느 날 자기 양친을 좇아 칼스루에로 떠나게 된 것은, 다음의 사건이 직접적인 동기는 아니었을지라도 어쨌든 관계가 있었던 것만은 사실이었다. 어느 종교시간에 갑자기 교수가 무서운 눈초리로 파올로 앞으로 다가와, 구약성서 밑에서 종이를 한 장 끄집어냈다. 그 종이에는 왼쪽 발만 제외하고는 거의 완성된, 지극히 여성적인 자태가 아무런 부끄러움 없이 나타나 있었다.

그 사건 이후 파올로는 칼스루에로 갔고, 우리는 가끔씩 우편 엽서를 교환하였으나 차츰 그것도 멀어져서, 결국은 연락이 끊기게 되었다.

뮌헨에서 그를 다시 보게 된 것은, 우리가 헤어진 지 약 오 년이 지나간 어느 날이었다. 어느 아름다운 봄날 오후에 나는 아말리엔 거리를 내려가며, 누군가가 아카데미의 현관 앞 돌층계를 내려오는 것을 보았다. 멀리서 보기에는 이탈리아 모델같이 보였다. 가까이 가보니 틀림없이 그였다.

중키에 마른 편이고, 탐스러운 검정색 머리 위에 모자를 젖혀 쓰고, 파란 혈관이 비쳐 보이는 노란 얼굴색, 사치스럽지만 아무렇게나 입은 복장—조끼의 단추가 한두 개 끼어 있지 않고 짧은 코밑수염을 약간 비틀어 올리고—으로 그는 나를 향하여 약간은 귀찮은 듯한 특징 있는 걸음걸이로 걸어왔다. 우리들은 거의 동시에 서로를 알아보았고, 반가운 인사를 하였다. 우리가 미넬바 카페 앞에서 서로에게 지나간 몇 년 동안의 경과를 물어 보는 동안에, 그는 퍽 우쭐한, 거의 흥분된 기분인 것 같았다. 그의 두 눈은 번쩍번쩍하였고, 동작은 웅장하였다. 그러나 안색은 좋지 않아 어딘가 아픈 사람 같았다. 물론 지금이야 쉽게 이야기할 수 있지만, 어쨌든 그 점이 내 눈에 띄었다. 그래서 내가 그에게 그렇다고 이야기하자,

"그래? 여전히 안색이 나쁘다고?" 하고 그는 반문하였다. "글쎄, 물론 그렇겠지. 퍽 많이 아팠으니까. 지난해만 해도 오래도록 꽤 심하게 앓았어. 여기가 나쁘단 말이야."

하고 파올로는 왼손으로 자기 가슴을 가리켰다.

"심장이야. 예전부터 언제나 그것이었지.—그러나 최근에는 상당히 좋아졌어. 완전히 건강하다고 할 수 있을 정도지. 어쨌든 내 나이 스물세 살인데—그렇다면 너무 비참하지 않겠어……."

사실 그는 기분이 좋아 보였다. 명랑하고 생생하게, 우리가 헤어진 이후의 생활을 이야기하였다. 나와 작별한 후 화가가 될 것을 간신히 부모님께 승낙받고, 9개월쯤 전에 아카데미를 끝마치고—지금은 우연히 거기에 들렀지만—잠시 여행도 했다고. 특히 파리에서 많이 살았고, 약 5개월 전부터 여기 뮌헨에 정착하고 있다고 말했다. 그러고는,

"아마도 아주 오래도록, 누가 알겠어? 아마도 영원히 여기에……."

하고 말을 맺었다.

"그래?"

하고 나는 물었다.

"그렇지. 그것은…… 뭐 나쁠 것이 있겠어? 이 도시가 내 맘에 들거든! 아주 마음에 꼭 들어. 도시 전체의 기분이라 할까. 글쎄? 사람들이 좋아! 그리고 이것은 퍽 중요한 일인데, 화가로서의 사회적 지위가 정말 최고란 말야. 아주 무명 화가라도. 다른 데는 그런 데가 없지……."

"좋은 친구라도 사귀었어?"

"응, 많지는 않지만 퍽 좋은 친구지…… 너에게 어느 가족을 소개해야겠어……사육제 때 그들을 알게 되었는데……여기선 사육제도 아주 재미나지. 그 가족의 이름은 슈타인이야. 슈타인 남작이라고 부르지."

"어떤 귀족인가?"

"사람들이 '금전귀족'이라고 부르는 것이야. 그 남작은, 본래는 주식 브로커였는데, 예전에는 윈에서 대단한 역할을 하였고 모든 왕족들과도 교제를 했다는데—갑자기 경기가 나빠져서, 한 백만 정도만 가지고 은퇴를 했다고—사람들의 소문이야—그래서 사업에서는 손을 떼고, 여기서 조촐하게, 그러나 귀족적으로 살고 있어."

"유태인이야?"

"그 남자는 아닌 것 같아. 그의 부인은 그럴지도 모르지. 난 그 가족 모두가 참으로 고상하고 좋은 사람들이라고밖에는 말 못하겠어."

"그 집에는, 아이들도 있어?"

"없어. 그러나 열아홉 살 먹은 딸이 있지. 양친은 대단히 상냥한 사람들이고……."

그는 계면쩍은 듯 잠시 머뭇거리다가 말하였다.

"농담이 아니라, 정말 너를 그 집에 소개해 주어야겠어. 그러면 난 퍽 기쁘겠는걸. 그렇게 하겠어?"

"물론이지. 너한테 감사를 하겠어. 그 열아홉 살 먹었다는 딸과 사귀게 되는 이유만 가지고도……."

그는 곁눈질하여 나를 보고, 또 말하였다.

"그럼 그렇게 하지. 오래 미룰 것도 없이, 너만 상관없다면 내일 한시나 한시 반쯤, 내가 너를 데리러 가겠어. 그들은 테레지엔 거리 25번지의 이층에 살아. 학교 동무를 소개하는 것은 나에게는 큰 기쁨이지. 그럼 약속했어."

다음 날 점심때, 우리들은 테레지엔 거리의 어느 아담한 집 이층 현관문을 두들겼다. 초인종 곁에는 굵직하고 까만 글씨로 폰슈타인 남작이라고 씌어 있었다. 그 집으로 가는 동안 파올로는 줄곧 흥분해 있었으며, 거의 무턱대고 즐거워하는 것 같았다. 그런데 지금 둘이서 문이 열리기를 기다리고 있는 동안 나는 그의 태도가 이상하게 변하는 걸 인식하였다. 나와 나란히 서 있는 그는 눈까풀이 신경질적으로 가늘게 떨리는 것 외에는 온몸이 경직된 듯 꼼짝도 하지 않았다.—그것은 일종의 억압된 긴장이 만들어 낸 고요함이었다. 그는 머리를 약간 앞으로 내밀고 있었다. 그 모양은, 마치 귀를 신경질적으로 쫑긋쫑긋하며 모든 근육을 긴장시켜 무슨 소리를 엿듣고 있는 동물과도 같은 인상이었다.

우리들의 명함을 받아들고 들어갔던 하인이 다시 나와, 남작 부인께서 곧 나오실 테니 잠깐 앉아서 기다려 달라며, 상당히 크고 컴컴한 가구들이 놓여 있는 방문을 열어 주었다.

우리가 안으로 들어가자마자, 바깥 길로 향해 나 있는 들창마루 곁에서 밝은 빛깔의 봄옷을 입은 젊은 여자가 일어서더니, 잠시 살피는 표정으로 머뭇거렸다.

'열아홉 살이라는 딸이구나.' 하고 나는 생각하며 무의식중에 나의 동반자에게 곁눈질을 하였다. 그러자 "남작의 영애 아다 양이야." 하고 그가 나한테 속삭였다.

그 여자는 날씬한 몸매를 가진, 그러나 연령에 비하

여 노숙한 외모를 가진 사람이었다. 지극히 부드러운, 거의 게으를 정도의 동작이 그렇게 젊은 여자 같지 않은 인상이었다. 목덜미를 뒤덮고 두 가락의 단을 이루고 있는 머리털은 이마에서 잘 가꾸어져 있었으며, 새까맣게 윤이 나는 빛깔이어서 얼굴의 뽀얀 백색과 산뜻하게 대조되고 있었다. 얼굴은 풍만하고 축축한 입술, 두둑한 코, 만델 모양의 새까만 두 눈, 그 눈 위에 활 모양으로 걸려 있는 연하고 검은 눈썹, 그런 것으로서 그 여자가 적어도 어느 정도까지는 유태족의 혈통을 받고 있다는 것이 의심의 여지가 없었으나, 하여간에 심상치 않은 아름다움이었다.

"아, 손님이 오셨군." 하며 그 여자가 우리를 향하여 몇 걸음 다가오면서 말하였다. 그 여자의 목소리는 약간 쉰 것 같았다. 더 잘 보려고 하는 듯이 한 손을 이마에 갖다대고 다른 쪽의 손을 벽 앞에 있는 그랜드피아노 위에 짚었다.

"그리고 반가운 손님도……." 하면서 그 여자는 같은 어조로 덧붙여 말하였다. 그 여자는 그때 비로소 내 친구를 알아본 모양이었다. 그러고 나서 그녀는 나를 향해 물어 보는 듯한 시선을 보냈다.

파올로는 그 따님 곁으로 걸어가더니, 마치 귀중한 향락에 잠기는 사람처럼 그 여자의 내민 손을 잡고, 말없이 오래오래 그 위에 고개를 숙였다.

"아가씨." 잠시 후 그가 말하였다. "죄송하지만 나의 친구를 한 사람 소개하겠습니다. 같이 ABC를 배운 초등학교 동창이에요…….”

따님은 나에게도 손을 내밀었다. 보드랍고 보기에 뼈가 하나도 없어 보이는, 장식 없는 손이었다.

“처음 뵙겠습니다.” 그 여자는 가늘게 떨리는 것이 특징인 어두운 눈초리를 나에게 보내면서 그렇게 말하였다. “그리고 저의 부모님도 반갑게 맞으실 겁니다……. 누가 알려 드렸으면 좋겠는데.”

따님이 터키식 안락의자에 걸터앉자, 우리 두 사람도 그 맞은편에 앉았다. 그 여자의 하얗고 힘없는 두 손은 이야기를 하는 동안 무릎 위에 놓여 있었다. 하느적거리는 소매가 겨우 팔꿈치에 닿을 정도였고, 손목의 보드라운 도독한 살이 유난히 나의 눈에 띄었다.

몇 분 후에 옆방으로 통하는 문이 열리고, 양친이 방으로 들어왔다. 남작은 사치스럽고 키가 작은 대머리의 신사였는데, 회색의 뾰족 수염이 달려 있었다. 두둑한 금팔찌를 커프스 속으로 들이미는 솜씨에는 아무도 흉내낼 수 없는 품이 있었다. 그가 남작으로 서임되었을 때 이름자의 한두 마디가 회생되었는지는 확실히 알 수 없는 노릇이었다. 그 반면 부인은 장식 없는 회색 옷을 입고 있는 보기 싫은 조그만 유태 부인에 불과하였다. 그 여자의 양쪽 귀에는 큰 다이아몬드가 반짝였다.

나는 소개되었고, 지극히 다정한 인사를 받았다. 한편 나의 친구에게는 이 집의 좋은 친구로서의 친밀한 악수가 온 집안 식구와 교환되었다.

내가 어디에서 왔으며 어떠한 용무를 가지고 있는지에 대한 이야기가 오고간 다음에, 화제는 파올로가 그림을—여자 나체 그림—출품하고 있는 전람회에 대한 것으로 옮아갔다.

"참으로 훌륭한 작품입니다!" 하고 남작이 말하였다.

"최근에 나는 반 시간 동안이나 그 앞에 서서 구경을 하였답니다. 여자의 살빛이 빨간 양탄자 위에서 참으로 훌륭한 효과를 나타냈지요. 거참, 호프만 씨는 대단하십니다그려!"

그렇게 말하면서 남작은 파올로의 어깨를 후원자의 태도로 툭툭 쳤다.

"그러나 과로는 하지 마시오. 젊은 친구! 제발 과로는 하지 마시오! 자중하는 것이 당신에게는 무엇보다 절실히 필요하지요. 요즘은 건강이 좀 어떠신지요?"

파올로는 내가 남작 부부에게 나의 개인 문제에 대해 이야기를 하는 동안, 바로 건너편에 바싹 앉아서 남작 따님과 낮은 목소리로 무슨 말인가를 나누고 있었다. 먼저 내가 볼 수 있었던, 이상히 긴장된 고요함은 그한테서 조금도 없어지지 않고 있었다. 무엇이라고 정확히 말할 수는 없지만, 그가 덤벼들려는 범과 같은 인상을 가지고 있는 것은 사실이었다. 누르스름하고 좁은 얼굴에 있는 까만 눈이 극히 병적인 광채를 가지고 있어서, 그가 남작의 물음에 자신 있는 어조로 다음과 같이 답

변하였을 때, 나는 거의 두려운 생각조차 들었다.

"아, 참 좋습니다! 대단히 고맙습니다만, 요사이는 참 건강하답니다!"

약 15분 후에 우리가 자리를 떴을 때, 남작 부인은 나의 친구에게, 이틀 후면 또 목요일이라고 그들의 다섯시 다과회를 잊지 말아 달라고 일깨워 주었고, 그 기회에 나한테도 그 요일을 잘 기억하여 달라고 부탁하였다.

거리에 나서서 파올로는 담뱃불을 붙였다.

"어때?" 하고 그가 물었다. "감상이?"

"아, 참 유순한 사람들이더군!" 나는 대답을 급히 서둘렀다. "특히 열아홉 살 먹은 따님은 대단하시던데!"

"대단하시다고?" 그는 짧게 웃음소리를 내며 고개를 저쪽으로 돌렸다.

"이것 봐, 왜 웃지?" 나는 말하였다 "그러면서 아까 거기서는 가끔 너의 눈이--신비스러운 그리움을 띠고 흐릿해지는 것 같던데. 내가 잘못 본 것일까?"

그는 잠시 말이 없었다. 그 다음에 그는 천천히 머리를 저었다.

"네가 그런 눈치를 어디서 챘는지 알 수 없는 노릇인걸……."

"솔직하게 말해 봐! 내 생각으로는, 아다 양도 너에게……."

그는 또 말없이 앞을 내려다보았다. 그러더니 낮은 목소리로 자신 있게 말하였다.

"난 행복해질 것 같아."

나는 진심으로 그의 손을 흔들고 헤어졌다. 의구심이 일어나는 것을 억제할 수 없었지만…….

그후 몇 주일이 지나갔다. 그 사이에 나는 가끔 파올로와 함께 남작댁 응접실에서 오후의 다과회에 참석하였다. 거기에는 항상 소수의, 그러나 대단히 기분좋은 한 패가 모여 있었다. 젊은 황실극장 여배우, 의사, 장교—각각의 사람들을 지금 다 기억하지는 못하겠다.

파올로의 태도에서는 별로 새로운 점을 발견할 수 없었다. 불안한 외모에도 불구하고 그는 항상 당당하고 즐거운 눈치였다. 그러나 아다 양 곁에서는, 언제나 내가 처음부터 인식했던 그 이상한 조용함을 보였다.

그런데 어느 날—파올로와는 이틀 동안 만나지 않고 있었는데—루드뷔히 거리에서 나는 폰슈타인 남작을 만났다. 그는 말을 타고 있었는데, 말을 멈추고 안장 위에서 나한테 손을 내밀었다.

"여기서 만나니, 반갑습니다! 내일 오후에 우리 집으로 와주시겠지요?"

"원하신다면 물론 가겠습니다. 남작님. 내 친구 호프만이 목요일마다 나를 부르러 오기는 하였는데, 이번에도 또 같이 가자고 올는지는 모르겠습니다만……."

"호프만이요? 당신은 모르십니까?—그는 여행을 떠났습니다! 당신한테도 얘기했을 거라고 생각했는데요."

"한 마디도 그런 말은 없었는데요!"

"그럼 완전히 변덕이었군요……. 그런 것을 예술가의 변덕이라고 부르지요. 그럼 내일 오후에 만납시다!"

그렇게 말을 하고 남작은 말을 달려, 어이없이 서 있는 나를 남겨 둔 채 가버렸다.

나는 파올로의 집으로 달려가 보았다.—아, 호프만 씨는 여행을 떠났는데요. 안되었습니다. 주소도 남겨 놓지 않고 그냥 가버렸어요……. 그것이 내가 들을 수 있었던 말이었다.

남작이 '예술가의 변덕'이라고 말하는 것 이상의 사실을 알고 있는 것은 확실하였다. 그의 딸이, 내가 처음부터 꼭 그러리라고 추측하였던 것을 확인시켜 주었던 것이다.

그것은 여러 사람이 계획하였고, 나 자신도 초대받아 같이 갔던 이잘 계곡으로의 소풍 때에 일어났다. 출발은 늦어서 오후가 되었고, 따라서 늦은 저녁의 귀로에서, 남작 따님과 나는 우연히 제일 뒤쪽에서 여러 사람을 뒤따라가게 되었다.

파올로가 없어진 다음에도 따님의 태도에는 하등의 변화가 보이지 않았다. 그 여자는 평소와 같은 조용함을 유지하고 있었으며, 그의 양친이 파올로의 갑작스러운 여행에 대하여 자꾸만 유감의 뜻을 표하는데도 그 여자는 그때까지 한 마디도, 내 친구에 대하여 언급을 하지 않았다.

그때 우리는 서로 나란히 서서 뮌헨 근방에서 가장

우아한 거리를 걷고 있었다. 달빛이 나뭇잎 사이를 뚫고 반짝반짝 비쳤으며, 우리는 잠시 아무 말도 하지 않고 시냇물의 찰랑거리는 소리와 그와 같이 단조로운 다른 사람들의 잡담 소리를 들을 뿐이었다.

그때 아다 양이 갑자기 파올로에 대한 이야기를 시작했다. 그것도 아주 조용하고 대단히 또박또박하는 말투로…….

"당신은 어렸을 때부터 그분의 친구신가요?" 하고 그 여자는 나에게 물었다.

"그렇습니다. 아가씨."

"그러면 그분의 비밀도 아시겠지요?"

"난 그의 제일 중대한 비밀까지도 알고 있다고 생각합니다. 혹시 그가 나에게 이야기를 안할 때라도."

"그럼 나도 당신께 이야기를 해도 좋겠습니까?"

"그 점은 조금도 의심하지 않으셨으면 좋겠습니다. 아가씨."

"그럼 이야기하겠어요." 하며 그 여자는 무엇인가 결심하는 태도로 고개를 번쩍 들었다. "그분이 나한테 청혼을 하셨답니다. 그런데 나의 양친이 거절하였어요. 그분은 몸이 아프다고, 대단한 병에 걸려 있다고 양친은 나한테 말씀하시지요—그러나 어떻든 간에 '난 그를 사랑합니다' 이렇게 이야기해도 괜찮겠지요? 나는……."

그 여자는 잠시 당황한 빛을 보이다가, 또 먼저와 같이 결연한 태도로 말을 계속하였다.

"나는 그분이 지금 어디 있는지 모릅니다. 그러나 당신이 그분을 만나시거든, 그분이 먼저 나한테서 들을 똑같은 이야기를 되풀이하여 들려 주세요. 또 그분의 주소가 알려지기만 하면 그 이야기를 그에게 써서 보내 주세요. 난 그분 이외의 어느 남자하고도 결혼하지 않겠습니다. 아, 이제 보십시오!"

그 마지막 목소리에는 결단과 반항 외에도, 지극히 가련한 고통의 기색이 깃들어 있어서, 나는 그녀의 손을 붙들고 말없이 꽉 쥐어 주지 않을 수 없었다.

나는 그래서 그 당시 호프만의 양친한테 편지를 보내, 아들의 주소를 알려 달라고 부탁하였다. 그리하여 남티롤의 어느 번지수를 얻었는데, 그곳으로 보낸 나의 편지가 나에게 다시 돌아왔다. 수신인이 행선지를 남겨 놓지 않고 떠났다는 쪽지가 붙어 있었다.

그는 누구로부터도 방해받고 싶지 않았던 것이다. 어느 장소에서든지 아주 고독하게 죽어 버리려고, 모든 사람으로부터 피한 것이다. 그렇다. 확실히 죽기 위해서가 틀림없었다. 이렇게 되고 보니, 내가 그를 다시 못 만나리라는 것이 나에게는 슬픈 확신이 되고 말았다.

희망 없는 병에 걸린 인간이, 그 젊은 처녀를 소리 없는, 그리고 불타오르는 것 같은 작렬하는 육감적인 정열로—그가 어렸을 때에 똑같은 종류의 충동을 겪었던 것과 같은—그런 정열로 사랑하고 있었다는 것은 명백한 게 아닌가? 환자의 이기적인 본능은, 꽃피는 건강과 결합되고자 하는 욕망을 그에게 불타게 한 것이다. 그 욕망은, 그것이 이루어지지 않기 때문에 그의 최후의 생존력을 빨리 소모시켜 버릴 것이 아닌가?

그후 5년이 지나갔으나 그 동안 나는 그로부터 아무런 소식을 듣지 못하였다—그러나 그가 죽었다는 소식도 듣지 못했다!

지난해에 나는 이탈리아의 로마와 그 주변에 머물렀다. 더운 몇 달 동안을 산에서 지낸 후에 9월 말경, 그 도시로 다시 돌아왔다. 어느 따뜻한 밤에 나는 카페 아란요에서 한 잔의 차를 마시며 앉아 있었다. 나는 신문을 뒤적거리며 별생각 없이 널따랗고 밝은 방안을 지배하고 있는 활발한 모습을 바라보았다. 손님들이 오고 가며, 급사가 이리저리 달리고, 가끔 가다 활짝 열려진 문을 통해서 신문 파는 아이들이 길게 꼬리를 늘이며 부르는 소리가 울려 왔다.

그때 돌연, 나는 나와 같은 나이의 신사 한 명이, 천천히 식탁 사이를 지나서 출입구로 걸어가는 것을 보았다…… 저 걸음걸이는? 하고 생각하였을 때 그 사람 역시 나한테 고개를 돌리고 눈썹을 치켜 뜨며, 내게로 기쁘고 놀라운 '아!' 소리와 함께 다가오는 것이었다.

"여기 와 있는가?" 우리들은 동시에 한 입에서 나온 것처럼 같은 말을 하였다. 그리고 그가 덧붙여서,

"그럼 둘 다 아직 살아 있는 것이구먼!"

그의 눈은 그 말을 할 때 약간 옆으로 스쳐갔다. 5년

이란 세월이 흘렀어도 그는 별로 변한 점이 없었다. 다만 얼굴이 더 홀쭉해지고 눈이 먼저보다 한층 쑥 들어간 것이 다를 뿐이었다. 때때로 그는 깊은 숨을 쉬었다.

"로마에 온 지 오래 되었나?" 하고 그가 물었다.

"도시에는 온 지 얼마 안 되지만 이 근방 시골에 몇 달 있었지. 너는?"

"나는 일 주일 전까지 바닷가에 있었어. 너도 알다시피 나는 원래 산보다 바다를 좋아해……. 너와 헤어진 후로 지구 위의 퍽 여러 군데를 돌아다녔어."

그리고 그는 내 곁에 앉아서 한 잔의 솔베토를 마시며 지나간 몇 해 동안 어떻게 지냈는가를 이야기하기 시작하였다—여행을 하고 또 여행을 하였다고. 티롤의 산들을 방랑하고, 이탈리아를 서서히 곳곳마다 답사하고, 시실리에서 아프리카까지 갔었다고—알제리아, 튜니스 그리고 이집트의 이야기를 하였다.

"마지막엔 잠시 독일에 있었어." 하고 그는 말하였다. "칼스루에에 말이야. 양친이 나를 보시겠다고 절실히 희망하셔서 할 수 없이 갔었지. 떠날 때도 좋아하지 않으셔서 간신히 왔는걸. 3개월 전부터 여기 이탈리아에 와 있어 나는 남쪽 나라에 있으면 내 집같이 편해. 로마는 정말 내 맘에 들어!……."

나는 그때까지 그에게 한 마디도 건강에 대한 질문은 하지 않았다. 그래서 이렇게 말했다.

"모든 점으로 미루어 너의 건강도 좋아졌다고 볼 수

있겠지?"

그는 잠시 물어 보는 듯한 눈초리로 나를 쳐다보더니 대답하였다.

"내가 원기 있게 돌아다닌다고 해서 그렇게 말하는 거야? 사실을 말하면 돌아다니는 것이 자연적인 요구지. 그렇지 않으면 어떻게 하겠어? 술도 담배도 사랑도 금지당해 버렸는데—무엇이고 마취제가 필요할 게 아니겠어, 알겠지?"

내가 아무 말도 안하자 그는 덧붙여서 말하였다.

"벌써 5년 전부터…… 그러니까 퍽 필요한 일이 아니겠어?"

우리들은 지금까지 서로 회피하고 있던 그 점에 도달하였다. 그리고 서로 말이 막힌 것은 둘 다 곤란한 처지에 놓였다는 것을 뜻한다—그는 비로드의 쿠션에 등을 기대고 커다란 등불을 쳐다보고 있더니, 갑자기 말하였다.

"무엇보다도—내가 그토록 오랫동안 소식을 전하지 않은 것을 용서해 주겠지…… 이해하겠어?"

"이해하고말고!"

"뮌헨에서의 일은 들어서 알고 있지?" 하고 그는 거의 무뚝뚝한 말투로 말을 계속하였다.

"아주 썩 잘 알고 있어. 게다가 난 지금까지 너한테 전할 말을 가지고만 있었는데, 무엇인지 알겠어? 어느 여인으로부터의 전갈인데."

흐릿하였던 그의 두 눈이 잠시 반짝하였다. 그러나 다시 먼저와 같은 건조하고 날카로운 음성으로 말하였다.

"새 소식인지 아닌지 들려나 주게."

"별로 새로운 것은 아니지. 네가 그 여인한테서 직접 들었던 말의 재확인일 뿐이야……."

그리고 나는 여러 사람들이 지껄이고 손짓을 하는 사이에서, 그날 저녁에 남작 따님이 나에게 말한 그 소리를 그에게 되풀이해 들려 줬다.

그는 손으로 천천히 이마를 어루만지며 가만히 듣고 있더니, 아무런 감동의 기색도 없이 말하였다.

"고마워."

그의 말투는 나를 당황하게 했다.

"그러나 벌써 여러 해가 되었어." 나는 그렇게 말했다. "5년이란 긴 세월이야. 그 여자와 너, 두 사람이 지내온 긴 세월…… 그 동안에 수많은 새로운 인상, 감정, 사상, 희망……."

나는 말을 멈췄다. 왜냐하면 그가 몸을 일으켜 세우더니, 잠시 사라진 것 같던 그 정열에 다시 몸을 떨며 이렇게 말했기 때문이다.

"나는…… 그 말을 믿겠어!"

바로 그 순간 나는 그의 얼굴과 태도에서, 그 먼저, 최초로 내가 남작 따님을 만나게 되었을 때 그한테서 볼 수 있었던 표정을 다시 발견하였다. 그 강력하고, 경련적으로 긴장된 고요함, 맹수가 먹이를 발견하고 달려

들기 전에 보이는 그러한 고요함이었다.

나는 말머리를 돌렸다. 우리는 다시 그의 여행에 대해서, 여행중에 그린 습작에 대해서 이야기하였다. 그는 많은 그림을 그린 것 같지는 않았다. 그는 상당히 무관심한 어조였다.

밤 열두시가 조금 지나서 그가 일어섰다.

"자고 싶어졌어. 아니 혼자 있고 싶어졌어……. 내일 오전에는 갈레리아도리아에서 나를 만날 수 있을 거야. 나는 사라체니의 모습을 스케치하고 있는데 음악을 하는 그 천사에 홀딱 반했어. 꼭 좀 찾아와 줘. 네가 여기 온 것은 참 반가운 일이야. 그럼 잘 자."

그리고 그는 나가 버렸다—천천히 침착하게, 힘없이 피곤한 걸음걸이로.

다음 한 달 동안, 나는 줄곧 그와 더불어 도시의 거리를 돌아다녔다. 모든 예술이 넘쳐 흐르는 박물관이며, 남국의 근대적 대도시인 로마의 거리, 소란하고 번거롭고 뜨겁고 약빠른 생활에 충만되어 있으면서 그래도 따뜻한 바람이 동방의 무더운 피로함을 운반하여 오는 로마의 거리를 싸돌아다닌 것이다.

파올로의 행동은 언제나 똑같았다. 그는 대개 뚱하고 조용하였으며, 때로는 무력한 피로감 속에 가라앉았는가 하면, 갑자기 눈을 반짝거리면서 몸을 가다듬고 일어나 앉아, 열심히 침체되었던 담화를 계속하는 것이었다.

나는 그가 몇 마디의 이야기를 들려 준 어느 날에 대

하여 여기에서 언급하지 않을 수 없다. 그 말은, 내가 지금에야 비로소 그 참뜻을 내가 이해하게 된 것이다. 그것은 어느 일요일의 일이었다. 우리는 아름다운 늦은 여름날 아침에 압피아 가도로 소풍을 갔는데, 이 고대의 거리를 따라, 멀리 교외에까지 찾아가서 사이프러스 나무들이 무성한 조그만 언덕 위에 와서 쉬었다. 언덕에서는 그 큰 운하가 있는 양지바른 캄파니아와 보드라운 안개에 둘러싸인 알바노의 산맥이 참으로 아름답게 펼쳐져 있었다.

파올로는 내 곁의 따뜻한 풀 위에 반쯤 드러누워서 턱을 두 손으로 바치고 쉬며, 피곤하고 어슴푸레한 눈으로 먼 곳을 바라보았다. 그러더니 또다시 그의 버릇으로, 완전한 무감각에서부터 돌연 몸을 가다듬어 일으킨 뒤 나에게 말을 하는 것이었다.

"이 바람의 기분! 이 기분이야말로 나의 전부지!"

내가 무슨 결정적인 대답을 하였다. 다시 침묵이 계속되었다. 그러자 갑자기 아무런 연관도 없이, 그는 일종의 절박한 태도로 나에게 얼굴을 돌리며 말하였다.

"내가 아직도 살아 있다는 것에 대하여 사실은 너도 좀 이상하게 생각하고 있지 않았어? 말해 봐!"

나는 놀라 아무 말도 하지 못했다. 그는 다시 무슨 생각을 하는 듯 먼 곳을 바라보았다.

"나는…… 좀 이상하게 생각하지." 하고 그는 천천히 말을 계속했다. "사실은 매일같이 그것을 이상하게 생각해. 내가 지금 어떤 상태에 있는지 알아? 알제리아에 있는 프랑스 의사의 말에 의하면 '당신이 어떻게 그렇게 여행만 하고 다닐 수 있는지 정말 모를 일이오! 제발 집으로 돌아가서 자리에 눕도록 하시오' 했었지. 그 의사는 매일 저녁, 나와 같이 도미노 게임을 하고 놀았기 때문에 그렇게 솔직하게 말해 준 것이야.

그러나 나는 계속해서 살고 있어. 하지만 거의 매일같이 목숨이 끊어질 것 같아. 밤에 컴컴한 데 누워 있으면—오른쪽을 밑으로 하고, 알겠어?—심장의 고동이 목에까지 펄덕펄덕하고 울려 오지. 현기증이 나고, 식은땀이 막 쏟아지고, 또 갑자기 죽음과 접촉당한 것 같은 기분이 되곤 하지. 그 순간 내 몸 속의 모든 것이 정지하고 심장의 고동도 끊어지고 숨이 안 쉬어지게 된단 말이야. 나는 그때 벌떡 일어나서 불을 켜놓고 깊은 한숨을 쉬고서 주위를 둘러보지. 그리고 여러 가지 물건을 삼키는 것처럼 눈으로 본단 말이야. 그 다음에 한모금의 물을 마시고, 다시 자리에 드러눕게 돼. 언제나 오른쪽을 밑으로 하고! 그래서 철저히 잠이 들게 돼.

나는 대단히 깊고 대단히 오래도록 잠을 자지. 대체로 언제나 죽도록 피곤하니까. 나는 원하기만 하면 그 자리에 누운 채로 죽어 버릴 수도 있단 말야. 믿을 수 있겠어?

지나간 몇 해 동안에 벌써 천 번이나 죽음과 얼굴을 맞댄 적이 있다고 생각해. 그러나 죽지는 않았어.—무엇인가가 나를 붙잡고 있는 거야—나는 벌떡 일어나서 무엇인가를 생각하지. 그리고 어떤 말마디를 꼭 붙잡고 늘어져 그것을 한 스무 번쯤 외운단 말야. 그러는 동안에 나의 눈은 주위에 있는 모든 광명과 삶을 탐욕하게 빨아들이지……. 알아듣겠어?"

그는 움직이지도 않고 누워서, 대답 같은 건 기다리지도 않는 것 같았다. 그때 내가 무어라고 대답했는지 지금은 잊어버렸지만, 그의 말이 나에게 끼친 인상만은 언제까지나 결코, 잊혀지지 않을 것이다.

그 다음에는, 바로 그날에 대한 이야기인데—오, 나는 그날이 바로 어제인 듯 생각된다!

그것은 회색의 불안하고 따뜻한 첫 가을의 하루였다. 아프리카에서 불어오는 축축하고 가슴 죄는 듯한 바람이 거리를 스쳐갔으며, 저녁때가 되자 번개가 하늘 전체를 끊임없이 요동케 하는 그러한 첫 가을이었다.

아침에, 나는 같이 산보를 하려고 파올로한테 갔다. 그의 큰 가죽가방이 방 한가운데 놓여 있었으며, 양복장과 농들이 활짝 열려 있었다. 그가 동방에서 그린 수채화의 스케치와 바티칸의 유로의 머리의 석고상만은 제자리에 그대로 있었다.

그는 창가에 몸을 꼿꼿이 세우고 서 있었는데, 내가 놀라움을 발하는 탄식을 내지르며 우뚝 섰을 때도 태연히 밖을 내다보고 움직이지도 않았다. 그 다음에 그는 약간 몸을 돌리고, 한 통의 편지를 나에게 건네주며 단한 마디 이렇게 말할 뿐이었다.

"읽어 봐."

나는 그를 쳐다보았다. 열에 들뜬 까만 두 눈을 가진 이 홀쭉하고 누르스름한 병적(病的)인 얼굴에는, 죽음만이 가지고 올 수 있는 표정—처참하고 엄숙한 표정이 떠올라 있었다. 그 표정이 나의 눈을 방금 받아든 그 편지 위로 떨어뜨리게 하였다. 그래서 나는 그것을 읽었다.

'친애하는 호프만 씨에게!

당신의 주소를 알 수 있게 된 것은 저의 부탁을 친절하게 응낙해 주신 당신의 부모님 덕분입니다. 그리고 이 편지를 당신이 쾌히 받아들여 주실 것을 희망하는 바입니다.

친애하는 호프만 씨여. 제가 감히 지나간 5년 동안 항상 진실한 우정의 마음을 가지고 당신을 생각하여 왔다고 확언하는 것을 허용해 주십시오. 만일 당신의 갑작스러운 여행의 출발이 당신에게나 저에게나 대단히 괴로웠던 그날 저와 저의 가족에 대한 노여움을 의미하는 것이라고 추측해야 한다면, 거기에 대한 저의 슬픔은 당신께서 저에게 여식을 달라고 청하셨을 때 받은 놀라움과 깊은 의아심보다 훨씬 더 클 것입니다.

당시 저는 남자 대 남자로 당신께 이야기하였습니다. 무엇 때문에 제가—이 점은 아무리 강조하여도 부족한 것입니다만—모든 점으로 보아서 그와 같이 높이 평가

하는 분에게 자기 딸을 보낼 것을 거절하지 않으면 안 되는가 하는 이유를, 솔직하고 성실하게, 심지어 너무 심하다고 오해를 받을 위험성을 무릅쓰고까지 말씀드렸던 것입니다. 그리고 또 하나밖에 없는 딸의 계속적인 행복을 염두에 두고 있는 아버지로서—그리고 만일 딸에게 그와 같은 가능성이 생겨난다면, 틀림없이 양측에서 의식적으로 생겨나는 그 욕망의 싹을 무찌르게 되었을 아버지로서, 당신에게 말씀드렸던 것입니다.

오늘도 저는 같은 자격으로 당신께 이야기를 합니다. —친구로서 그리고 또 아버지로서. 친애하는 호프만 씨여. 당신이 여행을 떠나신 지 5년이 지났으나 저는 아직까지 당신이 저의 딸에게 쏟아 놓은 애정이 얼마나 뿌리 깊은 것이었는지를 인식할 여가도 없이 지내왔습니다. 그런데 최근에, 거기에 대해서 완전히 눈을 뜨지 않을 수 없는 하나의 사건이 일어났습니다. 아버지인 나로서 그 청혼을 지극히 환영할 수밖에 없었던 어느 훌륭한 남자의 부탁을, 그 아이가 당신에 대한 생각 때문에 단연 거절해 버린 사실을 무엇 때문에 당신에게 숨기겠습니까?

저의 딸의 감정과 욕망에는 흐르는 세월도 아무런 힘이 없었습니다. 그래서 만약에—이것은 아주 솔직하고 겸손한 질문입니다만—친애하는 호프만 씨여. 만약, 당신의 사정이 달라지지 않으셨으면, 차후로는 우리 양친이 우리 아이의 행복을 방해하지 않겠다고 생각하는 것을 여기서 당신에게 명백히 이야기하는 바입니다.

당신의 답장을 기다리는 바이며, 어떠한 뜻의 답장이 오든 저는 감사히 여길 것입니다. 그리고 여기서는 저의 충심으로부터의 존경의 뜻만을 첨가시켜 보내 올릴 따름입니다. 이만…….

남작 오스칼 폰 슈타인

나는 눈을 들었다. 그는 두 손을 등뒤로 잡고, 다시 창 밖을 내다보고 있었다. 나는 다만 이렇게 물었다.

"여행을 떠나야지?"

그러자 그는 나를 쳐다보지도 않고 대답하였다.

"내일 아침까지 짐을 꾸려 놓지 않으면 안 되겠어."

그날은 여러 가지 돌보는 일과 짐 꾸리는 일로 지나갔다. 나는 그를 여러 가지 도와주었고, 저녁때는 나의 제안으로 함께 마지막 산보를 하러 시내로 나섰다.

그때도 거의 참을 수 없을 만큼 무더웠다. 하늘에는 매초마다 푸른 인광(燐光)이 번쩍거렸다.—파올로는 고요하였으며 피곤한 것 같았다. 그러나 숨은 깊고 무겁게 쉬었다.

말없이, 때로는 평범한 이야기를 하며 한 시간쯤 이리저리 거닌 후에, 우리는 폰타나 트레비 앞에 멈추었다. 질주하는 해신(海神)의 수레를 상징하는 유명한 분수였다.

우리는 또다시 오래도록 감탄하면서, 이 아름답고 활

기 있는 군상을 관찰하였다. 끊임없이 새파란 섬광(閃光)을 뒤집어쓰고, 어쩐지 불가사의한 인상을 주는 광경이었다. 나의 친구가 말했다.

"벨니니는, 참으로 그 제자의 작품까지도 나에게는 매력적이야. 어째서 그 반대자가 있는지 모르겠어—물론이지, 최후의 심판이 그림보다 조각에 가깝다면, 벨니니의 작품은 무엇이고 조각보다 그림에 가까워. 그보다 더한 위대한 장식가가 또 있을까?"

"너는 대체." 하고 나는 말했다. "이 분수에 어떤 사연이 있는지 알아? 누구나 로마에서 떠날 때 이 물을 먹으면 다시 이리로 돌아오게 된다는 거야. 자, 여기 나의 여행 물그릇이 있어." 하고 말하며 나는 물줄기의 하나로 그릇을 가득 채웠다. "너는 꼭 너의 로마로 다시 돌아올 거야."

그는 컵을 들어서 입으로 가지고 갔다. 그 순간에도 온 하늘에는 눈부시도록 길게 계속되는 불꽃이 타올랐다. 그리고 쨍그랑 소리와 함께 물그릇은 분수 판의 모퉁이에 부딪쳐서 산산이 깨어졌다.

파올로는 손수건으로 옷에 묻은 물을 훔쳤다. "내가 신경이 날카로워서 그만 실수를 하였군." 하고 그는 말하였다. "자, 이제 가지. 그 물그릇이 별 가치가 없는 것이면 좋겠는데."

다음 날 아침은 날씨가 쾌청하였다. 우리가 정거장으로 달렸을 때는 밝은 하늘색의 여름 하늘이 머리 위에 빛났다.

작별은 짧았다. 내가 그에게 잘 가라고, 제발 행복하라고 말하자 파울로는 말없이 나의 손을 흔들었다.

꼿꼿이 몸을 세우고 널따란 전망창(展望窓)을 통하여 밖을 내다보고 있는 그를 나는 오래도록 배웅하였다. 그의 눈에는 깊은 진실이—그리고 승리감이 깃들어 있었다.

이 이상 나는 무슨 할말이 있겠는가?—그는 죽었다. 결혼식이 있었던 다음 날 아침에—아니 거의 그날 밤에 죽은 것이다.

그렇게 될 것은 당연한 일이었다. 그가 그렇게 오래도록 죽음을 억눌러 온 것은, 다만 그 의지—행복으로의 의지 때문이 아니었던가? 그 행복으로의 의지가 충족되었을 때에, 그는 죽을 수밖에 없었다. 투쟁도, 반항도 없이 죽을 수밖에 없었다. 이제는 살기 위한 아무런 구실도 가지지 않았으니 말이다.

나는 그가 나쁜 일을 한 것이 아닌가—결합한 여자에 대해서, 알면서 나쁜 일을 한 것이 아닌가 하고 자문해 보았다. 그러나 그의 장례식 때 관 앞에 서 있는 그 여자의 표정에도—파울로의 얼굴에서 발견할 수 있었던 엄숙하고 강한 승리의 진지한 표정을 볼 수 있었다.

트리스탄

여기는 요양원 '아인프리트'이다. 기다란 본관과 그 곁의 별관이 모두 백색(白色)으로 정원 한가운데에 직선으로 위치해 있다. 정원에는 동굴과 통로와 수피(樹皮)로 만든 정자가 재미있게 배치되어 있다. 요양원 건물의 슬레이트 지붕 너머에는, 푸른색 전나무로 이루어 진육중한 산들이 연한 계곡을 보이면서 하늘 높이 솟아 있다.

예전이나 지금이나 레안더 박사가 이 병원을 지휘하고 있다. 그로 말하면 가구(家具) 속을 메우는 말의 털처럼 빳빳하고 곱실거리는 까만 팔자(八字) 수염과, 두텁고 번쩍거리는 안경, 과학이 냉정하고 딱딱하게 만들어 놓고 조용하고 너그러운 염세관(厭世觀)으로 가득 채워 놓은 사나이의 모습, 이런 것들을 가지고 박사는 간결하고 묵묵한 태도로 환자들을 자기의 지배하에 두는 것이다—환자들, 그들은 자기 스스로 법칙을 만들어서 그것을 지키기에는 너무 약하기 때문에, 그의 엄격한 규율에 의지하려고 그에게 전재산을 갖다 바치는 사람들이다.

폰 오스텔로 간호사에 대하여 말하자면, 그는 대단히 헌신적인 열성으로 병원의 전체 살림살이를 돌보고 있다. 그 여자는 얼마나 부지런히 계단을 오르내리고, 요양원의 한쪽 끝까지 뛰어다니는 것일까! 부엌과 음식물 저장고에서 지휘를 하는가 하면, 세탁물을 간직하는 선반을 이리저리 기어올라가기도 하고, 하인들을 호령하는가 하면, 절약과 위생과 맛과 외관을 기초로 식탁을 마련하기도 한다. 그 여자는 엄청난 조심성을 가지고 살림을 한다. 그와 같은 극단적인 활약의 이면에는, 자기를 가정으로 이끌어가려고 생각지 않는 남성 전체에 대한 꾸준한 비난이 숨어 있는 것이다. 그러나 그 여자의 양쪽 볼에는, 언제라도 레안더 박사의 부인이 되고자 하는 희망이 지울 수 없는 동그랗고 새빨간 두 개의 점이 되어 불타고 있다.

오존과 고요하고 고요한 공기…… 폐병환자에게는 이 아인프리트를, 심지어 레안더 박사의 경쟁자나 시기자가 무어라고 말하든 가장 열렬히 권할 수 있다. 그러나 여기에는 폐결핵 환자뿐만 아니라 각종의 환자—남자나 여자나 심지어 아이들까지 머무르고 있다. 레안더 박사는 지극히 여러 방면으로 성과를 올리고 있는 것이다. 여기에는 시의회의원 슈파츠 부인과 같은 위장병 환자도 있으며(그 여자는 위만 아니라 귀도 앓고 있다) 심장병이 있는 신사들, 중풍 환자, 신경통 환자, 그리고 각종의 신경 계열 환자가 있다. 당뇨병에 걸린 어느 장군도 항상 투덜거리며 여기에서 그의 연금(年金)을 소모하고 있다. 빰이 수척한 몇 사람의 신사들은 마음대로 다리를 놀리지 못하는 걸음걸이로 걷는데, 그것은 좋지 않은 징후이다. 어느 50세의 부인—펠렌라우흐 목사 부인은 19명의 아이를 낳고 완전히 생각하는 능력을 빼앗겨 버린 사람인데, 아직까지 평안에 도달치 못하고 일종의 불안감에 몰려서 벌써 일 년째 개인보호부의 팔에 의지하여 말없이 멍청하게 병원 구내를 이리저리 불안하게 돌아다니고 있다. 가끔은 병실에만 누워서 식당에도 휴게실에도 나오지 못하는 '중병환자' 중의 누군가가 죽는다. 그러나 아무도, 심지어 옆방 사람까지도 그것을 알지 못한다. 조용한 한밤중, 촛농 같은 손님은 처리되고 마는 것이다. 그래도 아인프리트의 경영은 아무 일 없는 듯이 계속된다.—안마치료, 전기요법, 주사, 관수, 목욕, 체조, 발한(發汗) 흡입 등등이, 현대의 모든 발달된 기계장치가 되어 있는 방 안에서 계속된다…….

사실 여기서는 모두 활발하고, 그 시설은 번영하고 있다. 별관의 입구에 있는 수위는 새로 손님이 오면 언제나 큰 종을 울린다. 그리고 레안더 박사는 폰 오스텔로 간호사와 더불어 퇴원하는 사람이 있으면 언제나 예의를 갖추어서 전송한다. 지금까지 얼마나 여러 존재들을 이 아인프리트가 숙박시킨 것일까! 심지어 한 사람의 저술가까지 여기 와 있다. 그는 어느 광물 또는 보석과도 같은 이름을 가진 괴상한 사람인데, 여기서 밥벌레 노릇을 하고 있다…….

레안더 박사 외에도 또 한 사람의 의사가 있는데, 그는 아주 가벼운 환자와 절망적인 환자를 담당하고 있다. 그 이름은 뮐러라고 하는데, 여기서 별문제가 되지 않는 사람이다.

일월 초에 대실업가인 클뢰터얀—A.G.클뢰터얀 회사의—이 부인을 동반하고 아인프리트로 왔다. 수위가 종을 울려, 폰 오스텔로 양이 멀리서 온 손님들을 아래층 응접실로 맞아들였다. 그 방은 이 고상한 옛 건물과 마찬가지로 놀랍도록 순수한 앙피르 양식으로 마련된 방이다. 뒤따라 레안더 박사도 나타났다. 박사는 허리를 굽혔으며, 쌍방에서 처음 만나는 인사와 소개의 말이 벌어졌다.

밖에는 겨울의 정원이 있었다. 화단은 가마니떼기로 덮여 있었고, 동굴에는 눈이 쌓이고 조그만 기도실은 외롭게 서 있었다. 두 사람의 하인이 싸리문 앞의 신작로에 멈추어 있는 마차에서—현관까지는 마차 길도 닿지 않는다—새로 온 손님들의 커다란 가방을 운반하였다.

“천천히 걸어요. 가브리엘레, 조심해서. 입을 꼭 다물고요, 테이크 케어.” 하면서 클뢰터얀 씨가 그의 부인을 이끌고 정원을 지나서 들어갔다. 그런데 이 ‘take care’

라는 말에는, 누구나 그 여자를 보았다면 충심으로 자상하고 떨리는 마음으로 동조하지 않을 수 없었다—하기야 클뢰터얀 씨가 그 말을 독일어로 대뜸 말할 수 있었을 것임은 부인할 수 없는 일이지만.

이 부부를 정거장에서 요양원까지 태워 온 마부는, 거칠고 무식하고 무뚝뚝한 사나이였는데도, 그 실업가가 부인을 부축해서 마차에서 내려 주는 동안 너무나 조심스러워 혀를 이 사이에서 넣고 꽉 물고 있었다. 그뿐 아니라 그 두 마리의 밤색 말까지도 조용한 냉기 속에서 김을 내며 눈을 둥그렇게 뜨고 열심히 그 불안한 경과를 주목하는 것 같았다. 그와 같이 가냘프고 우아하고 보드라운 육체의 매력에 대해서는 근심스러워 못 견디겠다는 듯이.

이 젊은 부인은 기관지가 약한 것 같았다. 그것은 클뢰터얀 씨가 발틱 해의 해안에서 아인프리트의 원장 의사에게 보내 온 통지서에도 확실히 적혀 있는 것이다. 그것이 폐(肺)가 아니라는 것만은 참으로 다행한 일이다! 그러나 만일 그것이 폐였다면—이 새로운 부인 환자가 지금 그의 든든한 남편 곁에서 하얀 니스 칠을 한 직선적인 안락의자 위에 피곤해서 부드럽게 기대어 앉아, 담화를 좇고 있는 이 순간과 같이 그다지 우아하고 고상하고 그다지도 딴 세상 같고 천사와 같은 인상을 줄 수는 없을 것이다.

간단한 결혼 반지밖에는 아무 장식도 없는 아름답고

창백한 두 손은, 두껍고 새까만 양복의 스커트 주름 위에 놓여 있었다. 빳빳하게 칼라가 세워진 은빛 어린 쥐색의 빠듯한 상의에는 높이 솟아오른 비로드의 당초 무늬가 장식되어 있었다. 그러나 이와 같은 무겁고 따뜻한 옷감은 그의 조그만 모가지의 말할 수 없이 가냘픈 달콤함과 무력함을 한층 더 드러내고, 한층 더 이 세상 사람 같지 않게 보이게 하고, 한층 더 사랑스럽게 보이도록 했다. 목까지 깊숙이 단을 늘어뜨린 엷은 갈색의 머리카락은 반들반들하게 뒤로 넘겨져 있었고, 다만 오른쪽 목덜미 위에서만 곱슬머리 한 줌이 떨어져 나와 이마 쪽으로 걸려 있었다. 그 옆에는 뚜렷한 모양의 눈썹이 있고 그 위에는 조그맣고 이상한 혈관이 그 비칠 듯한 이마의 맑고 순백한 속을 지나 푸릇푸릇하게 그리고 병적으로 갈라져 있는 장소가 있었다. 눈 위의 그 푸른 혈관들은 그 고상한 타원형의 얼굴에 어딘지 사람을 불안하게 하는 기색을 주었다. 그것은 부인이 말을 시작하면, 아니 다만 미소를 띄우기만 하여도 금방 드러났다. 그러면 곧 얼굴에 무엇인가 애를 쓰는 것 같은, 심지어 압박을 느끼는 것 같은 표정이 나타나는 것이다. 그러면 그것이 무언지 모르는 불안을 불러올린다. 그럼에도 부인은 이야기를 하며 미소를 짓기도 한다. 그는 솔직하게 그리고 특징 있는 약간 흐릿한 목소리로 이야기를 하며, 좀 피로한 듯한 눈초리로 눈웃음을 짓는다. 동시에 입술의 윤곽이 극히 날카롭고 뚜렷하기 때문인지 창백하지만 빛나 보이는 아름답고 큰 입으로도 미소를 짓는 것이다. 그 눈은 가끔 빛을 잃은 것 같은 기색을 보였으며, 눈 가장자리는 홀쭉한 코허리의 양쪽 측면에서 깊은 그림자를 나타내고 있었다. 부인은 자주 가벼운 기침을 했고 그때마다 손수건을 입으로 가져가고 그것을 들여다보았다.

"기침을 하지 말아요, 가브리엘레." 하고 클뢰터얀 씨가 말하였다. "힌츠페터 박사가 특히 주의를 하던 것을 기억하지 않아? 달링. 조금 힘을 주기만 하면 되는 거예요. 응. 앞서 말한 것처럼 기관지니까 뭐." 하고 그는 되풀이 말하였다. "참말로, 처음 시작됐을 때는 폐가 나빠진 줄 알고 퍽 놀랐는데. 그런데 폐가 아니야, 아니고 말고. 그럴 리가 있나. 그런 것을 우리가 받아들이다니, 될 말인가. 안 그래요? 가브리엘레! 허, 허."

"물론이지요." 하고 레안더 박사가 말하고 안경알을 부인 있는 쪽을 향하여 빛내었다.

그때 클뢰터얀 씨가 커피를 청하였다—커피와 버터빵 하고. 그는 K발음을 목구멍 속에서 내어서 누구나 식욕을 일으키게 하는 독특한 방법으로 말하는 버릇이 있었다.

그는 청한 물건을 얻었으며, 또한 자기와 자기 부인을 위한 방도 차지하여 거기에 자리를 잡았다. 그리고 레안더 박사가 진찰을 맡았기 때문에 이 환자에 대하여는 뮐러 박사가 상관할 필요가 없었다.

새로 온 부인 환자는 아인프리트 내에 심상치 않은 소동을 일으켰다. 그리고 이와 같은 결과에 대해 익숙한 클뢰터얀 씨는 자기 부인에게 제공되는 모든 경의를 만족한 마음으로 받아들였다. 당뇨병에 걸린 장군은 처음으로 그 부인을 보게 되었을 때 잠시 투덜거리는 것을 멈추었으며, 뺨이 바싹 마른 신사들은 부인 곁으로 다가올 때마다 미소를 짓고 다리를 잘 가누려고 열심히 노력하였다. 또한 슈파츠 시의회의원 부인은 즉시 손위의 친구로서 그 부인과 친해졌다. 참으로 그 여자는—클뢰터얀 씨의 이름을 지니고 있는 그 부인은, 큰 영향을 끼쳤던 것이다! 수주일 이래 여기 아인프리트에서 시간을 보내고 있는 한 사람의 저술가—이름이 어느 보석의 이름과 똑같은 괴상한 사람—그 사람도 복도에서 그 여자와 만났을 때 얼굴색이 변해 우뚝 서버렸다. 그리고 부인이 보이지 않게 된 다음까지도 마치 뿌리가 박힌 것처럼 서 있었다. 그후 이틀도 못 가서 모든 치료객들이 그 여자의 이력과 신분에 대하여 통달하게 되었다. 그 여자는 브레멘 출생으로—그것은 말할 때에 발음이 약간 귀엽게 왜곡되는 것으로도 알아볼 수 있다.—2년 전에 그곳에서 대실업가 클뢰터얀 씨와 백년가약을 맺었다. 남편을 따라서 발틱 해의 해안에 있는 그의 고향으로 갔으나 지금으로부터 약 10개월쯤 전에 지극히 난산이고 위험한 상태로 어린아이를 낳았다. 놀랄 만큼 활발하고 훌륭한 옥동자이며 상속자인 것이다.

그런데 이와 같은 무서운 날들이 지나간 다음에도 그 여자는 다시 예전과 같은 건강으로 회복되지 못하였다—이전엔 그 여자가 건강하였다고 간주한다면. 그 여자는 극도로 피로하고 극도로 생활력을 잃어버리고 산요에서 일어나자마자 기침을 하고 약간의 피를 토하였다—아니 별로 많은 것이 아니라 아주 조금의 피였다. 그러나 그런 것은 전혀 나타나지 않았으면 좋았을 것이다. 그리고 걱정스런 일은 그와 똑같은 불안한 사건이 얼마 후 다시 일어난 것이다. 물론 거기에 대한 대책은 있었다. 주치의 힌츠페터 박사가 그 대책을 강구하였다. 절대 안정이 명령되었고 얼음 조각이 삼키어졌다. 기침의 자극을 덜기 위하여 모르핀도 사용되었다. 그리고 심장은 될 수 있는 한 조용하게 안정시켰다. 그러나 좀처럼 회복되지 않았다. 그리고 그 아이—안톤 클뢰터얀이라는 우량아가 굉장한 에너지로, 염치없이 생의 영역을 획득하고 주장해 나가는 동안에, 젊은 어머니는 보드랍고 고요한 작열(灼熱) 속에 소모되어 가는 것같이 보였다……. 앞서도 이야기한 바와 같이 말썽은 기관지였다. 이 기관지라는 말은 힌츠페터 박사가 발음할 때엔 모든 사람의 마음에 놀랄 만큼 위안을 주고 진정시켜 주며 거의 명랑한 기분으로 만들어 주는 작용을 가지고 있었다. 그러나 그것이 폐가 아니라고 해도, 그 의사는 결국 한층 온화한 기후와 어느 요양소에 체류하는 것이 병의 쾌차를 위하여 절실히 요망되는 바라고 인정하였다. 그리고 그 다음 일은 요양원 아인프리트와 그 원장의 명성이 결정지었다.

그와 같은 사정이었다. 그리고 클뢰터얀 씨 자신이, 누구든지 이 이야기에 관심을 표시하는 사람에게는 그렇게 말해 주었다.

그는 소화(消化)가 그의 돈주머니 사정과 마찬가지로 순조로운 사람처럼 큰 소리로 닥치는대로 기분좋게 이야기하였다. 혀를 기다랗게 내밀고서 움직거리며 북방의 해안에 사는 사람의 특징인 느리면서 성급한 말투로 이야기를 하였다. 때때로 그는 말마디를 입에서부터 내던졌으며, 따라서 각각의 말마디가 조그마한 발사(發射)같이 들렸다. 그러면 그는 마치 잘된 농담이라도 한 것처럼 웃어대는 것이다.

그는 중키에 어깨판이 넓고 단단하며 다리가 짧고 탱탱한 붉은 얼굴에 극히 엷은 푸른색의 두 눈과, 그 위를 덮은 아주 밝은 블론드 빛깔의 눈썹, 커다란 콧구멍, 축축한 입술, 그러한 모습이었다. 그는 영국식의 볼 수염을 달고 있었고 복장도 완전한 영국식이었다. 그리고 여기 아인프리트에서 어느 영국 사람의 가족—아버지 어머니 그리고 세 사람의 어여쁜 아이들과 그들의 보모—와 만나게 된 데 대하여 대단한 기쁨을 표시하였다. 그 가족은 다만 그들이 어디에 있어야 좋을는지 모르고 있다는 이유만으로 여기에 체류하고 있었다. 그래서 그는 아침마다 그 가족과 함께 영국식 식사를 하였다. 대체로 그는 좋은 식사를 잔뜩 먹고 마시는 것을 좋아하며 요리와 주류에 대해서 대단히 정통한 지식을 가지고 있어 보였는데, 고향의 친구들간에 개최되는 만찬에 관한 이야기라든가, 여기서는 아무도 모르는 특종의 요리 이야기 같은 것을 하여서 치료객들의 많은 흥미를 자아내게 하였다. 그런 때에 그의 눈은 순한 빛을 나타내어 가늘게 되었으며, 말소리에는 어쩐지 입 천장과 코에 걸린 것 같은 음향이 가하여지고 동시에 목구멍 속에서 가볍게 철썩거리는 소리가 동반되는 것이었다. 그가 그외에, 세속적인 환락을 원칙적으로 싫어하지 않는다는 사실은, 낭하에서 그가 어느 병실 하녀와 상당히 문란한 태도로 장난을 하고 있는 것을 아인프리트의 치료객의 한 사람, 즉 저술을 직업으로 하고 있는 사람에게 들키게 된 그날 저녁에 판명되었다.—그것은 사소할 정도로 유모러스한 사건에 불과하였지만, 그것을 본 저술가는 우스울 만큼 구역질나는 표정을 하였다.

클뢰터얀 씨의 부인에 대해서 말하면, 그가 그의 남편에 대하여 충심으로 애정을 가지고 있는 것은 명백하고 확실하게 엿볼 수 있었다. 그 여자는 미소를 띄며 남편의 말이나 손짓에 따랐다. 그것은 많은 환자들이 건강한 사람에게 보이는 그런 불손한 관용의 태도가 아니라, 좋은 성질의 환자가 건강에 넘쳐흐르는 사람들의 믿음직한 생의 표현에 대하여 보여 주는 귀염스러운 기쁨과 공감의 태도인 것이다.

클뢰터얀 씨는 아인프리트에 오래 머물러 있지 않았다. 그는 아내를 여기까지 데려다 주러 왔던 것이다. 일주일이 지난 다음에 아내가 친절하게 간호를 받고 든든하게 맡기어진 것을 알자, 그의 체류는 더 오래 머무를 필요가 없었다. 같은 중요성을 가진 의무, 즉 그의 무럭무럭 자라나는 아이, 그리고 역시 번창하는 장사가 그를 고향으로 불러들였다. 그러한 것들이 그의 출발을 강요하고, 그의 아내를 최선의 간호에 맡기고 나오게 한 것이다.

여러 주일 아인프리트에서 생활을 한 그 저술가의 이름은 슈피넬이었다. 데틀레프 슈피넬이 그의 정식 이름인데, 그의 외모는 괴상하였다. 서른 살을 좀 지난, 체격이 든든하고 밤색의 머리를 가진 사나이를 눈앞에 그려 보라. 머리털이 뒷덜미에서 벌써 눈에 띄게 희끗희끗하고, 둥그렇고 그리고 약간 부풀어오른 하얀 얼굴에는 아무 데도 수염의 흔적조차 보이지 않는다. 그것은 면도를 했기 때문에 아니었다—누가 보아도 알 것이다. 보드랍고 마찰한 것 같고 어린애 같으며 여기저기 조그마한 솜털이 달려 있을 뿐이다. 그것이 아주 이상하게 보였다. 고동색의 빛나는 눈의 광채가 보드라운 인상을 주고 코는 짤막하고 뭉툭한데다 살이 많은 편이었다. 또한 활 모양의 해면과 같은 로마식 윗입술을 가졌으며, 크고 벌레 먹은 이빨과 드물게 보는 거대한 발을 가지고 있었다. 다리가 흔들거리는 신사들 중의 한 사람이 익살과 풍자를 뒤섞어 그를 '썩은 갓난아이'라고 몰래 별명을 지었다. 그러나 그것은 너무 심하고, 그리 적절한 별명이 아니었다—그는 유행하는 고급 양복을 입고 다녔다. 길고 까만 상의와 빛깔 있는 점박이 무늬 조끼를 입은 것이다.

그는 사람들과 사귀는 것을 좋아하지 않아서 어떤 사람하고도 어울리지를 않았다. 다만 어쩌다가 친밀하고 사랑스럽고 넘쳐흐르는 듯한 기분에 빠질 때가 있었는데, 그것은 슈피넬 씨가 미적 경지에 잠길 때—두 가지 빛깔의 조화라든가, 고상한 형태의 화병이라든가, 낙조(落照)에 비추어지는 산들이라든가, 무엇이고 아름다운 것을 보고 열중해서 아주 감격하고 놀랄 때—에는 그런 상태에 빠진다. "얼마나 아름답습니까!" 하고 그는 고개를 한옆으로 갸우뚱하고, 어깨를 으쓱 올리며, 두 손을 벌리고 코와 입술에 주름을 지게 하며 말하는 것이다. "아, 저것을 보십시오! 얼마나 아름답습니까!" 그리고 이런 순간적 감동에 빠지면 그는 남자건 여자건 가리지 않고 고귀한 사람들의 목덜미라도 마구 껴안으려고 하는 것이다…….

그의 책상 위에는, 그 방으로 들어가는 사람이면 누구나 볼 수 있는 자리에 자기가 저술한 책이 항상 놓여 있었다. 그것은 꽤 두둑한 소설이었는데, 겉표지에는 전혀 영문을 알 수 없는 그림이 그려져 있었고, 일종의 거칠거칠하고 발이 굵은 종이 위에 한자 한자가 고딕 양식의 사원과 같아 보이는 서체로 인쇄되어 있었다. 폰 오스텔로 양이 언젠가 잠깐 틈이 나서 그것을 읽어 보고 '곧잘 된' 것이라고 말하였는데, 그것은 그 여자가 '지독하게 지루한 것'이라는 판단을 바꾸어서 말하는 말버릇이었다. 그 소설의 장면에는, 새로운 유행의 응접실이라든가 사치스러운 부인들의 방이라든가 그런 것들이 취급되었는데, 거기에는 귀한 물건들이 잔뜩 있었다. 고불렝 직물, 고대식 가구, 값비싼 도자기, 돈으로 살 수 없는 천, 각종의 예술적인 보석, 그와 같은 것으로 가득 차 있었던 것이다. 그러한 것들의 묘사에는 대견스러운 정성이 들어 있어서 그것을 읽는 사람은 슈피넬 씨가 코를 찡긋하면서 "얼마나 아름답습니까! 참말로 한 번 보아 보십시오. 참으로 아름답습니다!" 이렇게 이야기하는 꼴을 자꾸만 눈으로 보는 것 같았다. 하여간 그가 이 책 외에 다른 책을 아직 쓰지 않았다는 것이 이상했다. 왜냐하면 그는 확실히 열정적으로 항상 쓰고 있기 때문이다. 그는 하루의 대부분을 글을 쓰면서 자기 방에서 지내는 것이다. 그리고 유난히 많은 편지를 우체국으로 보낸다. 거의 매일같이 한 통이나 두 통씩—그런데 그에게는 퍽 드물게 어쩌다가 한두 통의 편지가 올 뿐이라는 것은 또한 이상하고 재미나는 사실로 눈에 띄었다.

식탁에서 슈피넬 씨는 클뢰터얀 씨 부인의 건너편에

앉았다. 그 양주가 참가한 최초의 식사 때에 그는 좀 늦어서, 별관의 아래층에 있는 널따란 식당에 나타났다. 낮은 목소리로 여러 사람에게 한 마디 인사를 하고는, 자기 좌석에 가서 앉았다. 그때 레안더 박사가 그를 약식으로 새로 온 사람들과 소개해 줬다. 그는 머리를 숙이고 확실히 좀 겸연쩍어하며 식사를 시작했는데, 대단히 좁은 옷소매로부터 크고 희며 아름답게 생긴 손이 나와서 나이프와 포크를 꽤 멋부리는 솜씨로 움직거렸다. 잠시 후에 그는 마음이 놓여 침착하게 클뢰터얀 씨와 그의 부인을 번갈아 관찰하였다. 클뢰터얀 씨 측으로부터도 식사 도중에, 아인프리트의 시설과 기후에 대한 몇 가지 질문과 소감을 그에게 말하였다. 그 부인도 자기대로 귀여운 말투로 두서너 마디 말참견을 하였다. 거기에 대하여 슈피넬 씨는 공손하게 답변하였다. 그의 목소리는 부드럽고 대단히 호의적이었다. 그런데 말을 하는데는 어딘지 이가 혀를 방해하는 것 같은, 좀 부자연스럽고 둘둘 말리는 것 같은, 특징이 있었다.

식사 후 사람들이 담화실로 옮겨갔을 때 레안더 박사는 특별히 새로 온 손님들에 대해서 식후의 인사를 하였는데, 그때 클뢰터얀 씨의 부인이 식사 때 자기 앞에 앉았던 사람에 대해서 물어 보았다.

"그분은 이름이 무어라고 하셨지요?" 하고 부인이 물었다. "슈피넬리든가요? 나는 그 이름을 똑똑히 못 들었습니다."

"슈피넬입니다……슈피넬리가 아닙니다. 사모님. 뭘요, 이탈리아 사람도 아니죠. 무어 렘밸크에서 출생하였다나요. 내가 알기에는……."

"무어라고 말씀하셨나요? 그분이 저술가라고 하셨던가요? 그렇지 않으면 또 무슨?" 클뢰터얀 씨가 물었다. 두 손을 영국식 바지 주머니에 집어넣고, 귀를 박사 쪽을 향하여 기울이고. 보통 많은 사람들이 그러하듯이, 대답을 들으려고 입을 좀 벌리고 있었다.

"글쎄요, 난 잘 모르지만, 그는 글을 쓴답니다……." 레안더 박사가 대답하였다. "내가 듣기에는 책을 한 권 출판하였다는데. 일종의 소설이랍니다. 사실 나는 자세히 모릅니다마는……."

이렇게 자꾸만 '나는 모릅니다'를 되풀이하는 것을 보면 레안더 박사는 그 저술가를 별로 중요시하지 않고 있는 것을 의미하는 것이었다. 그리고 그 남자에 대한 모든 책임에서 벗어나려고 하는 것을 알 수 있었다.

"그렇지만 그것은 퍽 흥미 있는 일이 아닐까요!" 하고 클뢰터얀 부인은 말하였다. 그 여자는 아직껏 저술가를 한 번도 직접 본 적이 없었던 것이다.

"그야 그렇지요." 하고 레안더 박사가 맞장구치며 대답하였다. "그가 약간의 명성을 차지하고 있다고들 하니까요……."

그러고는 그 이상 그 저술가에 대한 이야기는 화제에 오르지 않았다.

그러나 잠시 후 새로운 손님들이 물러간 다음에 레안더 박사도 역시 담화실을 나가려고 하였을 때, 슈피넬 씨가 와서 그를 멈추게 하고 자기대로 이것저것 물어보았다.

"그 부부의 이름이 뭐라고 하였습니까?" 하고 그는 물었다. "나는 전혀 못 알아들었습니다."

"클뢰터얀." 하고 레안더 박사는 대답하자마자 다시 나가려고 하였다.

"남편은 이름이 무엇입니까?" 슈피넬 씨가 다시 물었다.

"그들은 다 클뢰터얀이라고 합니다!" 하고 레안더 박사는 곧 나가 버렸다—그는 그 저술가를 전혀 중요시하지 않았던 것이다.

우리는 벌써 클뢰터얀 씨가 고향에 돌아간 데까지 이야기를 했던가? 그렇지. 그는 다시 발틱 해의 해안에서 자기 사업에, 그리고 자기 아이에—어머니에게 대단한 고통을 주고 기관지에까지 약간의 고장을 일으키게 한 염치없는 원기왕성한 아이에—다시 종사하게 되었다. 그러나 젊은 부인은 아인프리트에 남아 있었다. 그리고 슈파츠 시의회의원 부인이 손위의 친구로서 그 여자와 각별한 사이가 되었다. 그러나 그것은 클뢰터얀 씨의 부인이 다른 치료객, 예를 들면 슈피넬 씨와 친하게 되는 것을 방해하지는 않았다. 슈피넬 씨는, 모든 사람이 뜻밖이라고 생각한 바이지만(왜냐하면 지금까지는 그가 아무하고도 교제를 안했으니까) 처음부터 부인에 대하여 비상한 헌신과 봉사를 바쳤다. 그리고 부인도 엄격한 일과가 허용하는 틈에는 가끔 그와 담화를 하는 것을 싫어하지 않았다.

그는 무섭게 신중하고 공손한 태도로 부인에게 가까이 하였으며, 언제나 조심스럽게 목소리를 낮추어서 부인에게 이야기를 했다. 그래서 귀이염을 앓는 슈파츠 의원 부인은 그가 무슨 말을 하는지 하나도 못 알아들을 정도였다. 클뢰터얀 부인이 보드랍게 미소를 띄우며 기대 앉은 안락의자에, 그는 자기의 그 큰 발을 곤두세워, 발끝으로 가만가만 다가갔다. 두 걸음의 간격을 두고 정지하고, 한쪽 발을 뒤로 끌며 상체를 앞으로 구부려, 어딘지 부자연스럽고 혀끝이 말리는 것 같은 말투로 나지막하게 그리고 절실하게 이야기를 했다. 그리고 만일 부인의 얼굴에 조금이라도 피곤하다든지 괴롭다든지 하는 기색이 보이기만 하면 언제라도 즉시 되돌아서 사라져 버릴 용의가 되어 있는 것이다. 부인은 그를 자기와 슈파츠 부인 사이에 앉으라고 권하면서 대답을 경청하였다. 왜냐하면 가끔 그는 그 여자가 아직껏 한 번도 들어보지 못한 재미있고 이상한 이야기를 해주었기 때문이다.

"무엇 때문에 당신은 여기 '아인프리트'에 계십니까?" 하고 부인이 물었다. "무슨 치료를 받고 계십니까, 슈피넬 씨?"

"치료요?……전기치료를 약간 받고 있지요. 아니 그거야 뭐 말할 가치도 없는 것입니다. 사모님. 내가 여기에 있는 이유를 말씀드리지요—그것은 건축양식 때문입니다."

"어머나!" 하고 클뢰터얀 부인이 말하였다. 그리고 한쪽 손으로 턱을 받치고 앉아서, 무슨 말인가를 하려고 하는 아이에게 보여 주는 과장된 열성을 보이며 그에게로 몸을 돌렸다.

"그렇습니다. 사모님. '아인프리트'는 그야말로 앙피르식입니다. 예전에는 이것이 궁성—이궁(離宮)이었다고 들었어요. 이 별관은 물론 그후에 증축한 것입니다. 본관은 오래된 것이고 정식 건물이지요. 그런데 나는 이 앙피르식 없이는 견딜 수 없는 때가 있습니다. 어느 조그마한 정도의 쾌감을 얻기 위하여 그것이 절대로 필요하게 되는 때가 있지요. 거의 음탕한 기분이 들도록 보드랍고 안락한 가구 사이에서 있는 것과, 이와 같이 직선적인 책상이나 의자, 그리고 양탄자들 사이에 파묻히는 것하고는 전혀 별다른 기분이 되는 것이 확실합니다. ……이 밝음과 견고함, 이 차가움과 험한 단순성, 그리고 무게 있는 엄격, 이런 것들이 사모님, 나에게는 위엄과 품격을 주는 것입니다. 그런 것은 오래 있음으로써 마음의 정화(淨化)와 강화를 가져오게 하지요. 그것은 나를 도덕적으로 높이고, 말할 것도 없이……."

"그것 참 묘하군요." 하고 부인이 말하였다. "하여간에 나는 이해할 수 있습니다. 이해하려고 노력을 하면."
그 말에 그 남자는, 노력을 해봤자 아무런 소용도 없을 것이라고 대답하였다. 그리고 두 사람은 함께 웃었다. 슈파츠 부인도 역시 웃으며, 그것이 묘한 것이라고 말하였다. 그러나 이해할 수 있다고는 말하지 않았다.
담화실은 널찍하고 아름다운 방이었다. 바로 옆방의 당구장으로 통하는 높고 하얀 문은 언제나 활짝 열려 있었다. 당구장에서는 다리를 마음대로 쓰지 못하는 신사들과 그밖의 사람들이 놀고 있었다. 반대쪽에는 유리문을 통해서 널따란 테라스와 정원이 내다보였다. 그 문 옆에는 피아노가 한 대 놓여 있었다. 녹색의 탁자보를 깐 노름책상도 있어서 거기서는 당뇨병의 장군이 몇몇 사람의 신사들과 피스트 놀이를 하고 있었다. 부인들은 책도 읽고 바느질도 하였다. 쇠로 만든 난로가 방안을 덥혀 주었고, 새빨간 종이조각을 붙여서 만든 모조(模造) 석탄이 들어 있는 멋있고 고대식인 벽난로 앞에는, 기분좋은 담화석이 마련되어 있었다.
"당신은 일찍 일어나시는군요, 슈피넬 씨." 하고 클뢰터얀 부인이 말하였다 "나는 우연히 당신이 아침 일곱 시 반에 집을 나가시는 것을 두세 번 보았습니다."
"일찍 일어난다고요? 아, 대단히 별다른 의미로 그러지요, 사모님. 사실을 말하면 내가 잠꾸러기이기 때문에 일찍 일어나는 것입니다."
"그 말씀은 설명해 주셔야겠습니다. 슈피넬 씨."

슈파츠 부인도 역시 설명해 줄 것을 원하였다.

"글쎄요.……만일 언제나 일찍 일어나는 사람이면 그 사람은 별로, 내 생각 같아서는 그리 일찍 일어날 필요가 없습니다. 양심이라는 것이 있지요. 사모님. ……이 양심이라는 것이 좋지 못한 것입니다! 나와 나의 동료는 한평생 그것과 싸움을 하며 지냅니다. 그래서 가끔 그것을 속인다든지, 그것을 조그마한 약은 수단으로써 만족을 시켜 준다든지 하느라고 대단히 바쁜 것입니다. 우리는—나와 나의 동료는 필요없는 존재여서, 극히 짧은 행복한 시간을 제외하고는 항상 우리가 무용지물이라는 의식을 가지고, 헐떡이며 병들어서 질질 끌고 다니는 것입니다. 우리는 유익하다는 것을 미워합니다. 유익한 것은 천하고 보기 싫은 것이라는 것을 알기 때문입니다. 우리는 이러한 진리(眞理)를 마치 다른 사람들이 절대 불가결의 진리를 보호하듯 잘 간직합니다. 그런데도 우리는 양심의 가책에 침식되어 한 군데도 성한 데가 없는 것입니다. 거기에 덧붙여서 우리의 내면생활의 전체가—인생관이라든가 사업 방법이라든가 그런 것이……무섭게 불건전하고 심신을 파괴하고 소멸시키는 작용을 가져오게 하는 것이니까요. 그리고 그것이 또한 사정을 더 나쁘게 만듭니다. 거기에 대해서는 조그마한 대책이 있기는 있습니다. 그것이 없다면 참아 나갈 수 없으리라고 생각합니다. 예를 들자면 생활 방식을 어느 점에 있어서 규율화한다든지, 위생적으로 엄격하게 한다든지 한다는 것은 우리들 여러 사람에게는 자연스런 요구입니다. 일찍 일어나는 것, 무참할 정도로 일찍. 냉수욕을 하는 것, 눈 속으로 산보를 가는 것……, 그런 것은 아마도 한 시간쯤은 우리로 하여금 자기 자신에 대하여 만족하게 만들 것입니다. 나 같은 사람을 그대로 놔둔다면, 오후까지라도 침대 속에 누워 있게 될 것입니다. 알아들으시겠지요? 그래서 내가 일찍 일어난다 하여도, 그것은 사실은 위선인 것입니다."

"아니에요. 왜 그렇게 말씀을……슈피넬 씨! 난 그것을 극기(克己)라고 부르겠습니다·……그러찮아요 슈파츠 의원 사모님?"

슈파츠 시의회의원 부인도 역시 그것을 극기라고 불렀다.

"위선이든가 극기이든가 무엇이고 좋은 대로 말씀하십시오, 사모님. 나는 슬프도록 정직한 성질이어서 아무래도……."

"정말 그래요. 확실히 당신은 너무 심하게 비관하세요."

"사실입니다, 사모님. 나는 너무 비관을 합니다."

좋은 날씨가 계속되었다. 하얗고 단단하고 깨끗한 가운데 바람은 자고, 빛나는 냉랭한 냉기 속에, 그리고 눈부시도록 밝은 빛과 푸르스름한 그림자 속에 이 일대의 경치—산들과 집과 정원이 놓여 있었다. 그리고 수천만의 반짝이는 빛의 작은 알갱이들과 번들번들하는 결정체들이, 그 속에서 춤추는 것과도 같이 보이는 연한 푸른색의 하늘은 모든 것 위에 티끌만한 점도 없이 덮어 씌워져 있다. 클뢰터얀 부인은 요즘, 한동안 몸이 꽤 괜찮았다. 열도 없고 기침도 거의 완전히 나오지 않고, 식사도 과히 싫지 않게 먹을 수 있었다. 가끔 그 여자는 자기에게 지시된 대로 몇 시간이고 테라스 위의 추운 양지에 앉아 있었다. 눈 속에서 이불이나 모포를 푹 뒤집어쓰고서 기관지를 좋게 하기 위하여 깨끗한 얼음 같은 공기를 희망에 차서 마시는 것이다. 그런 때에 그 여자는 가끔 슈피텔 씨가 역시 옷을 따뜻이 입고, 발에는 무지하게 크게 보이는 털구두를 신고, 정원에서 왔다갔다하는 것을 발견하였다. 그 남자는 발로 땅을 만져보는 듯한 걸음을 걸으며, 그리고 일종의 주의 깊고 뻣뻣하고 조심성을 품은 팔의 자세로서 눈 속을 걸어갔다. 그는 테라스 곁으로 오면, 항상 부인에게 공손하게 인사를 하고 층계를 몇 걸음만 올라와서는 약간의 대화를 시작하는 것이다.

"오늘 나는 아침 산보를 하다 아름다운 여자를 보았습니다.……참으로 아름다운 사람이었지요!" 하고 그는 말하며 고개를 갸우뚱하고 두 손을 벌렸다.

"정말입니까, 슈피넬 씨? 그 여자의 모양을 나한테 말씀해 주세요!"

"아니, 그렇게 할 수 없습니다. 말한다면 내가 당신에게 그 여자의 옳지 않은 모습을 전하게 될 것입니다. 나는 그 부인을 지나치면서 슬쩍 곁눈으로 스쳤을 뿐이고 사실은 보지 못한 것입니다. 그러나 내가 받은 희미한 그 여자의 그림자만으로 나의 상상은 충분히 자극되어서 나는 하나의 아름다운 모습을 잡아 가지고 올 수 있었습니다……. 참으로 그것은 아름다운 자태였지요!"

그 여자는 웃었다. "그것이 당신이 아름다운 부인을 관찰하는 방법인가요, 슈피넬 씨?"

"그렇습니다. 사모님, 그렇게 하는 것이 더 좋은 방법이지요. 그런 사람들의 얼굴을 버릇없이 현실적인 욕망에 불타 정면으로 응시하여 결점이 많은 사실상의 인상을 갖게 되는 것보다는……."

"현실적인 욕망이라고요……그것 참 괴이한 말이군요! 저술가나 쓸 수 있는 말이에요. 슈피넬 씨. 그러나 그 말에는 나도 충격을 받았어요. 정말이에요. 그 속에는 나한테도 조금은 이해할 수 있는 점—무엇인가가 독립적인 것, 자유로운 것, 심지어 현실에 대하여서도 존경을 표시하는 것이 들어 있어요. 사실은 현실이라는 것이 이 세상에서 가장 귀중한 것—아니 귀중 그 자체인데요.……그리고 손으로 붙잡을 수 있는 것 외에 다른 무엇이 있다는 것도 나는 알겠어요. 무엇인가 더 미묘한 것이……."

"나는 다만 하나의 그와 같은 얼굴을 압니다." 하고 그 남자는 돌연, 이상한 기쁜 감동을 목소리에 덮고서 말하였다. 그리고 꽉 쥔 두 손을 어깨에까지 올리고 황홀한 웃음으로 그의 벌레 먹은 치아를 내보이는 것이었다. "나는 다만 그와 같은 한 사람의 얼굴을 알고 있습니다. 그 고상한 현실성을 나와 같은 사람의 공상으로 고치려고 드는 것이 죄스러운 일일 거라고 생각되는 얼굴입니다. 내가 그 얼굴을 몇 분이나 몇 시간이 아니라, 나의 전 생애를 통하여 바라보고, 그 위에 머무르고 있고 싶은 그러한 얼굴입니다. 그 얼굴 속에 완전히 잠겨서 모든 지상적인 것을 그 얼굴로 말미암아 잃어버리고 싶은……."

"좋아요. 좋아요. 슈피넬 씨. 다만 폰 오스텔로 양은 유감스럽게도 귀가 상당히 멀리 달려 있는 걸요."

그는 말없이 허리를 깊게 숙였다. 그가 다시 몸을 일으켜 세웠을 때에는 그의 두 눈이 약간 당황하며 고통의 표정을 띠고, 부인의 비치는 듯한 이마 위에 있는 맑고 푸릇푸릇하게 병적으로 뻗쳐 있는, 그 작은 이상한 혈관을 바라보고 있었다.

'괴짜', '아주 괴상한 사나이!'—클뢰터얀 씨의 부인은 가끔 그 남자에 대하여 생각하였다. 왜냐하면 그 여자도 생각을 할 시간이 대단히 많았기 때문이다. 공기 전환이 효과를 잃기 시작한 것인지, 또는 어느 적극적인 나쁜 영향이 그 여자에게 미치게 된 것인지 그 여자의 병세는 훨씬 나빠졌다. 기관지의 상태에 지장이 있는 것 같았다. 그는 힘없고 피로하고 식욕이 없는 기분이었으며 자주 열이 났다. 그래서 레안더 박사는 그 여자에게 절대적으로 안정하고 정양 및 조래를 지시하였다. 그래서 부인은 누워 있어야 하는 시간 외에는 슈파츠 부인과 동무가 되어서 가만히 앉아 있었다. 그리고 하지 않는 바느질거리를 무릎 위에 놓은 채 조용히 이 생각 저 생각에 잠기는 것이다.

정말 그 남자는, 그 괴이한 슈피넬 씨는 그 여자에게 여러 가지 생각을 하게 하였다. 그리고 이상한 일은, 그 남자의 인물에 대한 것뿐 아니라, 자기 자신의 인물에 대해서도였다. 그 남자는 어떻게 해서인지 그 여자에게 이상한 호기심, 여태껏 가져 보지 않았던 자신의 존재에 대한 호기심을 마음속에 불러일으키게 하는 것이다. 어느 날 그는 담화 도중에 이러한 말을 하였다.

"거참 여인들이란 수수께끼 같은 존재입니다……. 그것은 별로 새로운 일이 아닌데도 우리는 그 앞에 서서 입을 딱 벌리고 놀라지 않을 수 없는 것입니다. 여기 아름다운 한 사람의 여자가 있습니다. 바람의 정(精)이라든지, 향기의 화신(化身)이라든지, 동화 속의 아름다운 꿈의 존재 같은 그런 사람 말입니다. 그 여인이 무슨 짓을 한다고 생각하십니까? 나가서 어느 장터의 장수(壯士)나 소잡는 백정에게 몸을 허락해 버립니다. 그리하여 남자의 팔에 매달려 오거나 때로는 남자의 어깨에 고개를 기대기까지 하고 오는 것입니다. 동시에 교활한 웃음을 띠며 주위를 살펴보는데, 마치 이렇게 이야기하는 것 같습니다—자 이것을 보시오. 그리고 이

꼴에 머리들을 썩히시오!—그래서 우리들은 모두 어쩔 줄을 모르는 것입니다."

그 말을 클뢰터얀 씨의 부인은 몇 번이고 되풀이하여 생각하였다.

또 어느 날은 슈파츠 부인이 놀랍게 여긴 일이지만, 다음과 같은 대화가 그들 사이에 교환되었다.

"실례지만 사모님, 이름을 무어라고 하시는지 물어보아도 좋겠습니까?(이것은 좀 건방진 이야기이지만) 당신의 진짜 이름은 무엇인지요?"

"나는 클뢰터얀이라고 불리잖아요, 슈피넬 씨!"

"흠, 그것은 압니다,라고 말하기보다 오히려 나는 부인(否認)합니다. 나는 당신 자신의 이름, 처녀 때의 이름을 말하는 것입니다. 당신은 솔직하게 말씀하셔서, 클뢰터얀 부인이라고 부르려는 사람을 때려 주고 싶은 심정인 것을 인정하시지요, 사모님."

부인은 마음 속으로부터 깔깔 웃었다. 그래서 눈썹 위에 있는 푸른 혈관이 근심스러울 정도로 뚜렷이 일어나고, 보드랍고 귀여운 얼굴에 노력과 불안의 표정이 나타났다. 그것이 대단히 불안하였다.

"별말씀을! 그런 말은 마세요, 슈피넬 씨. 때리고 싶다니요? 클뢰터얀이라는 이름이 당신에게 그렇게 무섭게 보입니까?"

"그렇습니다. 사모님. 나는 그 이름을 처음으로 들었을 때부터 마음 속으로 미워했습니다. 그 이름은 이상하고 비길 데 없이 보기 싫은 이름입니다. 당신의 남편 이름을 옮겨다가 당신에게 붙여서 사용하는 습관을 그렇게까지 가게 한다면 그것은 야만적이며 비열한 일입니다."

"그러면 액크호프는 어때요? 액크호프는 좀 낫나요? 나의 아버지는 액크호프라고 불렀습니다."

"그것 보십시오! 액크호프는 전혀 다릅니다. 아주 위대한 배우 중에 액크호프라고 불린 사람이 있었습니다. 액크호프는 합격입니다.—당신은 당신 아버지 말씀만 하셨는데 당신의 어머님은……?"

"네, 우리 어머니는 내가 어린아이였을 때 돌아가셨습니다."

"아, 당신에 대한 이야기를 좀 더 해주실 수 없겠습니까? 만일 피로하시면 하시지 마십시오. 그러시면 쉬십시오. 나는 요전처럼 파리에 대한 이야기를 계속하겠습니다. 그러나 아주 조그만 소리로 말씀하실 수는 있지요. 아주 속삭이듯이. 그렇게 이야기를 하시면 모든 것이 한층 아름답게 보입니다……. 당신은 브래멘에서 출생하셨다지요?" 그 질문을 그는 거의 억양 없는 말투로 공손하게, 그리고 의미심장한 표현으로 말하여서 마치 브래멘이 비할 데 없는 도시, 헤아릴 수 없는 모험과 숨겨진 아름다움이 가득 찬 도시로서, 거기서 출생하였다는 것이 하나의 신비스러운 기품을 주는 것인 듯싶었다.

"그렇습니다. 글쎄요!" 부인은 무의식적으로 말하였

다. "나는 브래멘 출생이지요."

"나는 거길 한 번 가본 적이 있습니다."

남자는 심각하게 생각하며 말하였다.

"어머나! 당신도 거기를 가보셨다고요? 아니, 정말로 슈피넬 씨. 그럼 투니스에서 슈피츠벨겐까지의 사이에 안 가보신 데가 없군요!"

"네, 나는 거기에 한 번 가봤습니다." 하고 남자는 되풀이하였다. "어느 저녁때의 한두 시간 짧은 동안이었지요. 어느 좁은 옛 거리를 기억합니다. 거기 박풍 모양의 지붕 위에는 신묘한 달이 비추고 있었지요. 그리고 포도주와 곰팡이 냄새가 있는 지하실로 갔었습니다. 그것은 아주 인상 깊은 추억입니다……."

"정말이에요? 그것은 어느 거리였을까요?—정말 그와 같은 박풍 모양의 집에서—소리가 잘 울리는 현관과 하얗게 라카 칠한 낭하가 있는 상인집에서 나는 탄생했어요."

"그럼 당신 아버님도 상인이셨나요?"

남자는 약간 머뭇거리며 물었다.

"그렇지요. 그러나 그밖에도, 사실은 그보다는 더 예술가이셨습니다."

"아아! 그럼 어떤 점에서요?"

"바이올린을 켜셨습니다.……그러나 대단치는 않지요. 그러나 바이올린을 어떻게 켜는가 그것이 슈피넬 씨, 문제입니다. 그 소리를 듣고 있노라면 저는 이상하게도 뜨거운 눈물이 눈에 고인답니다. 그런 일은 다른 때에는 어떠한 경우에도 없는 경험이에요. 이렇게 말씀드려도 못 믿으시겠지만…….”

“나는 믿습니다! 아, 내가 믿느냐고요……그리고 사모님, 말씀해 주세요. 당신 댁은 아마 오래된 전통이 있는 댁이겠지요. 벌써 몇 세대를 내려오며 그 회색의 박공 양식의 집에서 살아 오셨으며 거기서 일을 하셨으며 거기서 돌아가셨으며 하셨겠지요?”

“그렇습니다. 그런데 무엇 때문에 그런 질문을 하시나요?”

“그것은 대개 현실적인, 시민적인 무미건조한 전통을 가진 한 족속이 이제 멸망하려 할 때에는 다시 한 번 예술로서 정화되는 일이 종종 있기 때문입니다.”

“그럴까요? 우리 아버지에 관해서 말한다면, 확실히 스스로 예술가라고 일컫고 명성도 상당히 떨치는 사람들보다 더 한층 예술가세요. 나는 다만 피아노를 약간 칠 뿐이었지만, 지금은 그것도 금지되어 있습니다. 그러나 그 당시 내가 집에 있을 때는 계속 치고 있었지요. 아버지와 내가 함께 합주를 하였답니다……. 참으로 그 당시의 모든 일이 사랑스러운 추억 속에 있습니다. 그 중에서도 집 뒤에 있는 정원은 비참하도록 황폐하고 풀이 무성하였으며, 무너져 가는 이끼 낀 벽으로 둘러싸여 있었습니다. 그러나 바로 그런 이유 때문에 많은 매력이 있었지요. 한가운데는 분수가 있고 그 주위에는 창포꽃이 가득 피어서 둘러싸여 있는 것입니다. 여름에는 거기서 여러 시간 동안 친구들과 같이 지냈어요. 우리는 모두 분수 둘레에 빙 돌아 놓여 있는, 조그마한 정원의자 위에 앉아서……."

"참으로 아름다운 광경입니다!" 슈피넬 씨는 그렇게 말하며 어깨를 치켜올렸다. "그래서 당신들은 노래를 부르셨나요?"

"아니오, 대개는 뜨개질을 했어요."

"그렇지만……그뿐이겠어요……."

"맞아요. 뜨개질을 하며 지껄이기도 하였지요. 여섯 사람의 여자 친구들과 나는……."

"참으로 아름답습니다. 아, 그것 보십시오. 얼마나 아름답습니까!" 슈피넬 씨는 부르짖었다. 그의 얼굴은 완전히 일그러졌다.

"당신은 거기에 무슨 아름다운 것이 있다고 생각하십니까, 슈피넬 씨!"

"아, 그것은, 당신 이외에 여섯 분이 계셨다는 것, 당신이 그 여섯 명 중에 포함되지 않았다는 것, 당신이, 말하자면 여왕과 같이 그분들 가운데서 뛰어나 계셨다는 것……당신은 여섯 명의 친구들로부터 뚜렷하게 구별되어 계셨습니다. 조그마한 금으로 된 왕관이, 아주 작으나마 뜻깊은 왕관이 당신의 머리 위에 놓여서 반짝거리고……."

"아이 공연한 말씀을. 왕관이라는 말은 그만두세요."

"그렇지만 사람들 눈에는 보이지 않게 왕관이 빛나고 있었던 걸요. 만일 내가 그때에 남몰래 숲속에 서 있었다면, 나는 그것을 보았을 것입니다. 똑똑히 당신의 머리 위에 빛나는 것을 보았을 것입니다……."

"당신이 무엇을 보셨을지는 누가 알겠어요. 당신은 거기 서 계시지 않았던 걸요. 어느 날 당신이 아닌 나의 현재 남편이 우리 아버지와 더불어 그 숲에서 걸어 나왔어요. 그들이 우리들이 지껄이고 있던 모든 것을 엿들었는지는 모르겠습니다……."

"그러면 당신이 남편과 아시게 된 것은 바로 거기였군요? 사모님."

"그래요. 거기서 알게 됐지요!" 그 여자는 큰 소리로 기쁜 듯이 말하였다. 그리고 미소를 지으며 그 연약한 푸르스름한 혈관이 근심스러이 이상하게 눈썹 위에 떠올랐다 "그 사람은 사업 관계로 아버님을 방문했어요. 아시겠어요? 그 다음 날은 우리 집 만찬에 초대되었고, 그 다음 사흘 후에 나에게 청혼을 한 거예요."

"정말로! 모든 일이 그렇게 빨리 진행되었던가요?"

"네……그렇지만 그때부터는 일이 좀 천천히 진행되었습니다. 그것은 대체로 우리 아버지가 그 일에 대해서 신통하게 생각지 않았기 때문입니다. 그래서 상당히 오랫동안 생각할 시간을 달라는 것을 조건으로 하였습니다. 첫째로 아버지는 나를 자기 곁에 놓아 두고자 하셨으며, 그 다음에는 또 다른 거리낌이 있었어요. 그러나……."

"그러나?"

"그러나 내가 원했습니다." 하고 부인은 미소를 띄며 말하였다. 그러니까 또 그와 같은 푸릇푸릇한 혈관이 근심스러운 병적인 표정을 보이면서 부인의 귀여운 얼굴 전체를 휩쓸었다.

"당신이 원하셨다고요?"

"그래요, 나는 지극히 확고한, 훌륭한 의지를 보였습니다. 당신도 알다시피……"

"나도 알다시피. 그렇지요."

"……그래서 아버지도 마침내 승낙할 수밖에 없었습니다."

"그리하여 당신은 아버님과 아버님의 바이올린을 내버리고, 옛집과 황폐한 뜰과 분수와 그리고 여섯 명의 친구들을 버리고 클뢰터얀 씨와 더불어 떠나셨군요."

"더불어 떠난다……. 당신은 그와 같은 이상한 말을 사용하시는군요, 슈피넬 씨!—성서에서 쓰는 것 같은 말투를!—사실 나는 그 모든 것을 버렸습니다. 말할 것도 없이 자연(自然)이 그렇게 되기를 원했기 때문입니다."

"그렇지요. 자연(自然)이 아마도 그렇게 원하였겠지요."

"그리고 또 나의 행복이 문제였습니다."

"물론이지요. 그래서 그것이 왔지요. 그 행복이란 것이……."

"그것이 왔습니다. 슈피넬 씨, 작은 안톤이, 우리의

작은 안톤이 나에게로 오게 되었을 때에 행복이 왔습니다. 그것은 그 아이가 조그맣고 건강한 폐로 크게 울었을 때입니다. 강하고 원기 있는 아이니까요……."

"당신의 작은 안톤이 건강하다는 말을 듣는 것은 이번이 처음이 아닙니다. 사모님. 그 아이는 아마 보통 이상으로 퍽 건강한 모양이군요."

"그렇습니다. 그리고 그애는 퍽 우습도록 나의 남편과 닮아 있습니다!"

"아하, 그런가요. 그와 같이 일이 성립된 것인가요? 그래서 당신이 이제는 액크호프라는 이름으로 불리지 않고 다른 이름으로 불리시며, 작은 안톤을 아들로 가지고 계시고, 기관지를 약간 앓게 되신 거군요."

"네, 그리고 또 당신은 철두철미하게 수수께끼 같은 인간이시군요, 슈피넬 씨. 나는 참으로 그렇게 확신합니다만……."

"그렇습니다. 정말 옳은 말씀을, 당신은 그런 분이죠!" 하고 슈파츠 부인도 동의하였다. 그 부인도 그 자리에 있었던 것이다.

그런데 이와 같은 대화에 대하여 클뢰터얀 씨의 부인은 여러 번 마음속으로 생각하였다. 그것은 아무것도 아닌 것이지만, 그런데도 자기 자신에 대한 생각을 할 양식이 되는 무엇인가를 그 밑바닥에 약간 간직하고 있었다. 부인은 그것으로 나쁜 영향을 받은 것이었을까? 그의 쇠약이 더해 갔고 가끔 열이 올랐다. 일종의 조용한 작열(灼熱)이었다. 그 속에서 부인은 점차 높여지는 감각을 느끼고, 근심스러우면서도 좀 으쓱한 자기 만족과, 그리고 약간 노기가 있는 기분에 몸을 담갔다. 부인이 자리에 누워 있지 않을 때 슈피넬 씨는 커다란 발로 조심조심 발끝을 세워 그 여자 곁으로 와서, 두 걸음의 간격을 두고 서서 한쪽 발을 뒤로 빼고 상체를 앞으로 구부린 채 공손하게 낮춘 목소리로 이야기를 건넬 땐 마치 멈칫멈칫하는 공경심을 가지고 보드랍게 그 부인을 높이 받들어 올려, 아무런 날카로운 잡음이나 지상적인 접촉을 닿지 않게 하기 위하여, 구름 위의 침상에 올려놓기라도 하는 것 같은 말투를 생각하게 되는 것이었다.

"조심해요. 가브리엘레, 테이크 케어. 여봐요. 입을 꼭 다물어요. 응!"

마치 호의적으로 어깨를 쳐주는 것과 같은 기분이 되는 그러한 말투인 것이다. 그러나 부인은 곧 그런 추억에서 다시 돌아와 슈피넬 씨가 자기에게 마련해 주는 구름의 침상 위에 허탈하고 높여진 감각으로 다시 잠기는 것이다.

어느 날, 부인은 돌연 자기의 출생과 처녀 시절에 대하여 그 남자와 이야기를 하였던 그 짤막한 대화로 다시 돌아왔다.

"그것은 사실입니까 슈피넬 씨?" 하고 부인은 물었다. "당신이 그 왕관을 보셨을 것이라는 게."

그러자 그 남자는 그 잡담이 벌써 2주일이나 전의 일인데도, 곧 무슨 소리인가를 알아차렸다. 그래서 그 여자에게 감동적인 말투로 확언하였다. 즉, 자기는 그 당시 분수 곁에서 부인이 여섯 명의 여자친구들 사이에 끼어 앉아 있을 때에, 그 조그만 관이 반짝이는 것을—남몰래 부인의 머릿속에서 반짝이는 것을 보았노라고 하였다.

그후 며칠이 지나 어느 치료객이 인사치레로 그 부인에게 집에 있는 어린 안톤이 잘 지내느냐고 물어 보았다. 부인은 옆에 있던 슈피넬 씨 쪽을 힐끔 건너다보고, 좀 귀찮다는 듯이 이렇게 대답하였다.

"감사합니다. 뭐 별것이 있겠습니까?—그 아이와 남편이 잘 있기는 합니다."

2월말의 어느 추운 날—지금까지의 날보다 한층 맑고 빛나는 어느 날, 아인프리트에서는 모든 사람들이 좋은 기분이었다. 심장이 나쁜 사람들은 얼굴이 불그스름해져 서로 담화를 하고 있었으며, 당뇨병의 장군은 젊은 사람처럼 콧노래를 불렀고, 다리가 흔들거리는 신사들은 아주 분별을 잃고 있을 지경이었다. 무슨 일이 일어난 것일까? 그것은 다름이 아니라, 모두가 함께 멀리 마차 원족을 가기로 계획되었기 때문이었다.—몇 대의 썰매마차로 종을 울리고 채찍소리를 내며, 산 속 깊이 놀러가는 것이다. 레안더 박사가 환자들의 기분 전환을 위하여 그러한 결정을 내린 것이다.

물론 중환자들은 머물러 있어야 할 것이다. 불쌍한 '중환자'들은. 사람들은 서로 눈짓을 하며 그러한 계획을 그들에게는 알리지 않기로 약속하였다. 모두는 그와 같이 동정을 표하고 조심성을 보여 줄 수 있는 것에 일종의 쾌감을 가졌다. 그러나 이 기쁜 놀이에 충분히 참석할 수 있는 사람들 가운데도 몇몇 사람만은 빠졌다. 폰 오스텔로 간호사는 대뜸 사양하였다. 그 여자와 같이 여러 가지 의무에 매여 있는 사람은 썰매를 타고 원족을 간다는 것에 대하여는 진정으로 생각할 수가 없었던 것이다. 집안 살림이 그 여자의 참견을 절대로 필요로 하는 것이다. 그래서 간단히 말하면, 그 여자는 아인프리트에 남아 있게 되었다. 그런데 클뢰터얀 씨의 부인까지 집에 머무르겠다고 선언하여, 모든 사람들의 재미를 덜게 하였다. 레안더 박사가 부인에게 상쾌한 원족을 하여 몸에 이롭게 하여 보라고 권하였으나 소용없었다. 부인은 기분이 좋지 않다고, 편두통이 있고 몸이 노곤하다고 주장하였다. 그러자 비꼬는 그 익살꾼이 그 기회에 다음과 같이 풍자를 하였다.

"여러분 보십시오. 그 썩은 갓난아이도 가지 않을 테니까요."

사실 그의 말은 옳았다. 슈피넬 씨는 오늘 오후에는 일을 해야 한다고 이야기했다—그는 자기의 시원치 못한 글쓰는 일을 일컬어 항상 '일한다'라는 단어를 즐겨 사용한다. 하여간 그가 참가하지 않는다고 해서 섭섭히 생각하는 사람은 한 사람도 없었다. 또한 슈파츠 부인이 차멀미를 한다고 해서 손아래 친구와 동무하여 있겠다고 결정한 데 대해서도 별로 불평을 하는 사람도 없었다.

점심식사가 끝나자마자—오늘에 한해서 열두시경에 점심식사가 있었는데—몇 대의 썰매가 아인프리트 앞에 와서 멈추었다. 그러자 활기 있는 치료객들이 몇 사람씩 패를 지어 따뜻하게 입고 호기심과 생기를 가지고 정원을 지나 걸어나왔다. 클뢰터얀 씨의 부인은 슈파츠 시의회의원 부인과 더불어 테라스로 통하는 유리문 곁에 서서 그들이, 그리고 슈피넬 씨는 자기 방의 창가에서서, 출발하는 모양을 구경하였다. 그들이 구경하는 동안 원족을 가는 사람들은 농담과 홍소 속에서 제일 좋은 좌석을 차지하려고 조그마한 투쟁을 하였고, 폰 오스텔로 간호사는 모포로 된 목도리를 목에 두르고 이 썰매에서 저 썰매로 뛰어다니며 식사가 든 상자를 좌석 밑으로 밀어넣고 있었다. 레안더 박사는 털모자를 깊숙이 쓰고 그 번쩍거리는 안경으로 다시 한 번 전체를 휘둘러보고 나서, 역시 자기도 좌석에 앉아 떠나라는 신호를 하였다……. 말들이 마차를 끌기 시작하였다. 몇몇 부인네들이 고성을 올리고 뒷자석으로 쓰러졌다. 짤랑짤랑 종이 울리고 짧은 손잡이의 채찍이 채찍소리를 내고, 기다란 그 끈은 마찻간 뒤의 눈 속에 질질 끌리게 되었다. 그리고 폰 오스텔로 간호사는 정문 앞에 서서 손수건을 흔들며, 신작로의 꺾어진 길에서 마차들이 보이지 않게 될 때까지 배웅하였다. 명랑한 떠들썩한 소리가 사라지고 나서 그 여자는 황급히 자기의 여러 가지 의무를 다하기 위하여 정원을 지나 돌아왔다. 두 사람의 부인네들도 유리문을 떠났고, 거의 동시에 슈피넬 씨도 자기가 내다보던 지점으로부터 사라졌다.

고요함이 아인프리트를 뒤덮었다. 원족 간 사람들이 저녁이 되기 전에 돌아올 것을 기대할 수는 없었다. 중환자들은 자기 방에 누워서 앓고 있었고, 클뢰터얀 씨의 부인과 그의 손위의 친구는, 약간의 산책을 하고 나서 자기들 방으로 돌아갔다. 슈피넬 씨도 자기 방에 머물러 자기 식의 일에 종사하였다. 네시쯤 되어서 부인들한테는 한 사람 앞에 반 리터의 우유가 배달되었다. 동시에 슈피넬 씨에게는 엷은 차가 배당되었다. 그후 조금 이따가 클뢰터얀 씨의 부인이 슈파츠 씨 부인의 방과 연하여 있는 벽을 두들기고 말하였다.

"아래층의 담화실로 내려가지 않으시렵니까, 사모님? 나는 이제 여기서 무엇을 해야 좋을지 모르겠어요."

"곧 갈게요, 네!" 슈파츠 부인이 대답했다. "신만 신으면 됩니다. 나는 지금 침대에 누워 있었으니까요."

짐작한 바와 같이 담화실에는 아무도 없었다. 부인들은 벽난로 곁에 자리를 잡았다. 슈파츠 부인은 켄버스 천에 꽃을 수놓고, 클뢰터얀 부인도 두서너 땀, 바느질을 하였다. 그러더니 곧 일거리를 무릎 위에 떨어뜨리고, 안락의자의 팔걸이를 넘어서 멀리 허공을 꿈꾸듯 바라보았다. 마침내 부인은 한 두어 마디 이야기를 하였는데, 그 이야기는 일부러 입을 열었다 닫았다 할 가치도 없는 말이었다. 그러나 슈파츠 부인은 "뭐라고요?" 하고 물었다. 그래서 부인은 귀찮게도 그 말을 다시 한 번 되풀이하지 않으면 안 되었다. 슈파츠 부인은 다시 한 번 "뭐라고요?" 하고 물었는데, 바로 그 순간 문 앞에서 발소리가 들리고, 문이 열리며 슈피넬 씨가 들어왔다.

"방해가 되지 않을까요?" 하고 그는 문지방도 넘어서기 전에 보드라운 목소리로 물었다. 그러면서 그는 클뢰터얀 씨의 부인을 향하여서만 시선을 보내고 허리를 헤엄치는 것같이 연하게 구부렸다……. 젊은 부인은 대답하였다.

"아이 참, 그럴 리가 있어요? 이 방은 자유항(自由港)과 같은 곳이잖아요, 슈피넬 씨. 또 당신이 우리한테 무엇 때문에 방해가 되겠어요. 난 지금 슈파츠 부인을 너무 지루하게 해드리고 있지 않는가 하고 있는 판인데요……."

거기에 대해서 그 남자는 아무 말도 대답할 것이 없었다. 다만 미소를 띄며 자기의 벌레 먹은 이빨을 내보일 뿐, 부인들의 시선을 받으며 상당히 부자연스러운 걸음걸이로 유리문 있는 데까지 걸어갔다. 거기 서서 좀 버릇없는 태도로 부인들에게 등을 보이며 밖을 내다보았다. 그 다음에 반쯤 뒤를 돌아보았으나 계속해서 바깥 정원을 내다보며 이렇게 말했다.

"해가 들어갔습니다. 알지 못하는 사이에 하늘이 흐려지고요. 벌써 어두워지기 시작하는군요."

"정말 모든 것이 그림자 속으로 들어가 버리는군요." 하고 클뢰터얀 씨의 부인은 대답하였다. "원족 나간 사람들이 눈을 맞겠는걸요. 어저께는 이맘때쯤 아주 밝았는데 지금은 벌써 어둑어둑해지지 않아요."

"아." 하며 그는 말하였다. "몇 주일이고 너무나 밝은 날이 계속된 다음에는 이와 같이 컴컴한 것이 눈에 오히려 좋습니다. 나는 아름다운 것이나 천한 것이나 똑같은 강렬한 명백성을 가지고 비추어 주는 태양이 이제 약간 가려진 것을 고맙게 생각합니다."

"당신은 태양을 안 좋아하시나요, 슈피넬 씨?"

"나는 화가가 아니니까……사람은 태양이 없으면 더 내면적으로 되지요—두꺼운 연한 회색의 구름층이 보입니다. 아마 그것은 내일 아침에 눈이 녹는 날씨가 되리라는 뜻인가 봅니다. 그런데 그 뒤에 앉으셔서 바느질을 하는 것이 좋지 않으실 것 같습니다, 사모님."

"아, 그런 염려는 마셔요. 그러지 않아도 하지 않고 있으니까요. 그런데 무엇을 하실 건가요."

그 남자는 피아노 앞의 회전의자에 앉아서 한 팔로 악기의 뚜껑을 짚고 있었다.

"음악이요……." 하고 그는 말하였다. "누가 지금 이런 데서 음악을 좀 들을 수 있겠습니까! 가끔 영국의 아이들이 보잘것없는 재즈 노래를 부르는 것 그런 것밖에 없지요."

"그렇지만 어저께 오후에는 폰 오스텔로 양이 대단히 급하게 수도원의 종을 쳤답니다." 클뢰터얀 씨의 부인이 그렇게 일깨워 주었다.

"하여간에 부인께서 연주해 주십시오, 사모님." 그 남자는 이렇게 청하며 일어섰다. "당신은 그 전에 매일같이 당신 아버님과 함께 연주를 하시지 않았어요?"

"그렇습니다. 슈피넬 씨, 그러나 예전 일입니다! 그 당시에는 그 분수 곁에서. 아시지요 왜……."

"오늘 그것을 해보십시오!" 하고 그는 청하였다. "제발 한 두어 곡 들려주세요! 내가 얼마나 갈망하는지 아신다면……."

"우리 집의 주치의나 레안더 박사는, 그런 것은 아주 엄하게 금하셨는데요, 슈피넬 씨."

"그 둘은 다 여기 없습니다! 우리는 자유지요. …… 당신은 자유입니다. 사모님, 하다못해 한두 음의 화음(和音)이라도 좀 들려주시고……."

"아니에요, 슈피넬 씨. 그렇게는 되지 않습니다. 당신은 내가 너무나 잘할 거라고 기대할 수도 있는데, 나는 죄다 잊어버렸는걸요. 정말 외워서 칠 수 있는 곡은 거의 하나도 없습니다."

"아 그럼, 그 '거의 하나도 없는 것'을 쳐주세요! 그리고 여기에는 악보도 있습니다. 저 피아노 위에. 아니 여기에는 아무것도 아니군요. 그러나 여기 쇼팽이 있습니다……."

"쇼팽이요?"

"그렇습니다. 야상곡입니다. 이제 내가 촛불만 켜놓으면 준비가 다 됩니다……."

"내가 피아노를 치리라고 생각지 마세요, 슈피넬 씨. 칠 수 없게 되어 있는 걸요. 내 몸에 좋지 않으면 어떻게 해요!"

그 남자는 입을 다물었다. 그는 커다란 발, 길고 까만 양복저고리, 희끗희끗한 머리, 윤곽이 확실치 않은 수염 없는 얼굴, 그런 것을 가진 채 두 자루의 피아노 촛불의 광선 속에 머물러, 두 손을 축 늘어뜨리고 있었다.

"그럼, 이 이상 청하지는 않겠습니다." 하고 그는 마침내 작은 소리로 말하였다. "만일 몸에 해로울 것을 근심하신다면, 사모님. 당신의 손가락 끝에서 소리가 되고 싶어하는 그 아름다움을 썩히고 벙어리로 만드십시오. 당신은 지금까지 항상 그리 이성적은 아니셨습니다. 적어도 지금과 반대로 아름다움을 저버려야 하셨을 때에는 그리 이성적이 아니셨습니다. 당신이 그 분수를 떠나고, 그 작은 황금왕관을 벗어 버리셨을 때는, 그렇게 몸을 돌보시지 않았으며 지금보다 더 결단적인 확고한 의지를 나타내시지 않으셨습니까……말씀을 들어 보십시오." 그 남자는 잠시 간격을 두고 말하였다. 그의 목소리는 한층 더 낮았다. "당신이 지금 이 자리에 앉으셔서, 예전에 아버님께서 당신 곁에 서서 당신을 울리도록 바이올린을 켜셨을 때처럼, 지금 당신이 피아노를 치신다면……그러면 아마도 당신의 머릿속에서 그것이 다시 남몰래 반짝이는 것을 볼 수 있을는지도 모릅니다. 그 조그만 황금왕관을……."

"정말이에요?" 하고 부인은 미소를 지으며 물어 보았다. 우연히도 그 말을 할 때 목소리가 잘 안 나왔기 때문에 반쯤은 목쉰 소리로, 반쯤은 억양이 없는 목소리로 울려서 나왔다. 부인은 가벼운 기침을 하고 말하였다.

"그것은 정말 쇼팽의 야상곡입니까? 거기 당신이 가지고 계신 것이."

"그럼요, 펴놓았습니다. 모든 준비는 완료되었지요."

"그럼 할 수 없이 그 중 하나를 치겠습니다." 그 여자는 말하였다. "그러나 꼭 하나만 치겠습니다. 아시겠어요? 하기야 그러지 않아도 당신께서 다시는 더 들으시려고 하지 않을 테지만."

그렇게 말하고 그 여자는 몸을 일으켜, 바느질거리를 옆에 놓고 피아노로 다가갔다. 그는 악보 책이 몇 권 올려 놓여 있는 회전의자 위에 자리를 잡고 촛대를 바로 놓고 악보를 뒤적거렸다. 슈피넬 씨는 의자를 하나 부인 곁으로 가지고 가서 음악선생처럼 그 옆에 앉았다.

부인은 야상곡 변E장조(작품 제9의 2)를 연주하였

다. 부인이 진짜 잃어버린 점이 있었다면 예전에는 그의 연주가 참으로 예술적이었음에 틀림없다. 그 피아노는 중급품에 불과하였으나 부인은 조금 치기 시작하자 그것을 곧 확고한 솜씨로 다루었다. 그는 여러 가지 차이가 있는 음색(音色)에 대하여 신경질적인 세밀한 감각을 보였으며 공상적인 영역에까지 달하는 율동적인 움직임을 즐거워하는 빛이었다. 치는 방법은 확고하면서도 부드러웠다. 그의 두 손 밑에서 멜로디는 마지막 감미까지 노래하여 쏟아놓았다. 그리고 장식음이 수줍게 망설거리며 선율의 마디마디에 엉켜붙는 것이었다.

부인은 여기 도착한 날에 입었던 옷을 입고 있었다. 조소적(嘲笑的)인 벨벳의 당초 무늬가 달려 있는 짙은 색의 무거운 상의였는데, 그것은 머리와 손들을 이 세상 것이 아닌 듯 가냘프게 보이게 하였다. 그 여자의 얼굴 표정은 피아노를 치고 있으면서도 변하지 않았다. 그러나 그 여자의 입술 윤곽은 평소보다 더 뚜렷한 것 같았고, 눈 가장자리의 음영은 더 깊어진 것 같았다. 다 치고 나서 부인은 두 손을 무릎 위에 놓고 악보를 계속해서 들여다보았다. 슈피넬 씨는 소리 없이, 움직이지도 않고 그대로 머물러 있었다.

부인은 또 하나의 곡을 연주했다. 그리고 두 번, 또 세 번 연거푸 쳤다. 그리고 자리에서 일어섰다. 그러나 그것은 피아노 뚜껑 위에서 다른 악보를 찾기 위해서였다.

슈피넬 씨는 우연히 회전의자 위에 있는 검정색으로

되어 있는 두꺼운 표지의 악보책 몇 권을 보게 되었다. 돌연, 그는 알아들을 수 없는 고함을 질렀고, 그의 커다랗고 하얀 두 손이 거기 등한시되어 있었던 악보책 중의 한 권을 열성적으로 만지작거렸다.

"이런 일이 어떻게 가능할까?……이럴 리가 없어!" 하고 그는 말했다…….“그렇지만 역시 착각은 아니야. ……이것이 무엇인지 아시겠습니까?……여기 놓여 있던 것이?……여기 내가 지금 들고 있는 것이?……"

"무엇인데요?" 하고 부인이 물었다.

그는 말없이 표지를 가리켰다. 그는 얼굴이 아주 창백해져서 그 책을 축 늘어뜨리고 입술을 떨며 부인을 쳐다보았다.

"어머나 정말? 어떻게 이것이 여기 왔을까요? 이리 좀 줘보세요." 그 여자는 그렇게 말하고 악보를 악보대(樂譜臺)에 올려놓았다. 그리고 자리를 잡고 잠시 아무 말도 하지 않더니 첫장부터 치기 시작했다.

그 남자는 앞으로 꾸부정한 채, 두 손을 무릎 사이에 깍지낀 채 고개를 숙이고 부인 옆에 걸터앉아 있었다. 부인은 처음에는 방랑하듯 고통스러울 정도로 천천히 하나하나의 장식음 사이에 불안을 자아내리만큼 연장된 간격을 두고 피아노를 쳤다. 동경(憧憬)의 악상(樂想)—한밤중의 고독하고 어지러운 목소리가, 그 가냘프고 불안한 물음을 발한다. 적막(寂寞)과 기대. 그러는 사이에, 보라! 대답이 울려 온다. 물음과 같이 수줍고 고독한 음향이다. 다만 약간 더 높고, 약간 더 보드랍다. 다시 새로운 침묵이 들어선다. 그러자 그 나지막하고도 멋있는 스포르차(Sforzato) 음이 나타난다. 그것은 마치 정열이 몸을 떨며, 즐거이 몸을 일으켜 세우는 것같이 들린다—사랑의 악상이 시작된다. 차츰 높아져서 황홀한 가운데 기어올라가, 마침내 달콤한 착종(錯綜)에 도달하면, 다시 해체되어 내려와서 무겁고 고통스러운 환희의 노래를 낮은 음으로 부르게 되며, 그때에 첼로가 나온다. 그렇게 해서 음률이 계속되어 가는 것이다…….

연주자는 그 초라한 악기를 가지고도 오케스트라의 효과를 상당히 성공적으로 보여 주었다. 굉장히 높아가는 바이올린 소리가 또박또박 빛나는 정확성을 가지고 울려 왔다. 하나하나의 형상(形象)에 믿음을 가지고 머물렀으며, 종교가가 가장 신성한 것을 머리 위에 받드는 것같이, 그 각각의 형상을 공손하고 명확하게 우러러 나타내는 것이었다. 무슨 일이 일어났는가? 두 개의 힘, 두 개의 멀리 떨어진 존재가 고통과 행복 속에서 서로 모여들어, 영원자와 절대자를 향하여 황홀한 광적인 욕망에 불타며 서로 껴안은 것이다……. 전주곡은 활짝 불타올랐다. 그러고는 가라앉았다. 막이 열리는 자리에서 부인은 끝마쳤다. 그러나 계속해서 말없이 악보를 바라보고 있었다.

그 동안에 슈파츠 부인은 너무나 지루해져서 인간의

용모를 일그러뜨리고, 눈을 툭 빼져 나오게 하고, 죽은 사람같이, 보기에도 무서운 형상에까지 달하게 되었다. 그뿐 아니라, 이런 종류의 음악은 그 여자의 위신경에 작용하고, 그 소화불량의 조직체를 불안한 상태에 놓았다. 그래서 자신에게 경련의 작용이라도 일어나지 않을까 하고 스스로 근심을 하게 만들었다.

"나는 내 방으로 올라가야만 하겠어요." 그 부인은 힘없이 말했다. "즐겁게 노십시오. 나는 돌아갑니다."

그렇게 말하고 슈파츠 부인은 나가 버렸다. 어둠이 훨씬 더 짙어졌다. 밖에서는 소리도 없이 눈이 촘촘히 테라스 위에 내리는 것이 보였다. 두 개의 촛불이 흔들리면서 흐릿한 빛을 발하여 주었다.

"제2막을……." 그 남자는 속삭이듯 말하였다. 그러자 부인은 책장을 넘겨 제2막을 시작했다.

호각소리가 멀리서 사라졌다. 글쎄? 혹은 나무 잎사귀의 살랑거림이었을까? 샛물의 보드라운 졸랑거림이었을까? 이미 밤은 깊어 그 침묵을 숲과 집에 침투시켜 놓았다. 그리고 아무리 절실한 경고도 이제는 그 동경(憧憬)의 지배를 멈추게 할 수 없었다. 성스러운 비밀은 성취된 것이다. 불이 꺼졌다. 갑자기 어두워지는 이상한 음색(音色)으로 죽음의 악상(樂想)이 내려왔다. 그러자 동경은 초조하고 조급하게 자기의 하얀 면사포를 애인을 향하여 팔랑거렸다. 그 애인은 두 팔을 벌리고 어둠을 통해 그 여자에게로 접근하여 오는 것이다.

오, 만물의 영원한 피안(彼岸)에서의 결합이 가져오는 넘쳐 흐르고 그칠 줄 모르는 환성이여! 고통스러웠던 망설임을 벗어나 공간과 시간의 속박을 빠져 나오고, 너와 나 그리고 너의 것과 나의 것이 하나가 되어 숭고한 즐거움이 되었다. 낮의 간악한 요술이 그들을 갈라놓을 수는 있었지만 그의 잘난 체하는 거짓은 밤을 뚫어보는 사람들을, 마약의 힘이 그들의 눈초리를 거룩하게 한 이래 어지럽힐 수는 없었다. 사랑을 하며 죽음의 밤과 그 밤의 달콤한 신비를 들여다본 사람에게는, 광명의 망상 속에 단 하나의 동경—그 성스러운 밤을 추구하는 동경이 남아 있었다. 영원한 밤, 진실한 밤, 모든 것을 합치시키는 밤에 대한…….

오, 이리로 내려오라, 사랑의 밤이여 그들이 갈망하는 망각(忘却)을 그들에게 베풀어 주라. 너의 즐거움으로 그들을 둘러싸고, 그들을 기만과 이별의 세계에서 풀어 놔주어라. 보라, 마지막 등불이 꺼졌다. 세상을 구원하며 망상의 고뇌 위에 덮어 씌워지는 신성한 황혼 속에서 사색과 사고는 가라앉아 버렸다. 그래서 요술은 빛을 잃고, 나의 눈은 황홀한 가운데 보이지 않게 될 때도—대낮의 허위가 우리를 격리시키고 있던 것, 나의 동경을 그칠 수 없는 고통으로 눈가리며 건너편에 마주 세워 놓았던 것이 사라질 때도—그런 때까지도, 오! 실현의 기적이요. 심지어 그런 때까지도 나는 세계이다—다음에는 부랑게네의 어두운 '조심하라'의 노래에모든 이성보다 드높은 바이올린의 고조가 울렸다.

"나는 다 알지는 못하겠어요, 슈피넬 씨! 퍽 많은 것을 직감할 뿐입니다. 이것은 무엇을 의미하는 것일까요—그런 때까지도 나는 세계이다—라고 하는 것은?"

그는 작은 목소리로 간단하게 설명하였다.

"아, 그렇습니까—당신은 그만큼 잘 이해하시면서도 어째서 연주를 못하시나요?"

이상하게도 그는 이 악의 없는 질문에 견딜 힘이 없었다. 그는 얼굴을 붉히고 두 손을 비비며 의자에 앉은 채, 가라앉는 것 같았다.

"그것은 잘 들어맞기가 퍽 드문 것입니다." 하고 그는 마침내 고통스럽게 말하였다. "나는 연주는 못합니다—그러나 하여간 계속해 주세요."

그리하여 그들은 그 신비극(神秘劇)의 도취된 노래를 계속하였다. 사랑이 죽을 때가 있었던가? 트리스탄의 사랑이? 오, 아니다. 죽음의 손길은 그 영원의 여인(사랑)까지는 미치지 못하는 법이다! 우리를 방해하는 것, 결합한 것을 속여서 갈라놓는 것, 그것 외에 무엇이 죽어 없어질 것이냐? 달콤한 하나의, 그리고 und로서 사랑은 그 두 사람을 연결시킨 것이다……죽음이 그 단어를 갈라 놓는다 하여도, 만일 그 중의 한 사람에게 죽음이 부여된다면, 또 한 사람에게는 삶을 줌으로써 자르는 수밖에 또 있겠는가? 그래서 신비로운 이중창이 그들을 '사랑의 주검'이란 이름 부르기 어려운 희망 속에 융합시켰다—밤의 신비의 나라에서 무한히 갈라지지 않는 포옹 상태라는 희망 속에서. 감미로운 밤, 영원한 사랑의 밤이여! 모든 것을 포섭하는 행복의 나라! 누구나 너를 예감과 더불어 들여다본 자는, 어떻게 두려움 없이 그 거친 낮으로 깨어 다시 돌아올 수 있을 것인가? 그 두려움을 쫓아다오, 귀여운 죽음이여! 어서, 동경하는 자들을 잘 깨는 그 고통으로부터 완전히 풀어놔다오. 오! 리듬의 광란하는 폭풍이여! 형이상적(形而上的) 인식의 반음(半音)하는 상승적 환희여! 광명의 이별로 생기는 고통으로부터 뚝 떨어져 있는 이 기쁨을 어떻게 알 것인가? 그 거짓도 불안도 없는 부드러운 동경, 숭고하고 근심 없는 소멸, 무제한 속의 너무나 행복한 황혼—너 이졸데 나 트리스탄! 아니 이제는 트리스탄도 아니고 이졸데도 아니고…….

갑자기 놀라운 일이 일어났다. 연주자가 연주를 멈추고 손을 눈 위에 갖다대고 어둠 속을 들여다본 것이다. 그러니까 슈피넬 씨도 앉은 채로 홱 돌아보았다. 낭하로 통하는 문이 열리고, 한 사람의 컴컴한 모습이 다른 사람의 팔에 부축되어 들어온 것이다. 그것은 아인프리트의 치료객의 한 사람으로 역시 썰매 원족에는 참가하지 못하고, 이 저녁 시간을 본능적이고 비관적인 산보로 이리저리 돌아다니며 지내고 있었던 사람이다. 그 사람은 바로 열아홉 명의 아이를 낳고 이제는 생각할 능력을 잊어버린 그 부인 환자였다. 간호사의 팔에 의지한 횔렌라흐 목사 부인이었다. 쳐다보지도 않고 종종거리는 방황의 걸음걸이로 방 후면을 횡단하여, 맞은편 문을 통해 나가 버렸다—말없이 응시하며, 정처도 없고 의식도 못 차리고—다시 주위는 조용하였다.

"저분은 횔렌라흐 목사 부인입니다."

"그래요, 불쌍한 횔렌라흐 부인." 하고 부인이 말했다. 그리고 그 여자는 책장을 넘겨서, 맨 끝의 종장을 쳤다. 즉, 이졸데의 사랑의 죽음을 친 것이다. 그 여자의 입술이 빛을 잃고, 얼마나 뚜렷하게 보였던가! 그리고 눈 가장자리의 그림자가 어쩌면 그리도 깊어졌던가! 투명한 이마에 있는 눈썹 위에는 그 푸릇푸릇한 혈관이 불안스럽고 근심을 끼치도록 점점 더 뚜렷하게 부풀어 오르는 것이었다. 그 여자의 바쁜 두 손 밑에서 아직껏 들을 수 없었던 상승(上昇)이, 거의 흉악하리만큼 갑작스러운 피아니시모(극약음)로 나누어지며 끝마쳐졌다. 발 밑에 묻혀 들어가는 듯한 피아니시모였다. 거대한 해결과 성취가, 넘쳐 흐르는 듯한 기세로 시작되어 되풀이되었다. 그것은 귀를 먹게 할 것 같은 끝없는 만족의 소리였다. 그것은 끊임없이 몇 번이고 계속되고, 썰물같이 형태를 변하여 완전히 소리가 꺼질 듯하더니, 다시금 동경의 악상이 화음 속에 끼어들고 마지막 숨을 거두었다. 죽어서 소리가 나지 않고 완전히 사라져 버린 것이다. 깊은 적막.

두 사람은 귀를 기울였다. 고개를 옆으로 돌리고 들

어 보았다.

“저것은 종소리입니다.” 하고 여자가 말했다.

“썰매군요.” 하고 남자가 말하며, “나는 갑니다.” 하였다. 그는 일어서서 밖으로 나갔다. 그 뒤의 문 곁에서 그는 정지하여, 되돌아보고 잠시 불안한 듯이 제자리 걸음을 하였다. 그러고 나서 이러한 일이 생겼다.—즉, 그가 부인으로부터 열다섯 걸음 내지 스무 걸음쯤 떨어진 지점에서 무릎을 꿇은 것이다. 소리 없이 두 무릎을 꿇은 것이다. 그의 기다란 까만 연미복이 마룻바닥 위에 깔렸다. 그는 두 손을 입 앞에서 마주잡고, 어깨가 움찔움찔하였다.

부인은 두 손을 무릎 위에 올려놓고 몸을 앞으로 좀 구부리고 피아노에서 약간 떨어져 앉아 그 남자를 바라보았다. 명확지 않은 좀 근심스러운 미소가 그 여자의 얼굴에 떠올랐다. 눈은, 무엇인가 생각을 하며, 빛을 잊어버릴 정도로 피로하게, 어슴푸레한 속을 살펴보았다.

아주 멀리에서 종소리와 채찍소리와 사람의 떠들썩하는 소리가 한데 섞이어 들려왔다.

그후 여러 날을 두고 모두가 화젯거리로 삼았던 썰매 원족은 2월 26일에 있었던 일이다. 27일은 눈이 녹을 정도의 날씨였다. 모든 것이 녹아서 뚝뚝 떨어지고 물이 튕기고 흘러내렸는데, 클뢰터얀 씨의 부인은 병세가 지극히 좋았다. 28일에는 약간의 피를 토하였다……아니 별로 대단치는 않은 것이다. 그러나 어쨌든 그것은 피였다. 동시에 부인은 지금까지 살아온 중에서 가장 심한 상태로 자리에 눕게 되었다.

레안더 박사가 부인을 진찰하였는데, 진찰을 하는 그의 표정은 돌과 같이 차가웠다. 그리고 박사는 과학이 지시하는 처방을 내렸다― 얼음 조각과 모르핀과 절대 안정이다. 그런데 다음 날에는 일이 바쁘다는 이유로 진찰을 그만두고, 뮐러 박사에게 치료를 넘겼다. 뮐러 박사는 의무와 계약에 따라, 지극히 유순하게 그것을 받아들였다. 그는 조용하고 창백하고 빈약한, 그리고 우울한 남자인데, 그의 겸손하고 본데 없는 의술(醫術)은 거의 다 나은 사람과 희망 없는 환자에게 제공되어 왔던 것이다. 무엇보다도 먼저 그가 발표한 의견은 클뢰터얀 부부의 별거가 벌써 너무 오래 계속됐다는 것이다. 만일 클뢰터얀 씨의 번영하는 사업이 어떻게든지 틈을 줄 것을 허용한다면, 그가 한 번 아인프리트를 방문하는 것이 좋겠다는 의견이었다. 그리로 편지를 써보내도 좋을 것이며, 아마 짤막한 전보를 쳐보내도……그리고 그의 남편이 만일 작은 안톤을 동반하고 온다면, 젊은 어머니를 틀림없이 기쁘게 해주고, 동시에 기운을 북돋아 줄 것이다. 그뿐 아니라, 그 건강한 작은 안톤을 만나게 되는 것은 여기 의사들에게도 확실히 흥미 있는 일일 것이라고…….

그런데 정말로 클뢰터얀 씨가 나타났다. 그는 뮐러

박사의 짤막한 전보를 받고 발틱 해의 해안에서 온 것이다. 마차에서 내려온 그는 커피와 버터 빵을 갖다 달라고 하였는데, 대단히 곤란한 표정이었다.

"이보십시오." 하고 그는 말했다. "무슨 일입니까? 어째서 나를 불러들인 것입니까?"

"그것은 말입니다." 하고 뮐러 박사가 대답했다. "지금쯤 부인 곁에 머물러 계시는 것이 좋을 듯싶기 때문입니다."

"좋을 듯싶다……좋을 듯싶다…… 다시 말하면 필요하단 말씀입니까? 그렇지만 나는 비용도 생각해야 하는데요. 선생님, 요즘은 시기도 나쁘고, 기차값도 퍽 비쌉니다. 이런 하룻길 여행을 하지 않아도 됐던 것이 아닌가요? 그것이 만일 폐가 나쁜 것이라면, 내가 아무 말도 안하겠습니다만, 다행히도 기관지가 좋지 않은 것이니까……."

"클뢰터얀 씨" 하고 뮐러 박사가 부드럽게 말했다. "첫째로 기관지라는 건 대단히 중요한 기관입니다……." 그는 '둘째로'라는 말을 계속하지도 않으면서, 문법에 어긋나게도 '첫째로'라는 말을 사용했다.

그런데 클뢰터얀 씨와 동시에, 한 사람의 뚱뚱하고 빨강과 금빛의 창살 무늬로만 된 옷을 입은 사람이 아인프리트에 들어왔다. 그 여자가 팔에 어린 안톤 클뢰터얀을, 그 건강한 작은 안톤을 안고 있었던 것이다. 정말로 그 아이는 왔다. 그리고 누구도 그 아이가 지극히 건강하다는 것을 부인할 수 없었다. 장미와 같이 불그스름한데다 살결이 희고, 깨끗하며, 산뜻한 옷을 입고, 금 테두리를 한 유모의 벗겨진 붉은 팔 위에, 토실토실하니 향기롭게 안겨서, 우유와 연한 고기를 대량으로 많이 먹고 때로는 막 울기도 하고, 하여간에 여러 가지 점으로 본능에 따라 행동하는 것이었다.

자기 방의 창문을 통하여, 저술가 슈피넬 씨는 나이 어린 클뢰터얀의 도착을 관찰하고 있었다. 어린아이가 마차로부터 집으로 안겨 들어오는 동안 그는 이상한, 희미하면서도 날카로운 눈초리로 그애를 주목하고 있더니, 그 뒤에도 상당히 오랫동안 같은 표정을 하고 자기 자리에 머물러 있었다.

그때부터 그는 작은 안톤 클뢰터얀과 만나는 것을 될 수 있는 한 피하였다.

슈피넬 씨는 자기 방에 앉아서 '일을' 하고 있었다. 그 방은 아인프리트에 있는 모든 방과 같은 방이었다― 구식이고, 간단하고, 고상한 것이다. 커다란 장롱에는 금속으로 된 사자 머리가 붙어 있었으며, 키가 큰 벽거울은 한 장의 미끈한 평면이 아닌, 수많은 조그마한 사각형 조각들이 납으로 연결되어 있는 것이었고, 푸르게 니스 칠을 한 밑바닥에는 양탄자가 깔려 있지 않고, 가구의 넙적한 다리는 뚜렷하게 바닥에 그림자를 지우고 있었다. 널찍한 책상이 창가에 놓여 있는데, 그 창에는 소설가가 노란 커튼을 쳐놓았다. 아마 방을 아늑하게 하기 위함인 것 같았다.

누르스름한 황혼에 그는 책상 위에 몸을 꾸부정한 채 글을 썼다.—편지를 쓴 것이다. 매주일 우체국으로 가져가게 하고, 이상하게도 거의 답장을 받지 않는 그 많은 편지들 중의 하나인 것이다. 크고 두터운 종이가 한 장 그 앞에 놓여 있었다. 왼쪽 위의 구석에는 복잡하게 그려진 풍경 밑에, 데틀레프 슈피넬이라는 이름이 아주 신식글자로 씌어 있었다. 그는 그 종이 위에 조그맣고 공을 드려서 그려진, 그리고 지극히 깨끗하게 쓰인 문자들을 가득 채우고 있었다.

그 종이 위에는 '선생님!' 하고 써 있었다. '당신께 이 편지를 보내 올리는 것은 그렇게 하지 않을 수가 없기 때문이며, 당신께 말씀드려야 할 것이 내 맘속에 가득 차 있어서 나를 괴롭히고 나를 떨리게 하기 때문이며, 또한 단어들이 너무나 격렬하게 나에게 몰려오기 때문에, 만일 이 편지로 그것을 쏟아놓지 않는다면, 나는 그 말들로 말미암아 질식할 것이기 때문입니다……'

사실대로 말한다면, 이 '몰려온다'라는 말은 전혀 사실이 아니었다. 그리고 슈피넬 씨가 어떠한 허영심으로 그와 같이 주장했는지도 알 수 없는 일이었다. 결코 말이 그에게 몰려오는 것 같게는 보이지 않았다. 글을 쓰는 것을 직업으로 하는 사람으로서, 그는 불쌍하리만큼 느리게 글을 썼던 것이다. 그래서 그를 본 사람이면, 저술가라는 것이 어느 다른 사람보다도 글쓰기를 힘들어 하는 사람이라고 생각하게 될 게 틀림없었다. 두 손가락으로 그는 뺨에 있는 이상한 솜털의 한 가락을 붙잡고서 15분쯤이나 오래오래 빙빙 돌리고, 허공을 바라보며 한 줄도 못 쓰고 있는 것이다. 그러고는 한두 자 깨끗한 글을 쓰는가 하면 다시 막혀 버리는 것이었다. 그러나 그 내용에 있어서 괴이하고 의심나고 심지어 이해할 수 없는 성질을 띠고 있기는 했지만 이렇게 해서 성취된 글이 미끈하고 생생한 인상을 주는 것만은 인정하지 않을 수 없었다.

'그것은' 하고 편지는 계속되고 있다. '어쩔 수 없는 욕구인 것입니다—내가 지금 보고 있는 것, 몇 주일 전부터 지워 버릴 수 없는 영상이 되어서 내 눈앞에 떠 있는 것, 그것을 당신에게 나의 눈을 통하여, 즉 나의 내면적인 눈에 보이는 대로의 언어적인 조명을 통하여 보여 드리고자 하는 것은 어쩔 수 없는 나의 욕구인 것입니다. 나는, 나에게 강요하여, 잊혀지지 않고 불타오르는 것 같은 정확하고 정당한 말로써, 나의 체험을 세상 사람들의 체험으로 만들게 하려고 하는 그 충동에는 항상 굴복하게 되는 것입니다. 그러므로 나의 말씀을 들어 보십시오.

나는 지금까지 있었던 일과 그리고 지금 있는 일 이외에는 아무 말도 하고자 하지 않습니다. 나는 다만 어느 이야기, 아주 간단하고도 말할 수 없이 분노가 치미는 이야기를 할 뿐입니다. 그 이야기를 아무 주석도 없이, 아무 불평도 비판도 가하지 않고, 다만 나의 말로써 표현하겠습니다. 그것은 가브리엘레 액크호프의 이야기—선생님 바로 당신이, 당신의 것이라고 부르는 그 부인의 이야기입니다.……주의하여 들어 보십시오. 그 체험을 하신 분은 당신이겠지만, 그러나 나의 말로 말미암아, 비로소 그것은 당신에게 진실로 하나의 체험이라는 의미를 가지게끔 높여지는 것입니다.

선생님, 당신은 그 정원을 기억하십니까? 회색 저택의 뒤에 있는 오래되고 황폐한 그 정원을 말입니다. 꿈에 가득 찬 이 황무지를 둘러싸고 있는 허물어져 가는 담의 이쯤에는, 초록색의 이끼가 끼어 있습니다. 마당 한가운데 있던 분수도 생각이 나시는지요? 그 허물어져 가는 언저리에는 엷은 보라색의 백합꽃들이 고개를 숙이고 있었으며, 그 하얀 물줄기는 신비스럽게도 무슨 말을 지껄이듯 갈라져 있는 들판 위에 떨어지고 있었습니다. 여름날이 기울어질 무렵이었습니다.

일곱 명의 처녀들이 분수를 둘러싸고 둥그렇게 앉아 있었습니다. 그 일곱번째의 여자, 아니 첫째의, 유일의 처녀 머리에는 기울어지는 햇빛이 남몰래 최고의 사인을 짜넣는 것 같았습니다. 그 처녀의 눈은 불안스러운 꿈과도 같았고, 그런데도 그 밝은 입술은 미소를 띄고 있었습니다…….

그들은 노래를 불렀습니다. 갸름한 얼굴들을 쳐들어

분수의 물줄기 높이……피곤한 듯이 고상하게 보이는 곡선을 그리며 다시 꺾어져 떨어지려고 하는 그 높이까지 쳐들고 있었던 것입니다. 그리고 그들의 나지막한 맑은 목소리는, 분수의 날씬한 춤과 어울려 함께 떠돌았습니다. 아마 그들은 노래를 부르며 연약한 손들을 무릎 위에 마주잡고 있었는지도 모릅니다…….

그 한 폭의 그림을 당신을 기억하십니까, 선생님? 그것을 보셨습니까? 당신은 그것을 보시지 못하였습니다. 당신의 눈은 그것을 보도록 만들어져 있지 않았으며, 당신의 귀는 그 그림의 멜로디가 갖는 정숙하고 달콤함을 듣게끔 마련된 것이 아니었습니다. 당신이 그것을 보셨다면?—당신은 감히 숨을 쉬지도 못하셨을 것이고, 당신의 심장의 고동소리마저 멈추게 하셨을 것입니다. 당신은 가셨을 것입니다. 생활 속으로. 되돌아서서 당신의 실생활 속으로. 그리하여 당신이 이 세상에서 존재하는 나머지 여생을 통하여, 그때에 보신 것을 만질 수도 없고 다칠 수도 없는 신성한 것으로, 당신의 영혼 속에 깊이깊이 간직하지 않을 수 없으셨을 것입니다. 그런데 당신은 어떻게 하셨는가요?

그 그림은 그것으로 마지막이었던 것입니다. 선생님. 당신은 거기 나타나셔서 그것을 파괴하고 거기에다가 속됨과 보기 싫은 고통이라는 계속을 부여하지 않을 수 없으셨던 것입니다. 그것은 쇠퇴와 종말과 소멸의 저녁놀에 잠기어진 하나의 눈물겨운, 평화적인 성화(聖化)

이었지요. 오래 된 집안의 행위와 생활에는 벌써 너무나 피곤해졌고 너무나 고상하게 된 전통 있는 일족(一族)이 그 생애의 마지막에 놓여 있었습니다. 그 마지막 발언(發言)은 예술의 음향이었고, 죽음의 성숙에서 오는 자각적인 우울에 가득 찬 바이올린 소리 몇 마디였습니다.……당신은 그 소리에 눈물을 자아내는 그 눈을 보셨습니까? 아마도 여섯 명의 여자친구들의 영혼은 삶에 속하고 있었을 것입니다. 그러나 그들의 자매이며 그들의 여왕인 한 사람의 영혼은 아름다움과 죽음의 세계에 소속되고 있었던 것입니다.

당신은 그것을, 즉 그 죽음의 아름다움을 보셨습니다. 그것을 보시고 그 여자를 소망하셨습니다. 그 아름다움의 성스러움에 마주쳐서 아무런 공경심도 일어나지 않았고 아무런 주저도 당신의 마음을 흔들어 놓지 않았습니다. 당신에게는 보는 것만으로는 만족되지 않았던 것입니다. 당신은 자기 것으로 만들고 이용하고 모독하지 않을 수 없었습니다……얼마나 훌륭하게 당신은 골라서 맞춘 것이었습니까! 당신은 식도락(食道樂)이십니다. 선생님! 당신은 천한 식도락이신 것입니다. 입이 높아진 농부와 같습니다.

나는 결코 당신을 괴롭히려는 생각을 품고 있는 게 아니라는 것을 알아 주시기 바랍니다. 내가 말씀드리는 것은 결코 욕이 아니며, 하나의 공식(公式), 하나의 단순한 심리학적 공식인 것입니다. 문학적으로는 전혀 흥미 없는 당신의 단순한 성격에 대한 공식인 것입니다. 그리고 내가 그것을 말씀드리는 것은 당신에 대하여 당신 자신의 행위를 약간 알려 드리고자 하는 충동이 나에게 일어나기 때문입니다. 그것이 이 지상에 있어서의 나의 피할 수 없는 직업이기 때문입니다. 즉, 사물을 이름지어 부르고, 그것을 일컫고, 무의식적인 것을 조명하여 환하게 하는 것이 나의 직책이기 때문입니다. 세상에는 내가 '무의식적 유형(類型)'이라고 부르는 것으로 가득 차 있습니다. 그리고 나는 그것들을, 그 모든 무의식적 유형의 인간들을 참을 수가 없습니다. 내 주위에 있는 모든 둔하고 무지하고 인식 없는 생활과 행동을 하는, 이 화가 나도록 솔직한 세계를 도저히 참을 수 없는 것입니다. 그런 것은 고통스러운 불가항력을 가지고 내 마음을 축여서 둘레에 있는 모든 존재를—내 힘이 자라는 한—해명시키고 표현시키고 의식이 있게끔 인도하게 하여—그것이 결과적으로 좋은 작용을 가져오든 말든, 또는 위안과 완화를 가져오든 말든 상관하지 않고 그리하는 것입니다. 이미 말씀드린 바와 같이 당신은 천한 식도락, 말하자면 입이 높은 농부이십니다. 선생님. 원래가 무뚝뚝한 체격이시고 지극히 미개하고 낮은 진화 과정에 계신 당신은 돈과 안전한 생활방식으로 인해 신경 계통이 급격하고 비역사적이고 야만스러운 파멸에 도달하였습니다. 그것은 향락욕의 일종의 음탕한 세련을 가져오게끔 한 것입니다. 당신이 가브리엘레 액크호프를 소유하려고 결심하셨을 때, 아마도 당신의 목구멍 근육은 어느 맛있는 수프나 요리를 대면하셨을 때처럼 움찔움찔하였으리라고 추측합니다.……사실 당신은 그 여자의 꿈에 파묻힌 의지를 어지럽게 인도하셨으며 그 여자를 황폐한 정원으로부터 실생활 속으로, 즉 추악 속으로 인도하셨으며, 그 여자에게 당신의 속된 이름을 부여하셨으며, 그 여자를 마누라로, 살림꾼으로, 그리고 어머니로 만들어 놓으셨습니다. 당신은 그 피곤하고 머뭇머뭇하고 고상한, 쓸모 없는 속에 꽃피고 있는 죽음의 아름다움을 속된 하루하루의 일과 자연이라고 불리는 거칠고 천한 우상에 봉사하게끔 만드셨습니다. 그런데도 이와 같은 행위의 깊은 모욕에 대하여 당신의 농부적인 양심은 아무런 예감을 느끼지 못하시는 것입니다.

다시 한 번 물어 보겠습니다. 무슨 일이 일어나겠는가? 하고. 그 여자는, 불안스러운 꿈과 같은 눈을 가지고 있는 그 여자는, 당신에게 하나의 아이를 선사하였습니다. 그애 아버지의 저급한 존재의 연장인 그 아이에게 그 여자는 자기가 가지고 있는 모든 피와 생활 능력을 주어 버리고 죽는 것입니다. 그 여자는 죽는 것입니다. 선생님, 그러나 그 여자가 속된 속에서 죽어가지 않고 마지막에는 그 하천(下賤)에서부터 몸을 일으켜 자랑스럽고 기꺼이 아름다운 죽음의 키스를 받으며 사라진다면, 그것은 바로 나의 노력의 결과인 것입니다.

당신의 노력이라는 것은 아마 으슥한 낭하에서 하녀와 시간을 보내는 것 정도일 것입니다.

그러나 그 여자의 아들, 가브리엘레 액크호프의 아들은 살아서 번영하고 개가를 올릴 겁니다. 그애는 아마 그의 아버지의 생활을 계승하겠지요. 사업을 할 것이며 세금을 납부하고, 좋은 음식을 먹는 시민이 되겠지요. 아마도 군인이라든가 관리라든가, 무식하고 유용한 국가의 기둥이 될지도 모르지요. 하여간에 비예술적이고 정상적으로 기능을 발휘하는 인간, 거리낌없고, 자신있고, 강하고, 우매한 인간이 되겠지요.

선생님, 내가 당신을 미워하고 당신과 당신의 아들을—생명, 그 자체를 미워하듯이, 그리고 당신이 표상하시는 속되고 우스꽝스럽고, 그러면서 개가를 올리는 생명 그 자체를 미워하듯이, 아름다움의 영원한 반대자이고 불공대천의 원수인 생명을 미워하듯이—그렇게 미워한다는 나의 솔직한 고백을 받아 주십시오. 나는 당신을 경멸한다고는 감히 말할 수 없습니다. 경멸은 할 수 없습니다. 나는 정직합니다. 당신이 나보다 더 강한 사람이지요. 내가 투쟁에 있어서 당신에 대항하여 휘두를 수 있는 무기는 하나밖에 없습니다. 약자의 숭고한 무기이며 복수의 도구—정신(精神)과 언어(言語)뿐입니다. 오늘 나는 그 무기를 사용하였습니다. 왜냐하면 이 편지는—이 점에 있어서도 나는 정직합니다. 선생님—하나의 복수 행위에 지나지 않는 것이니까요. 그래서 만일 이 중에 단 한 마디라도 당신을 당황하게 만들고, 당신에게 알지 못하는 힘을 보여 주고, 당신의 든든한 태연함을 잠시라도 흔들리게 하도록 날카롭고 빛나고 아름다운 단어가 있다면 나는 그것으로 기쁠 것입니다.

데틀래프 슈피넬'

이렇게 하여 슈피넬 씨는 서면을 봉투에 넣고 우표를 붙여서 깨끗하게 주소를 적은 다음 우체국으로 보냈다.

클뢰터얀 씨는 슈피넬 씨의 방문을 두드렸다. 그는 커다랗고 깨끗하게 글씨를 써놓은 큰 종이를 손에 들고 있었다. 그리고 그는 정력적으로 전진하려고 결심한 사람의 표정을 하고 있었다. 우편이 그 의무를 행하고 편지가 갈 길을 바로 찾아갔던 것이다. 그 편지는 이상스러운 여행, 즉 아인프리트에서 나가서 아인프리트로 들어오는 여행을 하여 올바르게 겉봉투에 있는 주소의 임자에게 도달한 것이었다. 때는 오후 네시였다.

클뢰터얀 씨가 들어왔을 때, 슈피넬 씨는 안락의자에 앉아서 괴상한 표지 그림이 붙어 있는 자기 자신의 소설을 읽고 있었다. 그는 일어서서 놀라며 물어 보는 듯이 방문객을 쳐다보았다. 한편 얼굴을 상당히 붉히고는 있었다.

"안녕하십니까." 하며 클뢰터얀 씨는 말을 하였다. "당신의 사업을 방해하여서 미안합니다. 그런데 이 편지를 쓰신 것이 당신입니까?"

그렇게 말하면서 그는 크고 깨끗하게 씌어진 종이를 왼손으로 높이 쳐들고서 오른손 등으로 그것을 툭툭 쳤다. 그러자 그 종이는 심하게 팔랑거렸다. 그러고 나서 그는 오른손을 자기의 널따랗고 안락한 바지주머니에 집어넣고 고개를 조금 갸우뚱한 채, 많은 사람이 그러하듯이 대답을 듣기 위하여 입을 벌렸다.

이상하게도 슈피넬 씨는 미소를 띄웠다. 그는 뜻을 맞추려고 하는 것처럼 약간 곤란하고 반쯤 사과를 하는 듯한 미소를 띄웠다. 그리고 무엇인가 생각하려는 듯이 한 손을 머리에 갖다대며 말하였다.

"아, 그렇습니다……정말……실례지만……."

사실 그는 오늘 그와 같은 행동을 한 후에 점심때까지 낮잠을 잔 것이었다. 그 결과로서 그는 양심의 가책과 머리에 무거움을 가지고 신경이 날카로웠으며, 저항력이 부족하였다. 거기에다, 불기 시작한 봄바람 때문에 노곤하고 절망적인 기분이 되어 있었던 것이다. 이 모든 일은 그가 이 다음 장면에서 그와 같이 어리석게 행동을 한 설명으로서 언급하지 않을 수 없다.

"그래요? 아, 좋습니다." 클뢰터얀 씨는 그렇게 말하며 턱을 가슴팍에 누르기도 하고 눈썹을 위로 치켜세우기도 하고 두 팔을 쭉 내뻗기도 하며, 그밖에 그와 같은 준비를 많이 하였다. 예의상의 말을 끝마치고서는 사정없이 본론에 들어가기 위한 것이다. 그는 자기의 육체를 자랑삼아 그 준비를 좀 지나치게 하였다. 결국 그리하여 일어난 일은 그와 같은 육체적인 준비의 위협적인 형태와는 꼭 들어맞지 못했다. 그러나 슈피넬 씨는 상당히 창백하였다.

"잘 알았어요." 클뢰터얀 씨는 되풀이하였다. "그러면 답변을 구두로 하겠소! 이거 보시오. 더군다나 만나서 이야기를 할 수 있는 사람에게 너절한 편지를 쓴다는 것을 우둔한 일이라고 생각하는 바이므로……."

"글쎄요……우둔할는지는……." 슈피넬 씨는 미소를 지으며 사과하듯 거의 겸손한 말투로 말하였다…….

"우둔하고말고!" 클뢰터얀 씨는 되풀이해서 말하고 고개를 심하게 흔들었다. 그가 얼마나 범할 수 없는 확신을 가지고 있는가 보여 주기 위해서였다. "그래서 나는 이 편지 조각에는 한 마디의 말도 소비하고 싶지는 않으나—솔직히 말하면 나에게는 이런 것이 버터 빵을 싸는 종이로서도 나쁠 정도이지만—이 편지는 그러나 내가 아직까지 알지 못했던 어떤 것을 해명해 주었소이다. 어떠한 변화를 말이오.……하여간에 그것은 당신에게는 아무 상관없는 것이고, 지금 말하고자 하는 것도 아니오. 나는 바쁜 사람이어서 당신의 그 표현하기 어려운 환상 같은 것보다는 더 나은 것을 생각하지 않으면 안 되는 사람이고……."

"나는 '지울 수 없는 환상'이라고 썼습니다." 슈피넬 씨는 말하였다. 그리고 몸을 일으켜 세웠다. 이것이 그가 이 장면에서 다소나마 위엄을 나타낸 단 하나의 순간이었다.

"지울 수 없는……표현할 수 없는……글쎄." 클뢰터얀 씨는 대답하며 원고를 들여다보았다. "당신은 글씨도 망하게 쓰는구려! 나는 당신 같은 이를 사무원으로 채용할 수 없겠소. 쓱 보면 깨끗한 것 같지만 밝은 데서 보면 글씨가 구멍투성이고 떨리고 있단 말이오. 그러나 그것은 당신 일이고 나와는 상관이 없소. 내가 온 것은 당신에게 첫째로, 당신이 어릿광대라는 것을 말해 주려고 온 것이오.—그런데 그것은 당신도 알고 있을 법한데. 그리고 그 다음에는, 당신이 대단히 비겁한 자라는 것을 말하기 위함인데, 그것도 또한 별로 자세히 증명하지 않아도 될 것이오. 나의 처가, 저번에 편지를 써서 말하기를 당신은 만나는 여자들을 똑바로도 보지 못하는데 그것은 단지 슬쩍 지나가면서 보아 그 아름다운 기색만을 붙잡고 그 현실을 두려워하기 때문이라고 합니다. 유감스럽게도 처는 그후 편지로써 당신의 이야기를 하는 걸 그쳐 버렸소. 그렇지 않았으면 당신에 대해서 더 여러 가지 일을 알았을 텐데. 그러나 당신은 그와 같은 사람이오. '아름다움'이라는 말이 당신의 상투어인데, 요컨대 그것은 근본에 있어서 벌벌 떠는 것, 속닥속닥하는 것, 질투하는 것, 그러한 것에 불과하지 않소! 그래서 당신이 괘씸한 말투로 '으슥한 낭하'라는 말을 한 것 같소. 그것은 아마 나에게 톡톡히 타격을 줄 생각이었나 보지만 나에게는 웃음거리밖에 안 되었소. 당신이 나에게 웃음거리가 됐단 말이오. 그런데 잘 알겠소? 나는 당신의……당신의 그 '행동과 성품'을 약간 천명한 것에 불과하오. 이 불쌍한 인간이여! 그러나 그것은 나의 '피할 수 없는 직업'은 아닌 것이오……."

"나는 '피할 수 없는 직업'이라는 말을 썼습니다마는." 하고 슈피넬 씨가 말하였다. 그러나 그는 곧 그 말을 포기하였다. 그는 그 자리에 어쩔 줄 모르고 야단을 맞는 커다란, 불쌍한, 머리가 희끗희끗한 국민학교 학생처럼 서 있었다.

"피할 수 없는……피할 수 없는……당신은 아주 천하고 비겁한 사람이오. 당신에게 말하겠는데, 매일같이 당신은 식탁에서 나를 만나고 있소. 나에게 인사를 하고는 미소를 띄고, 접시를 나에게 밀어 주고는 미소를 띄고 잘 잡수시라고 말하고는 미소를 띄운단 말이오. 그러고도 갑자기 이러한 우둔한 중상(中傷)을 써서 나에게 내던진단 말이오. 흥, 정말 글을 쓰는 데는 당신도 용기가 있소! 그런데 그것이 다만 이와 같은 우스꽝스러운 편지만이라면, 그래도 좋겠소. 그런데 당신은 나에 대해서 모략을 꾸몄소, 내 등뒤에서 몰래 모략을 한 것이오. 이제 나는 잘 알 수가 있겠소…….

그렇다 해서 당신은 그런 것이 주효했다고 생각해서는 소용이 없소마는! 혹시 당신이 나의 처의 마음에 어떠한 변덕을 집어넣어 주었다고 희망에 빠진다든가 한다면은 당신은 잘못 생각하신 거요. 이 똑똑한 친구여, 그 여자는 그렇게 어리석은 인간이 아니란 말이오! 또 혹시 당신이 나하고 어린애가 왔을 때, 내 처가 그 전과 다른 방법으로 영접하였다고 당신이 믿는다면 당신의 어리석은 취미 위에 왕관을 씌워 놓는 것이나 마찬가지요! 그 여자가 어린아이에게 한 번도 키스를 하지 않았다면 그것은 조심하기 때문에 그렇게 한 것이오, 왜냐하면 요즈음 새로이 기관지가 아니라 폐라고 억측하는 사람들이 생겼기 때문에 그런 것은 확실히 알 수가 없는 거란 말이오……. 물론 그런 것은 폐인지 아닌지 잘 알아봐서 증명하여야 알 것이고, 당신이 '그 여자는 죽습니다, 선생님!' 하고 말한 데 대해서는 당신은 참말로 바보요."

여기서 클뢰터얀 씨는 호흡을 좀 가다듬으려고 하였다. 그는 그때에 대단한 노여움에 치받쳐서 오른쪽 엄지손가락으로 공중을 찌르며, 왼손으로는 그 원고를 엉망으로 만들고 있었다. 블론드 색의 영국식 빰의 수염 사이에, 얼굴은 무섭게 빨갰으며 잔뜩 흐린 이마에는 부풀어오른 혈관이 불화의 번개처럼 이리저리 뻗치고 있었다.

"당신은 나를 미워한다고?" 그는 말을 계속하였다. "그리고 만일 내가 더 강하지 않았다면 당신은 나를 꼭 경멸하였을 게지……그렇지, 나는 강자야. 거 보시오. 나는 내 심장이 올바른 자리에 있지만, 당신은 아마 대개 바지 속에라도 들어 있을 것이오. 그래서 나는 당신의 '정신과 언어'를 한데 하여 당신을 때려눕힐 것인데. 이 엉큼한 멍텅구리여! 만일 그렇게 해도 상관이 없기만 하다면. 그러나 여보시오, 그렇다 해서 내가 당신의 모욕을 그대로 놔둔다는 말이 아니오, 알겠소? 만일 내가 그 '속된 이름'이라는 말을 집의 변호사에게 보이면 당신은 톡톡히 혼을 뺄 테니 어디 두고 봅시다. 나의 이름은 훌륭한 이름이오. 알겠소? 더구나 나의 훌륭한 사업을 통해서. 당신 이름을 믿고 누구라도 당신한테 일전 한푼 돌려 줄 사람이 있는지, 당신 스스로 그 의문을 풀어 보시오. 어디서 왔는지도 모르는 떠돌이 같은 사람이여! 당신한테는 법률로 나가는 수밖에 없겠소! 당신은 질서를 어지럽히는 사람이오! 사람들을 미치게 만드는 사람이오!……그렇다고 해서 당신이 성공했다고 좋아할 필요는 없소. 이 고약한 사람이여! 내가 당신 같은 사람한테 굴할 줄 알았소? 나는 심장이 올바른 자리에 있는 사람이니까…….” 클뢰터얀 씨는 그 때 극도로 흥분 상태에 있었다.

그는 소리를 지르며 자기의 심장이 올바른 자리에 있다고 되풀이해서 말했다.

“'그들이 노래를 불렀습니다.' 흥! 그들이 무슨 노래를 불렀어! 그들은 뜨개질을 하고 있었는데, 게다가 그들은 내가 듣기에는 감자를 튀겨서 과자를 만드는 방법에 대해 이야기를 하고 있었는데, 그리고 만일 내가 그 '쇠퇴'라든지, 또 '종말'이라든가 하는 말을 나의 장인에게 말한다면 틀림없이 나와 마찬가지로 고소를 할 것이오. 그것은 확실한 이야기지!……'당신은 그 그림을 보았습니까, 그것을 보았습니까?' 물론 보았지. 그러나 내가 무엇 때문에 숨을 멈추어야 하며, 도망갔어야 했었는가 나는 모르겠어, 나는 여자들을 곁눈으로 찔끔찔끔 보지는 않소, 똑바로 보지, 그리고 내 맘에 들면, 그리고 여자 쪽에서도 나를 좋아하면 그 여자를 취하는 것이야. 나는 심장이 올바른 자리에……."

문을 두들기는 소리가 들렸다. 한꺼번에 열 번 정도 계속해서 황급히 방문을 두들긴 것이다. 그것은 조그마한, 강력하고도 불안스러운 진동이었다. 그 소리에 클뢰터얀 씨는 말을 멈추었다. 그리고 밖에서는 전혀 진정을 못하는 그리고 너무나 심통하여서 걷잡을 수 없는 목소리로 대단히 급히 말을 하는 것이다.

"클뢰터얀 씨, 클뢰터얀 씨, 아아, 클뢰터얀 씨, 거기 계십니까?"

"왜 그러시오?" 하고 클뢰터얀 씨는 사납게 말하였다……. "무슨 일이오? 나는 여기 할 말이 있어서 그러는데."

"클뢰터얀 씨." 하고 그 비틀거리는 듯하고 꺼질 듯한 목소리가 또 말하였다. "꼭 오셔야 합니다……의사 선생님들도 다 와 계십니다.……오, 참으로 애석하고 슬퍼서……."

그러자 그는 한걸음에 달려가 홱 문을 열었다. 슈파츠 부인이 밖에 서 있었다. 부인은 손수건을 입에 갖다 대고 있었는데, 크고 긴 눈물줄기가 두 줄 손수건으로 떨어지고 있었다.

"클뢰터얀 씨." 하고 부인은 간신히 말을 이었다……. "참말로 애석하고 슬퍼서……사모님은 퍽 많은 피를 토하였어요. 아주 굉장히 많이. 침대 위에 가만히 앉아 계셨는데, 무슨 짤막한 노래 곡조를 입 속으로 외우시다가, 갑자기 그렇게 많은 피를, 아이 무서워, 엄청난 피를 그렇게 많이……."

"죽었나요!?" 하고 클뢰터얀 씨는 소리질렀다……. 그러면서 슈파츠 부인의 팔을 붙잡고 문지방에서 막 흔들어댔다. "아니, 아주 죽지는 않았지……. 또 조금 피를 토한 것 아냐? 폐에서, 그렇지? 폐에서 나왔는지도 모른다고 인정하겠어……가브리엘레!"

그러더니 그는 갑자기 눈물을 쏟았다. 하나의 따뜻하고 선량한, 인간적인 성실한 감정이 그의 맘속에서 튕겨나온 것을 볼 수 있었다.

"그래, 곧 갈게!" 하고 말하며 그는 슈파츠 부인을 끌고 방에서부터 밖으로, 낭하를 지나 성큼성큼 나가 버렸다. 낭하의 저 멀리 외진 곳에서 그가 "아직 죽지는 않았지! 그렇지?……폐에서 나온 것이라니?……" 하는 소리가 점점 멀어지는 것을 들을 수 있었다.

슈피넬 씨는, 그렇게 갑자기 중단된 클뢰터얀 씨의 방문 때와 같은 장소에 그대로 서서 열려진 문을 바라보았다. 마침내 그는 몇 걸음 앞으로 나가서 무슨 소리가 들리지 않나 귀를 세웠다. 그러나 모든 것이 조용해서, 그는 문을 닫고 방으로 들어왔다.

잠시, 그는 거울에 비치는 자기 모습을 바라보았다. 그 다음에 책상으로 가서 서랍에서 작은 병과 컵을 끄집어냈다. 그리고 꼬냑을 한 잔 마셨다. 그것은 누구나 무리가 아니라고 생각할 만한 것이었다. 그리고 그는 안락의자 위에 누워서 눈을 감았다.

창의 윗문은 열려 있었다. 아인프리트의 정원에서는 새들이 울고, 그 작고 연약하고 활발한 목소리 속에는 미묘하게 들이닥치는 듯이 봄 전체가 표현되어 있었다. 한 번, 슈피넬 씨는 작은 목소리로 '피할 수 없는 직업……'이라고 중얼거렸다. 그 다음에 머리를 좌우로 흔들고 심한 신경통을 느낄 때처럼 잇새로 바람을 들이마셨다.

고요하고 진정하는 것은 불가능한 일이었다. 이와 같은 조잡한 사건은 내 격에 맞지 않는다.—슈피넬 씨는 분석을 한다면 너무 길게 될 것인 하나의 심적 경과를 통하여, 일어서고자 하는 결론, 그리고 좀 운동을 하고자 하는, 정원을 산보해 보고자 하는 결심에 도달하였다. 그래서 그는 모자를 집어들고 방을 나섰다.

집에서 밖으로 나와 온화하고 향기로운 외기에 둘러

싸였을 때, 그는 목을 돌리고 천천히 건물을 따라 시선을 올려 창문 하나를 쳐다보았다. 커튼이 걸려 있는 창인데, 그 창을 그의 시선은 잠시 진지하고 확고하게, 그리고 어두컴컴하게 주시하였다. 그러자 그는 두 손을 등뒤로 보내고 자갈길을 걸어가 버렸다. 깊은 사색에 파묻혀 걸어간 것이다. 화단은 아직도 가마니때기로 덮여져 있었고 나무와 관목들은 아직도 벌거벗고 있었다. 그러나 눈은 벌써 사라졌으며 길에는 다만 여기저기 축축한 자국이 보일 뿐이었다. 동굴과 복도와 정자가 있는 널따란 정원은 화려하게 빛깔이 든 오후의 광명 속에 뚜렷한 그림자와 풍부한 금빛의 광선을 머금고 있었다. 그리고 나무들의 컴컴한 가지는 맑은 하늘을 향하여 하나하나 날카롭고 교묘하게 마디를 지어 나타나고 있었다.

때는 태양이 형태를 취하는 시각이었다. 형태 없는 빛의 덩이가 가라앉아 가는 둥그렇고 눈에 보이는 원판이 되고, 먼저보다 듬직하고 더 온화한 작별을 눈으로 볼 수 있게 되는 시각이었다. 슈피넬 씨는 태양을 보지 않았다. 그가 걸어가는 길은 태양이 감추어져 보이지 않게 통하여져 있었다. 그는 고개를 숙이고 간단한 곡조를 입 속으로 중얼거렸다. —짧은 한 마디, 근심스레 한탄하며 상승(上昇)하는 장식음, 그것은 동경의 악상(樂想)이었다……. 그런데 갑자기 짧은 경련적인 한숨과 더불어 그는 얽매어진 것처럼 우뚝 섰다. 그리고 심하게 눈썹을 모아서 찡그리고, 둥그렇게 뜬 두 눈이 놀라서 방어하는 듯한 표정으로 똑바로 앞을 응시하였다…….

길이 꼬부라졌다. 길은 저무는 태양을 향하여 마주 통하여 있었다. 금 테두리를 한 두 줄기의 좁고 반짝이는 구름 조각에 둘러싸여, 태양은 비스듬히 크게 하늘에 걸쳐서 나무의 꼭대기를 불타게 하였고, 불그죽죽한 광채를 마당 가득 퍼붓고 있었다. 이 금빛의 정화(淨化) 속에 태양의 거대한 서광을 머리 위에 지니고, 빨강과 금빛의 창살 무늬 옷을 입고 있는 뚱뚱한 여인이 꼿꼿이 몸을 버티고 길 한가운데 서 있었다. 오른손을 부풀어 오른 허리 위에 짚고서, 왼손으로 교묘하게 생긴 동차를 가볍게 이리저리 흔들고 있다. 그 동차 속에는 그 아이가, 젊은 안톤 클뢰터얀이 타고 있었다. 즉, 가브리엘레 액크호프만의 아들이 앉아 있었던 것이다. 하얗고 두터운 융의 상의에다, 크고 하얀 모자를 쓰고 동글동글한 뺨과 아름답고 토실토실한 몸이 포대기에 싸인 채 그 아이는 앉아 있었다. 그리고 그의 시선은 쾌활하고 거리낌없이 슈피넬 씨의 시선을 마주보았다.

소설가는 그때 용기를 일으키려고 하였다. 자기도 사나이인데, 생각지도 않은, 그 영광에 잠긴 현상의 곁을 지나쳐서 그대로 산보를 계속할 만한 힘을 가졌을 것이 아닌가? 그런데 그때 처참한 일이 일어났다. 안톤 클뢰터얀이 웃기 시작한 것이다. 그리고 환성을 울리기 시작한 것이다. 그는 알 수 없는 기쁨으로 소리 높은 음성을 발하였다. 그것은 아주 무시무시한 기분을 불러일으켰다. 무엇이 그를 자극한 것인지, 그와 상대하고 있는 검은 모습이 그를 맹렬하게 명랑한 기분으로 해놓은 것인지, 그렇지 않으면 어떠한 동물적인 쾌감이 그 아이를 사로잡았는지는 알 수 없는 일이었다. 그는 한쪽 손으로 무슨 뿔로 만든 빨아먹는 장난감을 들고 또 한 손에는 양철로 만든 딸랑이 상자를 들고 있었다. 그 두 가지 물건을 그는 환성을 울리며 햇빛 속으로 치켜들고 뒤흔들며 맞부딪치게 하였다. 마치 누군가를 조롱하며 쫓아 버리려는 듯이. 그 아이의 눈은 너무나 기뻐서 거의 감길 지경이었고, 입 속에 있는 장미 빛깔의 큰 웃잇몸이 다 들여다보일 만큼 입을 활짝 벌리고 있었다. 심지어 환성을 울릴 때마다 머리를 이리저리 흔들기까지 하였다.

슈피넬 씨는 되돌아서서 떠났다. 작은 클뢰터얀의 환호성을 배웅삼아 일종의 조심스럽고 부자연스러운 팔의 자세를 하고, 자갈길 위를 걸어간 것이다. 마음속으로는 도망을 가고 있는 것을 겉으로는 안 보이게 감추려는 사람이, 억지로 걸음을 천천히 하는 그런 걸음걸이였다.

루이스헨

이 세상에는, 아무리 문학적인 경험을 쌓은 사람의 상상이라도 도저히 그와 같은 성립을 상상도 할 수 없는 부부(夫婦) 관계가 있는 법이다. 그와 같은 관계는 우리가 극장에 가서 연극을 볼 때, 다 늙어빠지고 보잘것없는 사람과 아름답고 활발한 사람 사이의 대조적인 결합을 감상하는 것처럼, 그런 부부 관계도 감상하지 않으면 안 되는 것이다.—그 결합은 전제 조건으로 내세워진 것이며, 하나의 우스운 희극을 연출하기 위하여, 수학적 구상 밑에 마련되어 있는 결합이기 때문이니까 말이다.

야코비 변호사의 부인에 대해 말한다면, 역시 아름답고 젊고, 뛰어나게 매력을 지닌 부인이었다. 대충 한 35년쯤 전에 그 여자는 이 세상에 태어나 안나말가레테로자 아말리에라고 이름지어졌는데, 사람들은 그 긴 이름의 첫 글자만을 합해서, 암라(Amra)라고 간단하게 불러 온 것이다. 외국 사람의 이름같이 좀 이상한 음향이 섞인 그 이름처럼, 그 여자의 성격에 잘 들어맞는 이름도 드물었다. 왜냐하면 한옆으로 가리마를 타고서, 좁은 이마로부터 양쪽으로 비스듬히 빗어 젖힌 풍부하고 보드라운 머리의 진한 빛깔에 있어서는, 간신히 밤알갱이와 같은 갈색을 지니고 있다고는 하지만, 피부는 완전히 남쪽 나라 사람들처럼 까무잡잡한 황색이었으며, 더구나 그 피부가 남쪽 나라의 따가운 햇빛 밑에 무르익은 것같이 팽팽한 모습이었고, 그 식물성이며 비활동적인 풍만함이 터키의 여황제(女皇帝)를 연상시키기 때문이었다. 그 여자의 정욕적이며 타성적인 동작 하나하나가 불러일으키는 그 인상은, 그 여자의 이성(理性)이 틀림없이 심장의 하위(下位)에 있을 것이라는 추측을 한층 더 확실하게 만드는 것이었다. 그것은 누구나, 한 번이라도 그 여자가 아름다운 눈썹을 수평으로 하고, 대단히 좁은 이마로 묘하게 치켜올리면서, 갈색의 순진한 눈을 가지고 쏘아보는 것을 보았다면 누구나 깨달을 수 있는 일이었다.

그러나 그 여자 역시 그러한 것을 전혀 알지 못할 정도로 단순한 사람은 아니었다. 그 여자는 퍽 드물게, 어쩌다가 이야기를 함으로써 아주 단순하게 자기의 그런 약점을 숨겼기 때문이다. 그리하여, 아름다운데다가 말을 하지 않는 여자가 되고 보니, 누가 뭐라고 할 수도 없었던 것이다.

그렇지! 그 '단순'이라는 말 자체가 도대체 그 여자에게 전혀 알맞지 않는 것인지도 모른다. 그 여자의 눈초리에는 어리석음이 깃들여 있을 뿐만 아니라, 확실히 일종의 음탕한 약삭빠름이 숨어 있기 때문일 것이다. 그러니까 그 여자가 무슨 화근(禍根)을 만들어 내는 일을 곧잘 할 수 있는 사람이라는 것을 곧 알 수가 있다. —그것은 그렇다 해도, 옆에서 관찰하면 그 여자의 코가 약간 지나치게 강하고 살쪄 있다고 말할 수 있을는지도 모른다. 그러나 그 탐스러운 커다란 입은, 나무랄 데 없이 아름답다. 하기야 거기에는 정욕적이라고 할 것 이외는 어떤 다른 표정도 없는 것이긴 하지만…….

이와 같이 말썽을 일으킬 만한 여자가 바로 그 야코비 변호사의 부인이었던 것이다. 그 변호사는 지금 한 40세쯤 되는 남자였다.—자 그런데, 그 남자를 본 사람은 누구나 입을 딱 벌리고 놀라지 않을 수 없었다. 그는 그렇게 뚱뚱보였다. 그 변호사. 그는 그냥 뚱뚱하다고만 해서는 부족했다. 인간 괴물에 속할 만한 진짜 거인이었다! 항상 회색 바지를 입고 있는 다리는 기둥과 같이 맵시가 없었으며, 그것을 본 사람에겐 코끼리 다리를 연상시키는 것이었으니까! 기름덩어리로 둥그렇게 되어 버린 잔등은, 곰의 잔등과 구별하기가 곤란하였으며, 또한 그 무지무지한 저고리로 덮여 있었지만 그것이 단 하나의 단추로 간신히 끌어 잡아당겨 끼워져 있었기 때문에 그 단추를 풀기가 무섭게 옷자락이 양쪽으로 갈라져 어깨 있는 곳까지 고무줄처럼 튕겨나는 것이다. 그뿐만이 아니었다. 그 대단한 동체 위에는 거의 목이라고 부르는 중간물이 없이, 그대로 비교적 작은 머리통이 올려 놓여 있는 것이었으니까! 거기에는 가느다랗고 축축한 눈과, 짧고 납작한 코와, 너무나 풍만하여 축 처진 뺨이 있었으며, 그 뺨 사이에는 아주 조그만 입이 달려 있었다. 그 입의 양 가장자리는 구슬픈 기색을 띄고 아래로 향하여 사라져 가는 인상이었고, 둥그스름하게 생긴 뒷덜미와 윗입술에는 엷은 블론드 색의 삐죽삐죽한 가시 털이 설핏하게 나와 있어서 마치 영양이 과분한 개의 피부에서처럼 벌건 살이 그 털 사이에서 번들번들 비쳐 보이는 형편이었다.—아! 이 변호사의 부대한 성질이 결코 건강한, 정상적인 것이 아니라는 것만은 누가 보아도 명백하게 알 수 있는 노릇이다. 그의 거인 같은 육체는, 지방분이 과분하고 근육이 제대로 발달되지 않고, 그뿐 아니라 갑자기 핏줄이 그의 부어오른 것 같은 얼굴을 화끈하게 붉히는가 하면, 금세 누르스름한 창백한 얼굴로 바꿔 놓는 것이었으니, 동시에 입이 떫게 일그러지는 것이 종종 있는 일이었고 하니…….

이 변호사에 대한 의뢰자는 지극히 국한되어 있었다. 그러나 부분적으로는 자기 아내 덕분에 그는 상당한 재산을 소유하고 있었다.—그리고 아이들은 없었으니까—카이젤 거리의 어느 기분 좋은 이층집에 살고 있었으며, 그 집에는 항상 손님들의 출입이 빈번하였다. 그것은 말할 것도 없이 전적으로 암라 부인의 취미 때문이었다. 왜냐하면 그저 고통스러운 열성을 가지고 일만 하고 있는 것같이 보이는 변호사 자신이, 그와 같은 사교를 좋아할 리가 만무하기 때문이다. 그 뚱뚱한 남자의 성격은 다시 없이 이상한 성격이었다. 그 사람처럼 온 세상 사람에 대해서 겸손하고 뜻을 맞추고 고분고분한 사람은 없을 것인데, 한편 그가 너무 친절하고 아첨하는 듯한 태도에 대해서, 사람들은 거기에 무슨 이유가 있어서 억지로 그렇게 하는 것으로 생각하였고, 그것이 마음속의 불안과 소심함에서 기인된 것이라는 것을 명백하게 입밖에 내지는 않았으나, 어렴풋이 마음속으로 느끼고 불쾌한 기분이 되는 것이었다. 대체로 자기 자신을 경멸하고 있으면서 비굴과 허영심으로 사람들에게 잘 보이려고 하며, 마음에 들려고 하는 사람처럼 보기 싫은 꼴은 없는 것인데, 내가 확신하는 바에 의하면 바로 그 변호사의 경우가 그러한 것이다. 그는 거의 엎드려서 길 것 같은 극단의 겸손을 내보였고, 따라서 필요한 개인적인 위신을 도저히 유지할 수가 없었다. 그는 자기가 동반자가 되어서 식탁으로 같이 가게 되는 부인에게도 다음과 같이 말할 정도였다.

"사모님, 저는 이처럼 보기 흉한 사람입니다만, 제발 은혜를 베풀어 주시는 셈치고 참아 주시겠습니까?……"
—더구나 그런 말을 조금의 유머도 없이, 그저 울상을 하고 어쩔 줄을 몰라서 아주 보기 싫게 이야기하는 것이다. 또 다음과 같은 이야기도 진짜로 있었던 이야기

다.

어느 날 그 변호사가 산보를 하고 있는데, 어느 건방진 하인이 손수레를 끌면서 달려오다가, 한쪽 바퀴를 가지고 격심하게 그의 발을 치었다. 치여 넘어지고 나서야, 그는 손수레를 세우고 되돌아보았다—그러자 변호사는 완전히 이성을 잃고, 어쩔 줄 모르며 새파래진 뺨을 부들부들 떨면서 모자를 아주 공손히 벗어들고, "미안합니다!" 하는 말을 더듬는 것이었다.—그와 같은 일은 사람의 분통을 터뜨리는 일이다. 그러나 하여간에 그 이상한 거인은 항상 양심의 가책으로 참지를 못하는 모양이었다. 그가 부인과 더불어 그 도시 속의 첫째의 사교장인 렐헨벨크에 나타날 때에는, 항상 그는 어물어물하는 자기의 시선을 놀랍게 맵시 있는 걸음걸이를 하는 부인 암라에게 가끔 던지면서, 이리저리 근심스러운 인사를 사방에 보내는 것이었다. 그 모양은 마치, 그 자리에 있는 모든 젊은 사람들에게, 하나하나 공손하게 고개를 숙이며, 자기가 딴 사람 아닌 바로 자기가, 그 미인을 소유하고 있다는 데 대한 사과를 하고 싶다는 태도였다. 그리고 그의 입의 초라하고 온순한 표정은, 제발 자기를 조소하지 말아 달라는 애원을 나타내고 있는 것처럼 보였다.

앞서 암시한 것처럼, 대체 어떠한 이유로 암라가 그 야코비 변호사와 결혼을 하게 되었는가 하는 이야기는 차후에 설명하기로 하겠다. 하여간에 그 남자는, 그 남자 자신으로서는 그 여자를 사랑하였다. 그 사랑이라는 것도, 그와 같은 체구의 사람들에게는 확실히 드물게 보이는 정도로 열렬한 사랑이었다. 그러면서도 그것은 그의 다른 성질과 마찬가지로, 아주 겸손하고 불안해서 못 견디겠다는 그런 사랑이었다. 가끔 있는 일이지만 저녁 늦게 암라가, 꽃무늬의 주름진 커튼을 단 높은 창문이 있는 널찍한 침실에서 이미 잠자리에 누워 있을 때에, 아주 조용히, 발소리가 들리지 않도록, 그저 마룻바닥과 옷장이 천천히 흔들리는 소리가 가늘게 들릴 정도로 그 뚱보 변호사가 걸어 들어오는 것이다. 그리고 그 여자의 육중한 침대 곁에 가서 무릎을 꿇고, 그 여자의 손을 한량없이 조심스럽게 붙잡는 것이다. 그런 경우 암라는 언제나 눈썹을 치켜 뜨고, 이마 위에 수평을 만들면서, 자기 앞에 희미한 전등빛을 받고 웅크리고 있는 그 거대한 남편을, 아무 말 없이 육감적인 악의의 표정으로 바라보는 것이다. 그러나 그 남자는 떨리는 뭉툭한 손으로 조심스럽게 그 여자의 팔에서 가만히 셔츠를 치켜올리고는, 자기의 보기 싫게 부풀어오른 얼굴을 그 여자의 보드라운, 풍만한 팔의 관절에—거기에는 조그마한 푸른 혈관이 갈색의 피부 위에 뚜렷하게 나타나고 있었다—파묻는 것이었다. 그리고 억눌리고 떨리는 음성으로 말을 시작하는데, 그 말도 보통 지각 있는 사람이면 일상 생활에서 결코 하는 법이 없는 그런 말이었다.

"암라!" 하고 그는 속삭이듯 말하는 것이다. "나의 귀여운 암라! 내가 와서 방해는 안 되겠지? 아직도 잠들지는 않았었지? 정말이지, 나는 하루 종일 그 생각만 하고 있었어요. 당신이 얼마나 아름다운가, 그리고 내가 당신을 얼마나 사랑하고 있는가, 하는 그런 생각만 말이야!—그리고 내가 지금 말하는 것을 잘 들어 줘야 해요. 그것을 어떻게 표현해야 좋을지 퍽 어렵기는 하지만.—내가 당신을 얼마나 사랑하는지, 가끔 나의 심장이 찌부러질 것만 같아요. 그래서 스스로 어디로 가야 할는지 모를 지경이야. 나는 당신을 내 힘 이상으로 사랑하고 있단 말야! 당신은 아마 이해를 못하겠지만, 그래도 내 말만은 믿어 주겠지? 그리고 단 한 번이라도 좋으니까, 나의 사랑에 대해서 조금은 고맙게 생각한다고 말을 해줘야 해. 그러지 않겠어? 내가 당신에게 바치는 그와 같은 사랑은 이 세상에서 그 정도의 가치는 있을 것이니까.—그리고 또, 나를 사랑한다고는 할 수 없어도, 그 감사의 마음으로, 그저 그 마음뿐이라도 나를 배반하거나 속이거나 하지는 않는다고도 말해 줘야 해—난 그것을 부탁하러 온 거야. 정말이지, 내 모든 정성을 바쳐서, 마음속으로부터 간청하고 애원하고……."

그리고 그 남자는 항상 이와 같은 말마디를, 그대로 무릎을 꿇고 쭈그린 채 훌쩍훌쩍 흐느껴 우는 것으로 끝마치는 것이 상례였다. 그와 같은 때에는, 암라도 약간은 마음이 움직여서, 한 손으로 남편의 딱딱한 털을 어루만져 주고 길게 내뿜는 위안적인, 동시에 장난하는 듯한 음성으로—마치 발을 핥으러 달려오는 개에게 이야기하는 것처럼, "오—그래 그래—우리 강아지!" 하는 말을 두서너 번 되풀이해 주는 것이다.

그런데 그 암라의 처신은 확실히 정숙한 부인의 그것이라고는 할 수 없었다. 또한 내가 지금까지 숨겼던 사실을 이야기할 시기도 이제는 왔다고 생각한다. 그를 완전히 배반하고 있는 것을 말하는 것이다. 더구나 그것은 알프레드 로이트너라는 남자를 상대로 하고 있는 것이었다. 그 사람은 재주있는 젊은 음악가이며, 재미난 조그마한 작곡으로 스물일곱 살인데도 벌써 상당한 명성을 떨치고 있는 사람이다. 날씬하며 대담한 얼굴과, 블론드 색의 곱슬머리와, 그리고 그의 눈 속에는 아주 의식적인 밝은 미소를 가지고 있는 사나이였다. 그는, 자기 자신을 향하여 별로 많은 것을 요구하지 않고, 무엇보다도 우선, 행복스럽고 사랑스러운 사람이 되고자 하고, 그와 같은 개인적인 애교를 높이기 위하여 기분좋은 조그마한 기술을 발휘하여 사람들 사이에 나가서는, 자기의 소박한 천분을 발휘해 보이는, 요새 많이 보이는 소위 예술가 층의 한 사람이라고 볼 수 있었다. 그들은 의식적으로 어린이답게 행동하고, 비도덕적이며, 거리낌없이 명랑하고, 잘난 체하고, 심지어 병이 들어서도 뽐낼 정도로 건강하며, 허영심이 아직껏 한 번도 침해당하지 않는 동안은 사실로 기분좋아하는 족속인 것이다. 그러나 일단 진실한 불행, 아첨을 용서치 않는, 또는 뽐내는 것이 허용되지 않는 진짜 고민이 닥쳐오기만 하면, 그 조그마한 행복자이며 흉내쟁이인 그들은 멸망하는 것이다! 그들에게는 불행 속에서도 의젓하게 참아 나가는 그런 교양이 없다. 도대체 고민이라는 것의 '시초'부터 어찌할 줄을 모르는 것이다. 그들은 멸망할 수밖에 없는 것이다.—그러나 그것은 그것으로서 독립된 이야기이다.—로이트너 씨는 여러 가지 그럴 듯한 것을 만들었다. 대부분이 왈츠와 마주르카였는데, 그 명랑한 점에 있어서 그 작품들은(내가 아는 범위에 있어서는) 음악이라고 불리기에는 좀 지나치게 대중적인 것이었다.—만일 그 작품들 중의 하나가 약간 독창적인 부분을 포함하고 있지 않았더라면, 그 독특한 부분이라는 것은, 이조(移調)라든지 삽음이라든지 화음적인 전환이라든지, 하여간에 기지(機智)와 번뜩이는 재주를 보여 주는, 무슨 신경적인 효과를 말하는 것이다. 그것 자체가 목적으로서 작품이 만들어진 것같이 보이는, 그리고 그 작품을 진실한 전문가에게도 흥미 있게 보이도록 하는 그런 것이었다. 때로는 그 왈츠와 마주르카의 두 개만의 박자가, 묘하게 음침하고 침울한 기색을 띠는 수가 있다. 그러자 그것이 갑자기 후딱 사라지며, 조그만 작품에 잘 나오는 댄스홀의 명랑성이 되어서 울려 가는 것이다.

그 젊은 남자를 향해서, 암라 야코비 부인은 불의의 애정을 불태우고 있었다. 동시에 그 남자 측으로서도 그 여자의 유혹에 대항할 만한 도덕심을 가지고 있지는 않았다. 두 사람은 여기서 만나고 저기서 만나 그 불의의 관계가 여러 해를 두고 두 사람을 연결시켜 온 것이다. 그것은 그 동네 전체가 모두 알고 있는 관계였다. 즉, 그 도시에 있는 모든 사람들이 변호사 등뒤에서 재미있어 하는 관계인 것이다. 그런데 그 당사자인 변호사는 어떠하였는가? 암라는 너무나 우둔한 여인이어서 양심의 가책으로 고통을 당한다든지, 또는 그것으로서 남편에게 눈치를 채게 한다든지 할 수가 없을 정도였다. 아무리 그 변호사의 마음이 항상 근심과 걱정으로 무겁게 되어 있을지라도, 그가 자기 아내에 대해서 하나도 명백한 의심을 품을 수가 없었다는 것은, 아주 확실하다고 볼 수밖에 없었다.

자, 그런데 모든 사람의 마음을 기쁘게 해주기 위해서 봄이 왔다. 그 무렵, 암라는 아주 재미나는 하나의 착상을 하였다.

"크리스찬!" 하고 여자가 말하였다—변호사의 이름은 크리스찬이었다—"우리 한 번 잔치를 합시다. 아주 커다란 연회를 한 번, 새봄의 맥주를 축하하는 의미에서—물론 아주 간소하게, 아주 차가운 송아지 고기만 준비하고, 그 대신 손님들을 많이 부르고."

"아무렴." 하고 변호사는 대답하였다. "그러나 조금만 더 이따가 해도 좋지 않을까?"

그와 같은 남편의 말에는 대답도 안하고 암라는 다짜고짜 잔치의 자세한 내용을 설명하였다.

"여봐요, 이 집에는 도저히 다 들어갈 수 없을 만큼 손님을 잔뜩 부른단 말예요. 알겠어요? 그러니 어느 교외의 고급 요릿집이나, 정원, 홀 같은 것을 빌려야만 해요. 장소도 공기도 아주 충분하게끔 말예요. 그 정도는 당신도 알겠지요? 나는 어디보다도 그 중, 렐헨벨크의 기슭에 있는, 벤델린 씨의 홀이 제일 좋겠다고 생각해요. 그 홀은 아주 널찍한 교외에 있어서, 농가와 양조장이 바로 마루 하나 건너에 있단 말예요. 그 장소를 멋있게 장식하고, 길다란 식탁을 줄을 지어 놓고 새봄의 맥주를 마시면 되지 않아요? 게다가 댄스도 할 수 있고, 음악도 할 수 있고, 아마 조그마한 연극이라도 공연시킬 수 있을 거예요. 내가 알기에 거기는 조그마한 무대도 있으니까 말이지요. 그 무대가 있기 때문에 나는, 더 한층 거기가 좋다고 생각하는 거예요—간단히 말해서 아주 독특한, 처음 보는 잔치를 한 번 해보겠어요. 그래서 아주 재미나게 한 번 놀아 보고 싶어요."

변호사의 얼굴은 아내의 이야기 도중에 약간 더 누르스름해지고, 입 가장자리가 밑을 향해서 삐쭉삐쭉 움직였다. 그리고 말하기를,

"정말로 나도 퍽 기쁘게 생각해요, 나의 귀여운 암라!

무엇이고 당신의 재주에다 내맡기면 된다는 것을 나는 아니까. 되도록, 여러 가지 준비를 시작하도록 해요."

그리하여 암라는 여러 가지 준비를 시작하였다. 여러 사람의 신사와 숙녀들과 미리 타협도 하고, 스스로 벤델린 씨네 집에 가서 큰 홀을 예약하기도 하고 그 잔치에 흥을 돕기 위하여 마련되는 명랑한 연극에 참석할 사람들을 모아서 조그만 위원회 같은 것을 조직하기까지 하였다—그 위원회는 궁정배우 힐데브란트의 부인인 오페라 가수를 제외하고는 전부 남자들이었다. 그 밖의 위원은 힐데브란트 씨 자신과 배심판사 비스나겔, 어느 젊은 화가, 그리고 알프레드 로이트너 씨였으며, 또한 배심판사의 소개로 들어온, 흑인 댄스를 출 예정인 몇몇 대학생들이 끼어 있었다.

암라가 그와 같은 결심을 하고 난 지 일 주일 후에 벌써 그 위원회는 타협을 하기 위하여 바로 카이젤 거리에 있는 암라 자신의 응접실로 집합하였다. 그 방은 조그마하고 따뜻하고 풍만한 방이었으며, 두꺼운 양탄자가 깔려 있었다. 많은 쿠션이 놓인 안락의자와 한 그루의 야자나무와 영국식 가죽 의자와 꾸부러진 다리의 마호가니 탁자가 놓여 있는 방이었다. 그 탁자에는 빌로드의 탁보와 여러 가지 장식품이 놓여 있었다. 벽난로도 있었으며, 아직 약간의 불이 들어 있었다. 새까만 돌 선반 위에는 고급 샌드위치가 든 고급 접시들이 몇 개 있었으며, 유리잔과 셰리가 담긴 두 개의 큰 병이 들어 있었다—암라는 한쪽 다리를 가뿐히 다른 한쪽 다리 위에 올려놓고, 야자나무 잎사귀 그늘에 놓인 안락의자 쿠션에 기대고 앉아 있었다. 그 모습은 따스한 밤(夜)처럼 아름다웠다. 가슴에는 밝은 색의 극히 가벼운 비단 블라우스를 입고, 스커트는 그 반면 거무스름한 천으로 커다란 꽃무늬가 여러 개 수놓아져 있었다. 가끔 그 여자는 한 손을 쳐들어, 밤색 머리의 웨이브를 좁은 이마로부터 쓰다듬어 올렸다.—오페라 가수인 힐데브란트 부인 역시 마찬가지로, 그 여자 옆의 안락의자에 걸터앉아 있었다. 빨간 머리에 승마복을 입고 있었다. 그리고 그 두 사람의 숙녀들의 맞은편에 가깝게 반원형을 그리고 앉아 있는 사람들은 모두 신사들이었다.—그 한가운데에는 변호사 자신이 앉아 있었는데, 극히 낮은 가죽 의자에 말할 수 없이 불행한 모습으로 초라하게 눈에 띄었다. 가끔 가다 아주 무거운 한숨을 쉬고서, 마치 치밀어오르는 구역질을 억지로 참는 것처럼 침을 꿀떡꿀떡 삼켰다. 알프레드 씨는 테니스 복장을 하고 의자에는 앉지 않고, 멋있는 유쾌한 태도로 벽난로에 척 기대고 있었다. 그렇게 오래도록 조용히 앉아 있을 수는 없다는 태도였다. 힐데브란트 씨는 잘 울리는 음성으로 영국 가요의 이야기를 하고 있었다. 지극히 단정하고 고급스런 검정색 양복을 입고 있는 사람으로서, 침착한 태도를 가지고 있었다.—교양도 있고 건실한 지식도 가지고, 세련된 취미를 가진 궁정배우인 것이다. 진정한 담화시에는 입센이나 졸라나 톨스토이가 모두 똑같은 좋지 못한 목표를 좇고 있다고 비난하는 것이 예사였다. 그러나 오늘은 아주 사교적으로 비근한 일을 화제로 하고 있었다.

"여러분은 그 재미나는 '저것이 마리아다!'라는 노래를 아십니까?" 하고 그는 말하였다. "그것은 좀 특별난 것이긴 하지만, 대단한 효과가 있을 것입니다. 그리고 또 그밖에도 유명한 것이 있을 것이며……." 하고 그가 몇 개의 노래를 제안했고, 결국 모두 거기에 찬성하였으며, 힐데브란트 부인은 자신이 그것을 부르겠다고 단언하였다.—젊은 화가라는 사람은 심하게 어깨가 축 쳐진 사람으로 블론드 색의 삐죽삐죽한 수염을 가지고 있었다. 그 사람이 요술쟁이를 모방하기로 하였다. 한편, 힐데브란트 씨는 유명한 사람들을 연출해 볼 생각이었다.—그리하여 모든 일이 완만히 진행되어서 프로그램이 완전히 결정된 것같이 보였으나, 그때 배심판사 비스나겔 씨가 갑자기 발언을 하였다.(그는 세련된 동작과 많은 결투의 상처를 가지고 있는 사람이었다)

"여러분, 아주 잘 됐습니다. 모든 것이 정말로 재미나게 진행될 것 같습니다. 그런데 다만 한 가지만 말씀드리지 않을 수가 없는 것이 있습니다. 그것은 내 생각에 무엇인가가 부족한 듯싶은 것입니다. 더구나 제일 중요한 프로, 아주 멋진 것, 중심이 될 만한 것, 클라이맥스를 이루는 것, 그런 것이 부족한 것 같습니다—무엇인지 아주 독특한 것, 아주 깜짝 놀라게 하는 것, 명랑한 것을 절정에까지 이르게 하는 장난 같은 것 말입니다. —하여간에 나는 암시를 제공할 뿐이고 무엇이라고 이렇다 할 좋은 생각이 있는 것은 아닙니다만, 그러나 내 생각 같아서는……."

"정말로 그것은 동감입니다!" 하고 로이트너 씨가 벽난로 있는 곳으로부터 테너 음성으로 말하였다. "비스나겔 씨의 말씀이 옳습니다. 그 중요하고 마지막 클라이맥스를 이룰 프로가 꼭 필요합니다그려. 어디 한 번 뭐든지 생각해 보십시다!" 그렇게 말하고서 두서너 번 재빠르게 붉은 혁대를 다시 죄며 주위를 한 번 살펴보았다. 그 표정이야말로 참말로 애교가 있는 것이었다.

"글쎄요. 그것도 그럴 듯합니다." 하고 힐데브란트 씨는 말하였다. "〈위대한 사람들〉을 클라이맥스로 보지 않는다면……."

모두들 배심판사의 의견에 찬성하였다. 아주 특별하고 우스꽝스러운 주요 프로가 꼭 있었으면 좋겠다는 것이다. 심지어 주인인 변호사까지도 고개를 끄덕이며 작은 소리로 말하였다. "정말이지—무엇인가 아주 뛰어나게 명랑한 것이……."

모두들 생각에 잠겼다.

그리하여 담화는 일 분쯤 중지되고 다만 조그마한 생각에 잠긴 신음소리 같은 것만이 들릴 뿐이었다. 그 침묵이 끝나자 이상스러운 일이 일어났다. 암라는 안락의자의 쿠션에 기댄 채 아주 독특한 표정을 하고서, 생쥐처럼 약삭빠르게 줄곧 새끼손가락의 손톱을 깨물고 있었다. 입 주위에는 미소가 떠돌았다. 멍청하고 거의 제정신이 아닌 듯한 미소였다. 그것은 일종의 고통스러우며 동시에 잔인한 욕정을 의미하는 것이었다. 그리고 눈을 커다랗게 뜨고, 아주 반짝반짝하는 두 눈이 서서히 벽난로 쪽으로 미끄러져 갔다. 그리하여 잠시 동안 젊은 음악가의 눈초리와 마주치고 있었다. 그러자 곧 상체를 홱 돌려서 자기 남편인 변호사에게로 향하더니 두 손을 무릎 위에 놓은 채, 감기는 듯하면서 빨아들이는 듯한 시선으로 남편의 얼굴을 노려보았다—그때 그 여자의 얼굴은 눈에 띄게 창백하였다.—그 여자는 느릿하고 풍만한 음성으로 말하는 것이었다.

"여보, 당신이 제일 마지막에 빨간 비단으로 된 아기 양복을 입고, 여자 가수가 되어서 나타났으면 좋겠어요. 그리고 무슨 춤이라도 좀 추어 보이면……."

그 몇 마디 안 되는 말의 효과는 대단한 것이었다. 젊은 화가만은 호의적으로 웃으려고 하였지만, 힐데브란트 씨는 돌같이 차가운 얼굴을 하고 옷소매의 먼지를 털었으며, 대학생들은 헛기침을 하며 어울리지 않게 소리를 내며 손수건을 사용하였고, 힐데브란트 씨의 부인은 유별나게 얼굴이 빨개졌고, 배심판사 비스나겔 씨는 샌드위치를 가지러 갑자기 자리를 떠나 버렸던 것이다.

변호사는 고통스러운 태도로 낮은 의자에 쭈그리고 앉은 채 누런 얼굴에다 근심스러운 미소를 띄고 주위를 둘러보며 더듬거렸다.

"아아, 그거야 참…… 나는…… 아무래도 그런 재주는 없어서, 그렇다고 해서 뭐…… 대단히 미안합니다만……."

알프레드 로이트너도 이제는 태연한 얼굴이 아니었다. 약간 얼굴이 붉어진 것 같았으며 고개를 앞으로 내밀고 암라 부인의 눈을 들여다보았다.—당황하며, 이해 없이 살피는 것처럼.

암라는 그러나 그 강압적인 자세를 조금도 바꾸지 않고, 먼저와 똑같이 무게 있는 목소리로 계속하였다.

"그래서 말예요, 여보, 당신은 로이트너 씨가 작곡한 노래를 부른단 말예요. 그리고 로이트너 씨는 피아노로 반주를 하신단 말예요. 그렇게 하면 그것이 그 중 걸작이며, 가장 인기 끄는 프로가 될 거예요."

잠시 말이 없었다. 침울한 침묵이었다. 그러자 갑자기 아주 이상한 일이 또 일어났다—로이트너 씨가, 말하자면 전염된 사람 모양 이끌리고 흥분되어서, 한 걸음 앞으로 나서더니 갑작스러운 영감(靈感)이라도 받은 사람처럼 몸을 떨며, 빠르게 이야기를 시작한 것이다.

"맹세해서 말씀드리겠습니다만, 야코비 씨, 나는 당신을 위하여 작곡을 하나 하겠습니다. 꼭 하겠습니다—당신은 그것을 꼭 부르셔야 합니다. 그리고 춤도 꼭 추셔야 합니다—그것 이외에 그 연회에 있어서 걸작은 생각할 수 없습니다. 보십시오. 글쎄, 꼭 두고 보십시오—그것이 반드시, 내가 여태까지 작곡한 중에서 그리고 이제부터 작곡할 것 중에서 가장 좋은 것이 될 것입니다—빨간 비단의 아기양복을 입고! 아, 당신의 부인은 정말로 예술가이십니다. 정말로 예술가시지요! 그렇지 않으시면 그와 같은 착상을 하실 수가 없습니다. 어서 하시겠다고 말하십시오. 나의 소원입니다. 어서 승인하십시오. 나는 무엇인가 하여야겠습니다. 나는 무엇인가 만들어 내야 하겠습니다. 보십시오. 이제 꼭……."

그리하여 그 좌석의 분위기는 풀렸다. 그리고 모두 마음이 동요되었다. 악의에서였는지, 그렇지 않으면 예의에서였는지—모든 사람이 변호사를 어서어서 하고 재촉하였다. 그 중에서도 힐데브란트 부인은 자기의 독특한 목소리를 내어서 다음과 같이 이야기할 정도였다.

"여보세요, 야코비 선생님. 당신은 원래가 재미나고 사람들을 웃기는 분이 아니셨습니까!"

한편 변호사 자신도 그쯤되면 말을 하지 않을 수가 없었다. 그래서 한층 더 얼굴을 누렇게 하면서, 그러나 상당히 확고한 결심을 내보이면서 이야기하기를,

"글쎄 여러분, 내 말 좀 들어 주십시오!—뭐라고 말씀을 드려야 할는지, 정말로 나는 적합한 사람이 아닙니다. 원래가 희극적인 소질을 가지고 있지 못한데다가, 또한 더 중요한 것은……다시 말하면, 정말로 대단

히 유감스럽지만 불가능한 일입니다."

그는 그와 같이 완강하게 계속 거절하였다. 그리고 암라가 이제 더 이상은 담화에 참견하지 않고 상당히 무관심한 얼굴로 몸을 기댄 채 앉아 있었으며, 또한 로이트너 씨도 한 마디의 말도 없이 생각에 잠겨서 양탄자 위에 있는 당초 무늬를 응시하고 있었기 때문에 힐데브란트 씨가 교묘하게 회화의 방향을 전환시켜 버렸다. 그리하여 그 회합은 최후의 문제에 대하여서는 아무 결론도 얻지 못하고 해산되었다.

그런데 바로 그날 저녁, 암라가 잠자리에 들어서 아직 눈을 뜬 채 누워 있을 때, 묵직한 걸음걸이로 그의 남편이 들어왔다. 그는 의자를 하나 끌어당겨, 그 여자의 침대 옆에 갖다 놓고 앉아서, 조그만 목소리로 아주 머뭇거리며 이야기하는 것이었다. "이봐요 암라, 나는 솔직히 말해서, 아주 걱정이 돼서 죽겠어. 오늘 나는 여러분들한테 너무 쌀쌀하게 하였는지도 모르지만, 그분들의 말을 너무 딱 잘라서 거절하였는지도 모르지만, 정말이지 내가 일부러 그렇게 한 것은 아니었어! 혹시 당신도 정말로 그렇게 생각할는지도 모르지만…….제발, 내 소원이니 당신만은……."

암라는 자기의 눈썹을 서서히 이마 위로 치켜 뜨면서 잠시 아무 말이 없었다. 그러다가 어깨를 한 번 들먹하고 다음과 같이 말하는 것이었다.

"글쎄 내가 뭐라고 대답을 하면 좋을는지. 여보, 당신이 그와 같은 태도를 취할 거라고는 꿈에도 생각 못했어요. 그 잔치를 같이 협력해서 도와야 할 것을, 아주 무뚝뚝하게 거절해 버렸으니까 말예요. 더구나 여러분이 모두, 당신이 나오는 것을 꼭 필요하다고 하지 않았어요? 정말이지 당신은 자랑스럽게 생각할 수도 있었던 거예요. 당신은 여러분을 아주 지독히 실망시킨 거예요 —아주 점잖게 말해서—그리고 그 잔치를 당신의 버릇없는 불친절로서, 아주 망쳐 버린 것이나 마찬가지예요. 당신은 마땅히 주인으로서……."

변호사는 고개를 푹 숙인 채 무거운 숨을 쉬면서 말하였다.

"그렇지 않아요 암라. 정말이지 나는 조금도 불친절하게 하려고는 한 것이 아닌데—나는 누구고 불쾌하게 한다든지, 괴롭힌다든지 하는 것을 제일 싫어하는 사람이니까. 혹시 내가 잘못된 태도를 취하였다면 나는 언제든지 그 보상을 하려고 해요. 그야 뭐 하나의 장난이고 가장(假裝)이고 대수롭지 않은 놀이에 불과한 것이니까—무엇 때문에 그렇게 안하겠어? 나는 그 잔치를 절대 망치지 않겠어요. 자진해서 무엇이고……."

—그리하여 다음 날 오후 암라는 또다시 외출하였다. '타합'을 하기 위한 것이다. 홀스 거리 78번지에서 차를 세우고, 3층으로 올라갔다. 거기에는 그 여자를 기다리고 있는 남자가 있었다. 그 여자는 벌떡 자빠지기도 하고, 불타는 애정에 들떠서 남자의 얼굴을 자기 가슴에

꼭 누르기도 하며, 아주 정열적으로 다음과 같이 속삭이는 것이었다.

"이인 탄주(二人彈奏)로 작곡해 주세요 네, 알겠지요! 우리 두 사람이 똑같이 앉아서 반주를 한단 말예요. 그리고 그자를 노래시키고, 춤을 추이고, 한단 말예요. 의상은 내가 다 마련하겠어요, 네……."

그러자 아주 이상한 떨림이 사지를 휩쓸고, 그 두 사람은 억눌렸던 경련적인 웃음을 터뜨리는 것이었다.

누구나 야외에서 큰 잔치를 개최하려는 사람은 렐헨벨크의 기슭에 있는 벤델린 씨의 홀이 가장 적당하다고 말할 수 있다. 기분좋은 교외의 신작로를 통해서 들어가면, 높다란 창살문을 지나서 공원과 같이 마련되어 있는 정원에 도달하게 되어 있다. 그 정원은 그 저택에 딸린 것으로, 한가운데는 광활한 연회장이 설치되어 있었다. 그 연회장은 다만 좁다란 낭하를 통해서, 식당과 부엌과 양조장에 연결되어 있었고, 화려한 색채로 채식된 목조로 중국식과 르네상스식이 우습게 절충되어 지어진 건물이었다. 거기에는 널따란 대문이 달려 있었으며, 좋은 날씨에는 수목의 호흡을 안으로 집어넣기 위하여 열어 둘 수도 있었다. 그리고 그 홀 속에는 수많은 사람들을 수용할 수 있었다.

오늘은 떠들썩하고 굴러오는 마차들이 멀리서부터 채색된 등불의 환영을 받았다. 왜냐하면 울타리 전체와 정원에 있는 나무들과, 홀 자체까지도, 오색의 알롱달롱한 등불로 장식되어 있었기 때문이다. 그리고 내부에 이르러서는 지극히 즐거운 광경을 보여 주고 있었다. 천장 밑에 굵다란 꽃무늬가 장치되고, 거기에도 또한 수없이 많은 종이등이 연결되어 있었다. 그밖에도 바람벽에 장식된 기들과 초목과 조화(造花)로 꾸며져 있는 사이에서, 헤아릴 수 없이 많은 전등이 광선을 방사하여 장내를 휘황하게 비추고 있었다. 거기 한쪽 맨 끝에는 무대가 있었으며, 무대의 양쪽으로 화초가 놓이고, 빨간 빛깔의 장막에는 예술가의 손으로 그려진 천사가 둥실둥실 떠가는 형상이었다. 그 홀의 반대쪽 끝으로부터는 거의 무대에까지 이르도록 꽃으로 장식된 긴 식탁이 연달아 있었으며, 그 식탁에 앉아서 야코비 변호사의 빈객들이, 봄의 맥주와 송아지 불고기의 맛을 즐기고 있었다.—법률가, 장교, 실업가, 예술가, 고급 관리들이 그들의 부인과 영애들을 동반하고, 백오십 명은 확실히 더 넘는 신사 숙녀들이었다. 남자들은 까만 상의를 입었고, 여자들은 밝은 색의 봄 치장으로서 아주 약식이었다. 왜냐하면 오늘은 거리낌없이 유쾌하게 놀기로 작정되어 있었기 때문이다. 신사들은 한쪽 벽 가에 놓여 있는 커다란 술통 있는 곳으로 손수 술잔을 들고 달려갔고, 잔나무와 꽃과 사람과 맥주와 음식물이 뒤덮인, 달콤하고 텁텁한 잔치의 냄새가 가득 차 있는 넓고 밝은 그 홀 속에서는, 그릇이 서로 부딪치는 소리,

떠들썩하는 사람들의 단조로운 이야기소리, 잘 울리는 활발하고 근심 없는 예의바른 웃음소리 등이 서로 뒤섞여서 시끄럽기 짝이 없었다—변호사 자신은 꼴사납고 초라하게, 어쩔 줄 모르고 무대 근처의 식탁 한구석에 앉아 있었다. 맥주도 별로 안 마시고, 가끔 가다 자기 옆의 좌석에 앉은 하펠만 참사관 부인에게 힘들여서 말마디를 건넬 뿐이었다. 그는 입의 양 가장자리를 밑으로 늘어뜨리고, 내치지 않는 숨을 억지로 쉬고 있었다. 부석부석한 탁수(濁水) 같은 그의 눈은 멀거니, 동시에 일종의 우울한 낯설음을 보이며 여러 사람들의 쾌활함을 바라보고 있었다. 마치 이 잔치의 텁텁한 냄새 속에는 그리고 떠들썩한 그 즐거움 속에는 무엇인가 말할 수 없이 슬프고 불가사의한 물건이 숨어 있기라도 한 것처럼.

잠시 후 커다란 타트가 나왔고, 모두들 그것을 먹으면서 포도주를 마시기도 하고, 연설을 하기도 하였다. 궁정배우인 힐데브란트 씨가, 고전적인 문구를 써가면서, 심지어 희랍어까지 인용하면서 봄의 맥주를 찬양하는 연설을 하자, 배심판사 비스나겔 씨는 화병과 식탁보에서 한 줌의 꽃을 집어들고, 그 하나를 숙녀의 한 사람에 빗대면서 그의 독특한, 경쾌한 몸짓과 좋은 요령으로 모든 숙녀들에게 건배하였다. 그 맞은편에 엷은 노랑색 옷을 입고 앉아 있는 암라 야코비는 '아름다운 장미꽃의 자매'라는 명명을 받았다.

그러고 나서 그 여자는 한 손으로 자기의 보드라운 얼굴을 쓰다듬고 눈썹을 수평으로 치켜올린 다음, 자기 남편에게 엄숙하게 눈짓을 하였다. 그러자 그 뚱뚱한 사나이는 몸을 일으키고, 거의 고통스러운 태도로, 그 보기 싫은 미소와 더불어 아주 힘없는 한두 마디의 말을 떠듬떠듬하면서 이야기하였기 때문에, 전체의 기분까지 망칠 지경이었다. ……형식적인 갈채 소리가 약간 일어났을 뿐, 잠시 무거운 침묵이 분위기를 제압하였다. 그러나 곧 명랑함이 다시 돌아오고, 사람들은 벌써 담배를 피우며 상당히 취한 기분으로 자리에서 일어서서, 대소동을 일으키며 손수 탁자를 끌어다가 마당으로 운반하기 시작하였다. 이제부터 춤을 추려는 것이다.

이제 열한시가 지나고, 만사에 거리낌이 완전히 사라져 버렸다. 손님들의 일부는 신선한 바람을 쐬기 위해 찬란하게 밝혀진 정원으로 흘러갔으며, 다른 사람들은 그대로 홀에 머물러서 여기저기 떼를 지어 담배를 피우기도 하고 잡담을 하기도 하고 술통에서 맥주를 따라 선 채로 마시기도 하였다—바로 그때 무대가 있는 쪽으로부터 날카로운 나팔 소리가 들려왔고, 모든 사람을 홀로 모이게 하였다. 관악과 현악을 켜는 악사들이 벌써 도착하여 장막 앞에 자리잡고 있었다. 빨간 프로그램이 놓여 있는 의자의 줄이 몇 줄이고 늘어 놓여지고, 부인네들은 그 의자에 걸터앉았으나 신사들은 그 뒤나 양쪽 옆으로 서는 것이었다. 무엇이 나오는가 하고 모두들 조용히 기다렸다. 잠시 후 작은 오케스트라가 산뜻한 서곡을 연주하였고 동시에 막이 올라갔다.

—그러자, 보시오! 거기에는 울긋불긋한 의상을 입고 피와 같이 새빨간 입술을 한, 보기에도 흉한 흑인들이 여럿 서서 이를 내보이며 야만적인 부르짖음을 시작한 것이다. 이와 같은 여러 가지 연출이, 사실상 암라의 잔치의 절정을 이루었다. 열광적인 갈채가 터져 나오고, 현명하게 편성된 프로그램이 순차적으로 진행되어 갔다. 힐데브란트 부인은 머리분을 잔뜩 칠한 가발을 쓰고 등장하여, 기다란 지팡이로 마룻바닥을 구르며, 지독하게 큰 소리로 '저것이 마리아다'를 불렀다. 요술쟁이가 훈장을 단 예복을 입고 나와서 놀라운 기술을 발휘하였다. 힐데브란트 씨가 괴테와 비스마르크와 나폴레옹을 기가 막히게 교묘히 나타냈다. 그리고 편집부장인 독톨뷔젠슈프룽이 마지막 순간에 〈사회적 의의로서의 봄 맥주〉라는 제목으로 해학적인 강연을 하였다. 그리하여 마침내 긴장이 극도에 달하였다. 왜냐하면 이번에 마지막 프로, 월계관으로 테두리를 쳐서 인쇄된 특별 프로그램으로 '루이스헨, 노래와 춤, 알프레드 로이트너 작곡'이라고 인쇄되어 있는, 그 이상한 프로였기 때문이다.

악사들이 악기를 내려놓았다. 그때까지 말없이 냉담하게 내밀고 있던 입술에 담배를 문 채 문에 기대고 있던 로이트너 씨가, 암라 야코비와 함께 장막 앞쪽의 가운데쯤 놓여 있는 피아노에 자리를 잡았다. 그때 일종의 동요가 홀 전체를 휩쓸고, 사람들은 서로 눈짓을 하였다. 로이트너 씨는 얼굴을 붉히면서 씌어진 악보를 신경질적으로 들쳐 보았으며, 암라는 그 반대로 약간 창백해진 얼굴로 한쪽 팔을 의자 등에다 받친 채 노리는 듯한 시선으로 청중들을 쏘아보았다. 잠시 후 사람들이 목을 길게 뽑고 있는 가운데 날카로운 신호의 종이 울렸다. 로이트너 씨와 암라가 한두 절의 서곡을 연주하였고, 장막이 서서히 말려 올랐다.

루이스헨이 나타났다……보기 흉하게 치장을 하고, 슬픈 듯한 기색의 그 거물이 곰춤의 느릿느릿한 스텝으로 박자를 맞추어서 걸어나왔을 때, 놀라움과 기막힘이 만장의 청중 사이를 휩쓰는 것 같았다. 나타난 사람은 바로 변호사였던 것이다. 피와 같이 빨간빛의 비단으로 된 옷은, 헐렁헐렁하고 주름 없이 발끝까지 늘어뜨려져 그 거대한 육체를 둘러싸고 있었으며, 더구나 그 의복은 목 있는 자리가 패여서, 밀가루가 묻은 모가지가 보기 싫게 드러나고 있었다. 그리고 소매도 어깨 있는 곳으로부터 너글너글하게 만들어져 있었고, 한편 엷은 황색의 긴 장갑이, 그 뚱뚱한 마디 없는 팔을 뒤덮고 있었다. 그리고 머리 위에는 비쭉한 갈색의 가발이 씌워져 있었고, 또 그 위에는 초록색의 새털이 붙어 있어서 흔들흔들하였다. 그런데 그 가발 밑에는 누르칙칙한, 부어오른 듯싶은, 슬픔에 잠긴, 그러면서도 절망적인,

명랑한 얼굴이 엿보였다. 그 얼굴의 양쪽 빰은, 끊임없이 동정심을 일으키도록 위아래로 흔들거렸다. 그리고 그 조그맣고 가장자리가 빨개진 두 눈은 아무것도 보지 않고 그저 열심히 마룻바닥을 응시하였다. 동시에 그 뚱뚱보는 간신히 다리를 옮겨 놓았으며, 두 손으로 자기의 의복을 붙잡거나 그렇지 않으면 힘없이 팔짱을 끼고, 양쪽 검지손가락을 삐죽하게 올리고 있었다—그는 그 이외의 아무 다른 동작은 할 줄도 몰랐던 것이다. 그리고 허덕허덕하는 억눌린 목소리로, 피아노 소리에 맞추어서 어리석은 노래를 부르는 것이다.

그 가련한 모습에서부터, 여태껏 없었던 것 같은 고통의 차가운 입김이 흘러나오는 것은 아니었던가? 그리고 그것은 여태껏 거리낌없던 기쁨을 죽이고, 고통스러운 불쾌감의 어찌할 수 없는 압력이 되어 모든 청중 위에 뒤집어 씌워진 것이 아닌가?—그 광경, 피아노 앞에 있는 두 사람과 무대 위에 있는 그 남편, 그 광경을 바라보는 수없는 많은 눈들은, 무엇에 홀린 것처럼 움직이지도 않고 바라보며, 모두 똑같이 마음속의 전율을 느끼고 있었다.—소리 없는 전대미문의 그 치욕은, 아마 5분 동안은 더 계속되었을 것이다.

그런데 그 다음 순간, 거기에 있는 사람이면 누구나 일평생을 두고 잃어버릴 수 없을 것같이 보이는 순간이 닥쳐왔다.—대체 그 짧고 무서운 시간 가운데, 무슨 일이 일어났던가를 어디 한 번 눈앞에 불러일으켜 보자.

누구나 루이스헨이라는 제목의 그 우스꽝스러운 노래를 알고 있을 것이다. 물론 다음과 같은 몇 줄의 말마디를 기억하고 있을 것이라는 말이다.

'왈츠 춤이고 폴카 춤이고
누구나 나만큼은 추지 못해요.
나는 비천한 루이스헨
수많은 남자들을 홀렸답니다…….'

—이와 같은 추하고 경박한 노래 구절을, 누구나 기억하고 있을 것이 아닌가. 그것은 삼 절의 상당히 긴 후렴으로 되어 있는 노래였다. 그런데 그 가사를 새로이 작곡하는 데 있어서, 알프레드 로이트너 씨는 하나의 걸작을 만들어 놓은 것이다. 다시 말하면 야비하고 희극적인 그의 졸렬한 작곡 가운데, 갑자기 고상한 음악의 구절을 집어넣어서, 청중을 얼떨떨하게 만드는 그의 독특한 수법을 발휘한 것이다. 영(嬰) 다 장조(長調)(c-sharp major)로 흔들리는 선율은, 처음의 한 절은 상당히 아름답고 아주 평범했다. 그런데 앞에 인용한 그 후렴에 들어가서는 박자가 활기를 띠고, 불협화음(不協和音)이 나타나기 시작하는 것이다. 그러자 '나'음(b音)이 점점 힘있게 나타나서, 영 '바' 장조(f-sharp major)로 넘어가는가 하고 생각될 정도였다. 그와 같은 불협화음은 '추지 못해요' 라는 구절에 가서 엉겨지고, 긴장과 분규가 극도에 달한 '나는 비천한'이라는 구절 다음에는, 당연히 영 '바' 장조(f-sharp maj or)로 향하여 해결이 될 것이었다. 그런데 그렇게 되는 대신에, 지극히 난데없는 일이 일어났다. 다시 말하면 거의 천재적인 착상으로 음조가 갑자기 변하여, '바' 장조(f major)로 획 돌아선 것이다. 그리고 거기의 삽음(揷音)은 루이스헨의 '이'음을 길게 내뿜는 장소에서 양쪽 페달을 다 사용하여 연주되었기 때문에, 그것은 정말로 말할 수 없이 대단한 효과를 나타냈다. 그것은 완전히 불의의 기습이었다. 갑자기 신경의 자극을 받아서 등골이 선뜻하게 되는 것 같은 기분이었던 것이다. 그것은 기적이었으며, 폭로였으며, 그 갑작스러움이란 잔인하다고 할 만큼 심한 노정(露呈)이었으며, 찢겨진 장막이나 다름없었다.

그리하여 그 '바' 장조의 화음에 이르자, 변호사는 춤추는 것을 중지해 버렸다. 우두커니 선 것이다. 무대의 한가운데에, 마치 뿌리라도 박힌 것처럼 되어 버린 것이다. 아직도 양쪽 손의 엄지손가락을 치켜세운 채—한쪽을 다른 쪽보다 약간 나지막하게—루이스헨의 '이'음이 돌연히 그의 입으로부터 사라져서, 그는 말을 멈추고 만 것이다. 그와 거의 동시에, 피아노 반주도 중단되고 무대 위의 그 가공적이며 추악한 우스운 모습이, 무슨 동물과 같이 모가지를 쑥 내밀고, 충혈한 눈으로 말없이 앞을 노려보는 것이었다.

—그는 자기 앞에 장식되고, 사람들이 가득 찬, 연회장을 응시하였다. 거기에는 그 모든 사람들의 입김처

럼, 거의 분위기를 이룰 만큼 진하게, 그 치욕이 머물러 있었다—그는 그들 모두의 일그러진, 조명된, 번쩍 든 얼굴들을 응시하였고, 그 몇백의 관중의 눈, 만사를 알고 있다는 듯한 똑같은 표정으로, 자기 자신과 그 밑의 한 쌍을 바라보고 있는, 그 몇백의 눈들을 응시한 것이다.—그 무서운, 아무 소리도 개입되지 않은, 조용함이 만장에 가득 차고 있는 동안에, 그는 눈을 점점 더 크게 뜨고, 천천히 무시무시하게 그 두 사람으로부터 청중들 쪽으로, 청중들로부터 다시 그 두 사람이 있는 쪽으로 시선을 왕래시켰다—그때 일종의 깨달음이, 돌연 그의 얼굴을 스쳐 지나간 듯하였다. 그 얼굴은 핏줄이 북받쳐 올라와서, 자기가 입고 있는 비단옷처럼 새빨갛게 부풀어올랐는가 하면, 갑자기 또다시 백짓장같이 희고 누릇누릇하게 되는 것이었다.—그러더니 그 뚱뚱한 사나이는, 마룻바닥이 삐걱하는 소리가 나도록 그 자리에 나가떨어졌다.

찰나, 고요함은 여전히 만장을 뒤덮고 있었으나 잠시 후 고함소리가 일어나고, 소란이 생겼다. 용감한 몇몇 신사들이 악사석으로부터 무대로 뛰어올랐다. 그 가운데는 젊은 의사도 끼어 있었다. 장막이 내려졌다.……

암라 야코비와 알프레드 로이트너는 서로 외면한 채 그대로 피아노 앞에 앉아 있었다. 남자는 고개를 숙인 채, 아직껏 조금 전의 '바' 장조로의 전환의 여음을 귀를 기울이고 듣는 것 같았다. 여자는 그의 좁다란 이마로서는, 지금 무슨 일이 일어났는가를 갑자기 파악할 능력도 없이, 매우 멍청한 얼굴 표정으로 주위를 두리번거리는 것이었다.

잠시 후, 젊은 그 의사가 홀로 다시 나타났다. 진지한 얼굴에 뾰족 수염을 달고 있는, 체구가 작은 유태인 신사였다. 그를 둘러싼 몇몇 사람들에게, 그는 어깨를 한 번 들먹하며 다음과 같이 대답했다.

"죽었어요."

베니스에서의 죽음

구스타프 아센바하는—아니, 그의 50회의 탄생일 이후 정식 명칭으로 불려진 폰 아센바하는 서기 19……년 어느 봄날 오후에—그 해에는 유럽 대륙이 몇 달 동안이나 대단히 위태로운 정세를 보였는데— 혼자서 뮌헨의 프린츠레겐텐 거리에 있는 자기 숙소에서 상당히 먼 산보를 나섰다. 그는 그야말로 최고의 침착성과 신중성이 요구되고, 의지의 투철하고 세밀함을 절대 필요로 하는, 곤란하고 위험스러운 오전중의 노작(勞作)으로 너무 흥분해 있었다. 그래서 자기의 내부에 있는 창조적 기관(機關)의 계속적 진동을, 다시 말하면 키케로가 웅변의 본질이라고 한 그 '정신의 끊임없는 움직임(motus animi continus)'을, 점심식사를 마친 후에도 억제할 수 없었다. 그리고 요즘에, 점점 심하게 소모되는 자기의 정력으로 봐서, 도중에 한 번은 꼭 필요하게 된 낮잠, 긴장을 풀어 주는 그 휴식도 오늘따라 이루어지지 않았다. 그래서 그는 차를 마시고 난 지 얼마 되지 않아 밖의 공기와 운동이 원기를 회복시키고 하루 저녁을 유효하게 해주리라는 희망을 품고 밖으로 나간 것이다.

때는 5월의 초순이었다. 축축하고 싸늘한 날씨가 몇 주일이나 계속된 다음에 갑자기 오뉴월 같은 더운 날씨가 되어 있었다. 영국 공원은 이제 막 연한 새 잎사귀들이 나오기 시작하였을 뿐 날씨는 팔월 달처럼 무더웠다. 그리고 그 도시의 변두리에는 마차들과 소풍 나온 사람들로 가득 차 있었다. 점점 더 조용해져 가는 길을 통해 아센바하는 아우마이스터 요릿집 앞에 이르자 잠시 여러 사람들이 웅성거리는 그 마당을 건너다보았다. 요릿집의 마당 주변에는 삯마차(馬車)와 자가용 마차가 몇 대 머물러 있었다. 그때 마침 해도 저물어서, 공원의 바깥쪽 널따란 들판을 지나 집으로 돌아가는 길을 취하였는데, 그는 피곤함을 느꼈으며 푀링 상공에는 험상궂은 구름이 위협하고 있었기 때문에 북쪽 묘지의 정류장에서 똑바로 시내를 향하여 데려다 줄 전차를 기다렸다.

그는 마침 정류장과 그 근방에 사람이 하나도 없는 것을 발견하였다. 선로가 외롭게 빛을 발하며 슈바빙 방면으로 뻗치고 있는 운게러 가도나 푀링거 방면으로 통하는 가도에도 차 한 대 구경할 수 없었다. 십자가(十字架)니, 비석이니, 기념비니 하는 물건들이 즐비하게 상품으로 진열되어서, 묘지 아닌 묘지를 형성하고 있는 석수공장(石手工場)의 울타리 뒤에도 움직이는 것이라곤 아무것도 없었고, 그 건너편에 있는 제사장의 비잔틴 양식의 건물은 묵묵히 낙조(落照) 속에 가로놓여 있었다. 건물의 정면에는 희랍식 십자가와 고대 애급식 상형이 밝은 색채로 그려져서 장식되어 있을 뿐더러, 균형 있게 배열된 금자(金字)의 명문(銘文)을 표시하고 있었다. 그 명문의 내용은 내세의 생명에 대한 선택된 몇몇 개의 격언이었는데, '그들, 하느님의 거처로 들어가다'라든지, '영원의 빛, 그들을 비추이리'라든지 하는 격언이었다. 그래서 우두커니 기다리고 있는 그 남자에게는 그러한 문구를 읽고 그 투명한 신비 속에 정신적인 눈(眼)을 몰두시키는 것이 몇 분 동안의 진실한 심심풀이가 되었다. 그런데 그때 그는 그 몽상에서 깨어나며 입구 앞의 계단 좌우에서 지키는 두 마리의 묵시록(默示錄)식인 조각품 동물들이 있는 위쪽, 주랑(柱廊) 속에 한 사람의 사나이가 있는 것을 알았다. 그 사나이의 약간 기이한 모습이 아센바하의 생각을 또다시 전혀 다른 방향으로 이끌었다.

그 사나이가 그 사당에서 구리 문을 통하여 밖으로 나오는 길인지, 그렇지 않으면 밖에서부터 모르는 사이에 다가와서 그리로 올라간 것인지 그 점은 확실치 않았다. 아센바하는 그러한 문제에 별로 깊이 들어가지도 않고, 속에서 나왔으리라는 쪽의 추측에 기울어졌다. 중키고 홀쭉하였으며 수염도 없고 지극히 납작코인 그 사나이는 빨간 머리에 속했으며, 그런 타입에는 흔히 있는 뿌옇고 주근깨가 많은 피부를 가졌다. 그가 바유봘 족속(바이에른 족의 조상)의 후손이 아니라는 것은 확실했다—적어도 그의 머리를 덮고 있는, 넓고 꼿꼿한 챙을 단 모자는 그가 외국인이며 먼 나라에서 온 사람이라는 인상을 강하게 하였다. 물론 그는 거기에다가 이 지방의 풍속인 룩색을 어깨 위에 메고 있었고, 보기에 발이 굵은 모포직으로 된 누르스름한 바바리를 입고 있었으며, 옆구리에 대고 있는 왼쪽 팔뚝에는 회색의 비모자를 걸치고, 오른손은 끝에 쇠붙이가 달려 있는 단장을 들고 있었다. 그는 그 단장으로 비스듬히 땅을 짚고 두 다리를 꼬아서 궁둥이를 단장의 손잡이에 받치고 있었다. 머리를 번쩍 쳐들어 너글너글한 운동 셔츠에서 불쑥 내밀고 있는 모가지에는 목뼈가 크고 냉큼하니 솟구쳐 나오고 있었는데, 그것은 납작한 코와 기묘하게 조화를 이루지 못하고 있었으며, 빨간 눈썹의 빛깔 없는 눈동자 사이에는 두 줄의 깊은 주름살이 세로로 힘있게 패어 있었다. 그와 같은 모양으로 그 사나이는 멀리를 날카롭게 노려보고 있었다. 그리하여—아마도 그가 서 있는 장소가 높다랗고 또 높이 보이는 장소였기 때문에 그러한 인상을 강하게 한 것이겠지만—그의 자세는 어딘지 거만스럽게 내려다보는 것 같은, 호탕스러운, 아니 심지어 험상스러운 기세까지 가지고 있었다. 그것은 석양의 햇빛에 마주 서 있었기 때문에 눈이 부셨던 까닭인지, 또는 그 사나이의 인상 자체가 일

그러져 있었던 까닭인지, 하여간에 그의 입술은 너무나 짧은 것 같았고, 잇몸이 보일 정도로 입술이 말려 올라가 하얗고 긴 이들이 줄을 지어 그 사이에 노출되어 있었다. 아마 아센바하가 반쯤은 멍청하니 조사하듯이 그 낯선 사나이를 훑어보느라 체면을 잃고 있었던 모양이다. 왜냐하면 갑자기 그 사나이가 자기를 마주 노려보는 것을 느꼈기 때문이다. 더구나 그 사나이의 눈총은 아주 호전적이었고, 똑바로 이쪽 눈을 쏘며, 노골적으로 한 번 해보자는 듯, 상대편의 시선을 억지로라도 덮어 눌러 버리려는 듯한 그런 의향인 것 같았다. 그래서 아센바하는 대단히 당황하여 몸을 돌리고 대뜸 그 사나이에 대하여는 상관하지 말자고 결심하면서 울타리를 따라 걸어가기 시작했다. 다음 순간 그는 그 사나이를 잃어버리고 있었다.

그런데 그 낯선 사나이의 모습에는 어딘지 방랑자다운 점이 있어서 그의 상상력을 자극하였음인지, 또는 무슨 육체적이나 정신적 영향이 작용하였음인지 그는 자기의 마음속에 이상하게도 확대되는 것이 있음을 의식하며 그것을 놀라워했다. 그것은 일종의 가슴 설레는 불안이었고, 멀리 가보고 싶은 젊은 마음의 갈망이었고, 아주 생생하고 아주 새롭고, 그러면서도 벌써 오래전에 시들었던 감각이었다. 그래서 그는 두 손을 허리 뒤에 대고 땅바닥을 주시하며 그 감각의 본질과 목표가 무엇인지를 캐내려고 그 자리에 우뚝 서버렸다.

그것은 여행의 의욕이었다. 그밖에는 아무것도 아니었다. 그러나 그것은 하나의 발작처럼 나타나서 정열적인 경지에까지, 아니 감각의 착각에로까지 높여진 것이었다. 그의 욕망은 환상으로까지 변하였다. 그의 상상력은 아직 오전중의 몇 시간 동안의 일로 말미암아 들떠서 진정되지 못한 채, 한 번에 그려내려고 노력하던 각양각색의 지상적 경이와 공포에 대하여 하나의 실례(實例)를 상상해 냈다……그는 보았다. 하나의 경치—두터운 안개가 잔뜩 끼어 있는 하늘 아래, 습습하고 비옥하고 황량한, 열대의 소택 지역(沼澤地域)—가 눈앞에 떠오르는 것을 보았다. 그것은 섬들과 흙탕과 진흙이 뒤섞여서 수역(水域)을 이루고 있는 일종의 원시적 황무지였다.—무성한 양치식물들 사이에서 괴상한 꽃들을 피우고 기름지고 부풀은 식물들이 잔뜩 자라고 있는 골짜기 속에서 털 달린 야자나무 기둥이 여기저기 솟아오르는 것을 눈앞에 보았다. 흉악한 형태를 가진 나무들이 뿌리를 공중에서 직접 땅으로 박고, 푸르스름한 그림자가 반사하는 뿌연 흐름 속으로도 뿌리를 드러내며 박고 있는 것을 보았다. 거기에는 큰 접시만큼씩 한 젖빛과 같이 희고 커다란 꽃들이 둥실둥실 떠 있는 사이에 어깨가 삐죽하고 괴상한 주둥이를 갖은 특종의 새들이 얕은 물에 서서 움직이지도 않고 한쪽을 바라보고 있으며, 마디 많은 대나무 숲속에서는 쭈그리고 앉은 범의 두 눈이 번쩍 어리는 것을 눈앞에 그려 본 것이다.—그러자 그의 심장이 놀라움과 야릇한 욕망으로 두근두근하는 것을 느끼게 되었다. 잠시 후 환각은 사라지고 아셴바하는 고개를 한 번 흔들고 나서 석공장(石工場)의 울타리를 따라 다시 걷기 시작하였다.

그는 적어도 세계의 교통 시설의 혜택을 마음대로 받을 수 있을 만한 재산을 획득한 이후로는, 여행이라는 것은 좋든 싫든 간에 가끔 하지 않으면 안 되는 일종의 위생적 행위라고 생각할 뿐이었다. 자기 자신과 유럽의 정신이 자기에게 부과한 사명으로 너무나 바빴으며, 창작의 의무에 너무나 억눌렸으며, 다채로운 일상 세계의 애호자가 되기에는 너무나 오락을 좋아하지 않아서, 그는 누구나가 자기의 생활권에서 멀리 이탈하지 않고 지구의 표면에 관하여 얻을 수 있는 견해로서 아주 만족하고 있었으며, 유럽을 벗어나서 여행해 보려고는 엄두도 내보지 못하고 있었다. 더구나 나이가 차츰 기울어지기 시작한 이래로, 사업을 완성시키지 못하는 게 아닌가 하는 예술가로서의 공포감이—자기의 사명을 완수하기 전에, 즉 자기 자신을 완전히 발휘하기도 전에 시계의 태엽이 다 풀어져 버릴지도 모른다는 근심을 단순한 기우로서 물리쳐 버릴 수가 없게 된 이래로, 그의 외적생활은 거의 전적으로 그 아름다운 도시—그에게 고향이 된 도시—와 그가 산악 지대에 세워 놓고 여름의 장마철을 지내는 그 조잡한 별장에 국한되어 있었다.

또한 조금 전에 그렇게 늦게 그리고 갑자기 닥쳐온

마음의 충동도, 이성과 젊었을 때부터 습관이 되었던 자제심으로 곧 완화되고 시정되었다. 그는 자기의 필생의 사업을 시골로 이사가기 전에 어느 정도까지 진행시켜 놓으려고 생각하고 있었다. 그래서 세계 여행을 하려는 생각은 몇 달 동안 그를 일에서 떼놓게 될 것이므로 너무나 무질서하고 무계획한 것으로 생각되었고, 그것은 진지하게 문제삼을 것이 못 되었다. 그런데도 그는 그러한 유혹이 어떠한 이유로 그렇게 갑자기 나타났는지를 알 수 있었다. 그것은 그 자신 스스로 인정한 바이지만 도피의 욕망이었다. 멀고 새로운 것을 그리워하는 동경, 해방되고자 하는 욕망, 무거운 짐을 벗어나고 모든 것을 잃어버리고자 하는 갈망이었던 것이다— 그 충동은 글을 쓰는 고역으로부터, 무뚝뚝하고 냉정하고 그러면서 정열적인 봉사(奉仕)를 하게 되는 매일매일의 일하는 방으로부터 벗어나려는 충동인 것이다. 사실상 그는 그러한 봉사를 사랑하고 있었으며 심지어 그 투쟁까지—자기의 강력하고 자랑스럽고 몇 번이나 시련을 겪어 온 의지와 그와 같이 증가되어 가는 권태 사이에 매일같이 되풀이되는 거의 신경질적인 투쟁을 사랑하기까지 하고 있었다. 그러나 그 권태감은 아무에게도 알려서는 안 되었고 그것이 작품 속에 어떠한 방법으로든지 태만과 부족, 불완전으로 나타나서는 안 되었다. 그러나 신경의 활시위를 너무나 팽팽하게 긴장시켜서는 안 되며 그다지도 생생하게 튕겨지다 나오는 내부적인 욕구를 함부로 질식시켜 버리지 않는 것이 현명한 일인 것같이 생각되었다. 그는 자기의 일을 생각하였다. 그리고 그 대목—그 대목에서 막혀서 어저께도 오늘도 또 다시 펜을 내던지지 않을 수 없었던 대목, 아무리 끈기 있게 다듬고 노력을 하여도, 또는 재빠르게 넘겨쳐 버리려고 하여도 해결될 것 같지 않는 그 대목에 대해서 생각하였다. 그는 그것을 새로이 검토하고 그 장애를 돌파하거나 해결하여 버리려고 시도하였지만 불쾌감에 사로잡혀 전신을 부르르 떨고 그 시도를 중단하였다. 거기에는 무슨 특별한 난점이 있었던 것이 아니다. 그의 펜의 움직임을 마비시킨 것은 이제 무엇으로도 만족될 수 없는 '불만'이라는 형태로 나타난 불쾌감의 '주저'였다. 물론 '불만'이라는 것은 젊은 시절에 이미 재주의 본질이며, 동시에 그 내부적 속성이라고 생각하였던 것이다. 그래서 그 불만을 위하여 그는 감정을 억제도 하고 냉각도 해왔었다. 왜냐하면 그는 감정이라는 것이 희미지근하고 어지간한 데서 만족을 하고 완벽을 기하지 않는 경향이 있는 것을 알고 있었기 때문이다. 그러면 지금에 와서 그 억압된 감각이 자기에게 복수를 하는 것일까—자기를 저버리고, 자기의 예술을 그 이상 유지한다든지 생생하게 한다든지 하는 것을 거부하고, 형태와 표현에 대한 모든 쾌감, 모든 황홀경을 빼앗아 감으로써 자기에게 복수를 하는 것인가? 그가 표현한 것은 조잡한 것이 아니었다. 그는 최소한 자기의 연령

덕분으로 자기의 재주에 대해서는 언제나 자신을 가지고 자랑할 수 있었다. 그러나 온 국민이 그의 재주를 존경하고 있음에 반하여 그 자신은 그것을 대견하게 생각지 않았다. 자기의 작품 속에는 불과 같이 약동하는 감정의 자국이 없는 것같이 생각되었던 것이다. 그것은 기쁨의 산물일 것이고 일종의 내적인 실질(實質) 이상의 것, 하나의 중대한 특징, 독자들의 기쁨을 형성하는 것이다. 그는 시골서 보내게 될 여름을 두려워하였다. 조그마한 별장 속에 혼자, 식사를 마련해 주는 하녀 한 사람과 그것을 운반해 주는 하인 한 사람밖에는 아무도 없는 생활이기 때문이다. 그는 또한 낯익은 산봉우리와 산등성이들의 얼굴이 두려웠다. 그들은 또다시 자기의 불만스러운 지필(紙筆)을 둘러서서 주목하고 있을 것이기 때문이다. 그래서 여름이 참을 수 있고 의의 있는 것이 되기 위해서는 무엇인가 새로운 삽입이 필요했다. 약간의 즉흥적인 생활이라든지, 부질없는 소일이라든지, 먼 지방의 바람, 새로운 혈액순환 같은 것이 필요하였다.

그렇다면 '여행'이었다.—그는 그것이 만족스러웠다. 아주 퍽 먼데까지 간다는 것이 아니다. 뭐, 호랑이가 나오는 곳까지 갈 필요는 없다. 하룻밤쯤 침대차로 여행을 하고, 기분좋은 남쪽 나라의 아무 곳이나 일반적인 유원지대에서 삼사 주일 낮잠을 자면 되는 것이다…….

그는 그와 같이 생각하였다. 한쪽에서 전차의 소음이

운게러 가로를 달려서 가까이 다가오는 동안에 그런 생각을 한 것이다. 그래서 그는 전차를 올라타며 오늘 저녁엔 지도와 여행 안내서를 조사하는 것으로 보내리라고 결심하였다. 전차 입구에서 가죽 모자를 쓴 그 사나이—하여간에 중대한 결과를 가져오게 한 그 친구—를 다시 찾아보려는 생각이 들었다. 그러나 그 사람은 아까 있던 자리에도 보이지 않았으며, 나중 정거장에서도, 또 차 안에서도 발견할 수 없었고, 어디에 있는지 그 거처를 발견할 수가 없었다.

프로이센의 프리드리히 대왕의 일생을 명확하고 힘있게 묘사한 산문시(散文詩)의 저자, 하나의 이념의 투영 속에 많은 인간의 운명을 모아 놓고 수많은 인물을 등장시키는 〈마야〉라고 불리는 장편 소설을, 오래 걸려서 엮어낸 인내성 많은 예술가, 〈가련한 인간〉이라는 제목 아래 감사할 줄 아는 일세의 청년들에게 가장 깊은 인식의 피안(彼岸)에 있는 도덕적 결단의 가능성을 표시한 그 힘있는 작품의 창작자, 그리고 최후로(이것으로 그의 성숙기의 여러 작품을 간단히 제시한 바이다) 그의 '정신과 예술'에 대한 정열적인 논문—그 논문의 조직적인 힘과 대비적인 웅변이 신중한 비평가들로 하여금 '소박문학과 감상문학'에 관한 쉴러의 논문과 직접 비견하게 하였다—의 필자이기도 한 구스타프 아센바하는 슐레지엔 지방의 군청 소재지인 L시(市)의 어느 높은 사법관의 아들로 태어났다. 그의 조상은 장교, 재판관, 행정관 등이었으며, 국왕이나 국가에 봉사하며 긴장되고 절도 있는 생활을 한 사람들이었다. 그 혈통의 성실한 정신성은 그들 가운데 한 번 어느 선교사의 출현으로 구체화된 적도 있었다. 성급하고 육감적인 혈통은 먼저 세대에, 그 작가의 어머니로 인해서 그 가족에게 도입되었다. 즉, 그의 어머니는 보헤미아의 악장(樂長) 딸이었던 것이다. 그의 외모에서 볼 수 있는 외국인다운 표적은 그 여자로부터 전해진 것이다. 관료적으로 냉정한 고지식함과 정열적이고 몽롱하고 관능적인 성격과의 결혼으로 하나의 예술가, 다시 말하면 그 독특한 예술가가 탄생한 것이다.

그의 전 존재가 명예 위에 놓여 있었기 때문에 그가 별로 조숙하지 않았다고 해도, 그의 성격상의 결단성과 함축성 덕분에 일찍이 대중에 대하여 능숙하고 교묘한 솜씨를 보여 주었다. 고등학교 시절에 이미 일종의 명성을 가지고 있었을 정도였으며, 십년 후에는 자기의 책상에 앉아서 바깥 세계와 상대하는 것, 자기의 명성을 유지하는 것, 짧을 수밖에 없는 편지 속의 문구(文句)에서 (왜냐하면 많은 요구가 그 성공한 작가, 즉 신뢰할 수 있는 그에게 밀려왔기 때문에) 자기가 온화하고 무게 있는 인물이라는 것등을 보여 주는 재주를 가지고 있었다. 40대의 남자인 그는 자기 자신의 일로 고난과 격랑을 겪어 시달리는 한편, 매일같이 세계 각국의 우표가 부쳐진 편지들을 처리하지 않으면 안 되었다.

속(俗)됨과 편벽됨에서 같은 정도로 멀리 떨어져 있는 재능은, 광범위한 대중의 신임과 까다로운 작자들의 찬미와 요구를 포함한 관심을 동시에 획득하게끔 되어 있었다. 그리하여 청년 시대에 일찍이 벌써 각 방면으로부터 업적을—그것도 지극히 비범한 업적을 쌓도록 의무를 짊어지게 되어 있었다. 그래서 그는 한 번도 한가한 안일이라든지 젊은이의 근심 없는 태만을 맛볼 기회를 갖지 못했다. 그가 서른다섯 살이 되어 비엔나에서 병이 들어 누워 있었을 때 어느 예민한 관찰자가 여러 사람이 있는 좌석에서 그에 대하여 말하기를, '보십시오, 아센바하 씨는 예로부터 항상 이렇게만 살아 온 것입니다'—하면서 그 사람은 그의 왼손의 손가락을 꽉 쥐어서 주먹을 내보였다—'한 번도 이와 같은 적은 없었지요'—하면서 그는 손을 펼쳐 들고 안락의자의 등판 위에 축 늘어뜨려 보였다. 그 말은 사실이었다. 그리고 그가 거기에 있어서 용감하고 도덕적이라고 할 것은 그의 천성이 결코 완강하고 튼튼한 축이 아니었다는 점, 항상 계속적으로 긴장하게끔 되어 있었을 뿐 원래 그렇게 타고난 것이 아니라는 점이었다.

의사의 권고로 소년 아센바하는 학교를 그만두고 집에서 교육을 받지 않으면 안 되게 되었다. 그리하여 친구도 없이 자라났으며, 일찍부터 재주에는 빠질 것이 없었으나 그 재주를 발휘하는 데 필요한 육체적인 기반이 거의 없는 타입—젊어서 최선을 다 내쏟아 버리고 그 능력이 별로 오래가지 못하는 타입에 자기가 속하고 있다는 것을 스스로 인식하지 않으면 안 되었다. 그러나 그가 가장 좋아하는 모토는 '참아 나가자'였다—그는 자기의 소설 〈프리드리히〉 속에서 그 명령적인 모토의 성화(聖化)밖에는 아무것도 보지 않았다. 그것은 그에게 고통이며 능동적인 미덕의 상징이라고 보였던 것이다. 또한 그는 빨리 나이를 먹기를 간절히 바랐다. 그는 원래 진실로 위대하고 포섭적이고 심지어 진정으로 존경할 만하다고 부를 수 있는 것은, 다만 인생의 모든 단계에 있어서 특징 있는 생산을 할 수 있는 힘을 부여받은 예술가뿐이라고 생각해 왔기 때문이다.

그러한 이유 때문에 자기의 재주로부터 부과된 여러 가지 사명을 연약한 어깨에 걸머지고 멀리 길을 가지 않으면 안 되었으므로 그는 극도로 자제심을 필요로 하였다—그런데 그 자제심이란, 다행히도 아버지 혈통으로부터 물려받은 그의 천성의 상속이었다. 사십 살을 맞이하고 오십 살을 맞이하여 다른 사람들이 낭비를 하며, 재미를 보며, 큰 사업의 계획을 멋대로 연기하며, 하는 연령 때에도 그는 자기의 일과를 아침 일찍 냉수욕으로 가슴과 등에 찬물을 끼얹는 것으로 시작하였다. 그 다음에 은으로 만든 촛대에 한 쌍의 기다란 초를 켜서 원고지의 머리맡에 세워 놓고서, 잠자는 동안에 모아 놓았던 정력(精力)을 두세 시간 동안 격렬하게 그리고 양심적으로 예술의 제물로 받치는 것이었다. 사정을 잘 모르는 사람들이 프리드리히의 영웅적 생활이 전개되는 거대한 서사시인 〈마야〉의 생계를 압축된 정신력과 긴 호흡의 산물이라고 생각하게 되는 것도 당연한 일이었다. 아니, 오히려 그것이야말로 그의 도덕성의 승리를 의미하는 것이라고 할 수 있었다. 그러나 사실은 그것이 오히려 매일매일의 조그마한 일들 가운데 몇 백 개의 하나하나의 영감(靈感)으로부터 마침내 커다란 부피에까지 싸여 올라가게 된 것이며, 그것들이 그렇게도 완전무결하고 모든 점에서 우수한 이유는 그 저자가 그의 고향을 정복한 프리드리히와 마찬가지로 그렇게 견고한 의지와 인내성을 가지고 여러 해 동안 동일한 하나의 작품의 긴장 속에서 참고 나갔기 때문이며, 그 자체의 창작을 위하여서는 자기의 가장 원기 있고 가장 가치 있는 시간을 제공하였기 때문임에 지나지 않는다.

어느 중요한 정신적 생산물이 그 즉시 깊고 넓은 작용을 미칠 수 있기 위해서는 남모를 하나의 친밀성이, 아니 하나의 일치(一致)가 그 창작자의 개인적인 운명과 동시대의 사람들의 일반적인 운명과의 사이에 존재하여야만 한다. 사람들은 무엇 때문에 자기들이 예술작품에 대하여 명성을 부여하는지를 알지 못한다. 사람들은 전문적인 지식에서는 멀리 떨어져서 자기들의 큰 관심을 정당화하기 위해서, 그 작품에 수없이 많은 장점(長點)을 발견할 수 있다고 믿는다. 그러나 그들이 칭찬을 하는 진실한 이유는 재어 볼 수 없는, '공감'인 것이다.

아셴바하는 언젠가 별로 눈에 안 띄는 장소에서 말하기를, 거의 모든 현존(現存)하는 위대한 것은 '그럼에도 불구하고'로서 현존(現存)하며, 근심과 고통에도 불구하고, 빈곤이나 고독, 육체적인 허약, 병환, 정열 등 무수한 지장에도 불구하고 성취되는 것이라고 단적으로 언명하였다. 그러나 그것은 단순히 소견(所見)으로서, 뿐만 아니라 실지의 경험이었던 것이다. 그것이 바로 그의 인생과 명예의 공식(公式)이었으며, 그의 작품의 열쇠였다. 그럼으로써 그것이 동시에 그가 묘사하는 독특한 인물들의 도덕적인 성격이 되며 외적인 태도가 될지라도 무슨 이상할 것이 있겠는가?

어느 현명한 비평가는, 그 작가가 즐거이 그리는, 그리고 각양각색의 개성의 형태로 되풀이되는 그 새로운 영웅형(英雄型)에 대하여 일찍이 다음과 같이 쓴 적이 있다.—그는 '이지적이며, 청년적인 남자다움'의 상징이며, '칼과 창이 몸을 꿰뚫어도 태연하게, 자랑스러운 수치심 속에 이를 악물고 서 있는 비장한 자세'이다. 그것은 겉으로 보기에 너무나 소극적인 인상임에도 불구하고 아름다우며 지적(知的)이며 정밀(精密)했다. 왜냐하면 운명 속에서의 자세(姿勢), 고통 속에서의 우아(優雅)는 단지 인내만을 의미하는 것이 아니기 때문이다. 그것은 일종의 능동적인 행위이며, 적극적인 승리이며,

그 성(聖) 세바스찬의 모습이야말로 예술 전반에 있어서라고는 못할망정, 최소한 지금 문제가 되어 있는 예술의 장르에 있어서 가장 아름다운 상징인 것이다. 그 속 산문의 세계를 들여다보는 사람이면 그것을 볼 수 있었다—내부의 공허와 생물학적인 쇠약을 최후 순간까지 세상의 이목으로부터 감추려고 하는 그 우아한 자제심을. 달아오르는 정욕을 맑은 불꽃으로 불타게 하고, 아니 심지어 미(美)의 왕국의 지배자가 되리만큼 뛰어오르게 하는 그 누르스름하고 비감각적인 추악함을. 아주 거만스러운 민족을 십자가 밑에, 자기 자신의 발길에 굴복시킬 만한 힘을, 정신의 불타는 깊이로부터 끌어내어 오는 그 창백한 무력(無力)을. 형태에 대하여 공허하고 엄격한 봉사를 하는 귀여운 자세를. 선천적인 사기꾼의 위험한 거짓 생활과 금세 마비되는 동경이나 예술을—이러한 모든 운명과 그 외 비슷한 많은 다른 것을 관찰하면 '약함'의 영웅주의 외에 무슨 다른 영웅주의가 존재할 것인가 하고 의심을 하게 된다. 하여간에 어떠한 영웅정신이고 대체 이 영웅정신보다 더 시대에 적합한 것이 존재할 것인가? 구스타프 아셴바하는 그와 같은 모든 피로의 극한에 서서 일하는 사람들, 너무나 무거운 짐을 지고 있는 사람들, 벌써 기진맥진한 사람들, 그러나 아직도 꼿꼿하게 서 있는 사람들, 그리고 체격이 빈약하고 자력도 부족하고 그러면서도 의지의 황홀과 현명한 관리와를 통해서 최소한 잠시 동안은 위대한 작용들을 억지로 발휘하는 그 모든 행위의 모랄리스트들—그런 모든 사람들을 묘사하는 작가였다. 그들은 수효가 많았다. 그들은 시대의 영웅들이다. 그리고 그들 모두는 그의 작품 속에서 다시 한 번 자기 자신을 인식하고 재확인하고 그 속에서 찬양된 자신의 모습을 발견한다. 그들은 그에게 감사하고 그의 이름 아센바하를 널리 전파하는 것이다.

그는 시대와 더불어 젊고 또한 거칠었다. 그리고 시대에 의하여 좋은 충고를 받지 못한 그는 공적인 생활에서 걸려서 넘어지고, 가끔 실수를 하고, 약점을 들어내고, 말과 작품에서 상식과 예절에서 벗어나는 잘못을 범하였다. 그러나 그는 위신을 획득하는 데 성공하였다. 그러한 위신에 대한 충동과 자극은 그가 주장한 바에 의하면 모든 위대한 재능에는 선천적으로 구비되어 있는 것이다. 심지어 그의 인생 행로 전체가 의식적이며 반항적이며 회의(懷疑)와 해학(諧謔)의 모든 장애를 뚫고 위신에로 향하여 당당하게 기어올라가는 상승(上昇)이었던 것이다. 생생하고 정신적으로 구애되지 않는 작품의 명확성이 일반 대중을 즐겁게 만드는 비결이지만, 혈기왕성한 청년들은 다만 문제가 제시되는 경우에만 매력을 느끼는 것이다. 그런데 아센바하는 문제성이 풍부하고, 어느 청년이나 마찬가지로 혈기왕성하게 무제한적이었다. 그는 정신의 노예가 되었으며 인식에 의하여 남작(濫作)하였으며, 뿌려야 할 씨를 짓찧고 비밀을 폭로하고, 재주를 의심하고, 예술을 배반하였다—사실 그의 작품이 그것을 애독하는 사람들을 즐겁게 하고 고매하게 하고 활기를 띠게 하는 한편, 젊은 예술가인 그는 이십대의 청년들을 예술이나 예술가 자신의 의심스러운 본질에 대하여 비꼬는 말들을 하여 숨도 못 쉬게 하였다.

그러나 고귀하고 유능한 정신은 무엇보다도 인식의 날카롭고 따가운 매력에 의해서 가장 빠르고 가장 근본적으로 무디어지게 되는 것같이 보인다. 그리고 청년 시절의 우울하고 양심적인 철저함도 대가가 된 그 작가의 심각한 결심에 비하면 천박한 것이 분명하다. 그것은 지식이라는 것이 의지, 행위, 감정, 그리고 심지어 정열에 이르기까지 조금이라도 마비시키고 감퇴시키고 천하게 하는 경향이 있는 한, 그것을(지식을) 부정하고 거역하고 떳떳하게 고개를 들고 그 위를 넘어간다는 결의인 것이다. '가련한 인간'에 대한 그 유명한 소설은, 무기력하고 어리석고 반 악당인 인물에 구체화되어 있는, 현대의 불순한 심리주의(心理主義) 사상에 대한 구토감의 폭발로 해석하는 이외에 무슨 다른 해석 방법이 있을 것인가?—그 인물은 무기력 때문에, 배덕(背德) 때문에, 윤리적 변덕 때문에 자기 아내를 어느 젊은 녀석의 팔 속에 몰아넣고도 심각하기만 하면 비열(卑劣) 한 행위를 범하여도 좋다고 믿으면서 운명을 속여먹는 놈팡이인 것이다. 이 작품 중에서 비난받아야 할 것이 비난당한 말의 무게는, 모든 도덕적인 회의로부터의 이탈, 타락에 대한 조그마한 공감도 용서하지 않는 태도, 모든 것을 이해한다는 것은 모든 것을 용서한다는 것을 의미한다.라는 동정적 명제(命題)의 적당주의와의 결별 등을 명백히 알려 줬다. 그리고 여기서 준비된 것은, 아니, 벌써 실현된 것은 다름 아닌 그 '재생된 천진난만의 기적'이었다. 그 기적에 관해서는 그후 얼마 되지 않아 동 저자와의 대화편(對話篇) 속에 명료하게, 그리고 약간 신비스러운 강조를 섞어서 언급되어 있다. 이상스러운 연관성이 아닌가! 이 시기에 그의 미적 감각이 거의 지나치리만큼 강하게 된 것을 엿볼 수 있는 것은 소위 '재생'의 정신적인 결과, 즉 새로운 품위와 위엄의 결과였을 것인가—그때 이후의 그의 작품에 있어서 그렇게나 명백하게 고전성과 명작성의 계획적인 인상을 나타내게 한 구성상의 고귀한 순결, 간소, 그리고 균형을 엿볼 수 있었던 것이다. 그러나 지식의 피안, 분해하고 저지하는 인식의 피안에 있어서의 도덕적 결단이라는 것은—그것은 또다시 세계와 영혼의 간소화를 의미하고 도덕적인 단순화를 의미하고, 따라서 그것은 동시에 악에 대한, 금지되어 있는 것에 대한, 도덕적으로 불가능한 것에 대한 강화를 뜻하는 것이 아닐까? 그리고 형태라는 것은 두 가지의 면모를 가지고 있는 것이 아닐까? 그것은 도덕적이고 동시에 비도덕적인 것이 아닐까?—규율의 소산이요, 표현으로서는 도덕적이지만 '형태'가 그 성질상 도덕적 무관심을 내포하고 있는 이상, 아니 본질적으로 도덕적인 것을 자신의 자랑스럽고 무제한적인 지배하에 굴복시키려고 노력하는 이상, 비도덕적이고 심지어 반도덕적(反道德的)인 것이 아닐까?

그 점은 차치하고, 발전이라는 것은 하나의 운명이다. 그런데 광범한 대중의 참여와 신임을 동반하는 발전과, 명예의 영광이나 거기에 대한 의무를 하나도 가지지 않고 실현되는 발전이 서로 다른 경로를 밟아 나가지 않을 이유가 있겠는가? 한 개의 위대한 재능이 방종의 유치한 단계로부터 벗어나와 정신의 위엄을 힘있게 인식하는 데 익숙해지고, 고독의—충고해 주는 사람도 하나 없이 혼자서 쓰라리고 독립적인 고뇌와 투쟁 속에, 인간의 권세와 영예로 이끌어 가는 그 고독의 엄숙한 예법을 지닐 때, 누구나 영원한 집시와 같은 방랑벽이 아니고서는, 그것을 지루하다고 하지 않을 것이며 그것을 비웃으려고 하지 않는 것이다. 그리고 하여간에 재능의 자기 형성 속에는 얼마나 많은 장난, 반항 그리고 향락이 있을 것인가! 구스타프 아센바하에 의해서 제시되는 작품 중에는 날이 갈수록 어딘지 관료적이며 교육적인 점이 나타났다. 그의 문체는 나중에는 직접적인 대담성이 부족하여져서 세밀하고 참신한 음영을 결여하게 되었다. 모범적이고 고정적인 것으로 닦고 가꾸어진 전통적인 것으로, 보수적인 것으로, 형식적인 것으로, 심지어 틀에 박힌 것으로 변하여 간 것이다. 그리고 루이 14세가 그러하였다고 전하듯이 노숙하여 가는 아센바하도 자기의 말버릇 속에서 모든 야비한 말을 추방하였다. 당시에 문교 당국에서 그의 작품 몇 페이지를 선택하여 국정 교과서의 독본으로 채택하는 일까지 있었다. 그것은 그의 마음을 흐뭇하게 하는 일이었다. 그리고 어느 독일의 영주(領主)가 대관식을 한 지 얼마 안 돼서 〈프리드리히〉의 작가인 그를 50세의 탄생일에 즈음하여 귀족의 신분으로 대우하였을 때 그는 구태여 사양하지 않았다.

불안의 몇 년 후, 서너 번 여기저기 체류지를 골라 본 결과 그는 일찌감치 뮌헨을 영구한 거주지로 선택하였다. 그리고 거기서 정신적인 인간에게 특별한 경우에만 부여되는 시민적인 명예스러운 처지로 생활하였다. 그가 아주 젊었을 때 학자 집안 출신의 어느 소녀와 결합되었던 결혼 생활은, 행복하였으나 부인의 죽음으로 차단되고 말았다. 그에게는 딸이 하나, 벌써 출가한 사람이지만 남아 있었다. 아들은 한 번도 가져 본 적이 없었다.

구스타프 폰 아센바하는 중키보다 좀 작은 정도였으며 까무잡잡하고 수염을 깨끗이 민 사람이었다. 그의 머리는 날씬하다고 할 몸체에 비하여 지나치게 큰 감이 있었다. 뒤로 훌떡 넘겨 버린 머리는 머리 꼭대기에서 벗겨져 있으며, 뒤꼭지에서 빽빽하고 대단히 많이 세어 있었다. 그래서 주름살이 많아, 말하자면 상처가 있는 듯하게 보이는 쑥 빠진 이마를 윤곽지운다. 테두리 없는 금테 안경의 금붙이가 짤막하고 고상한 곡선을 그린 코의 코뿌리에 들어박혀 있었으며, 입은 크고 때때로 축 늘어졌으며 가끔씩 갑자기 좁아지고 팽팽하게 긴장되었다. 뺨 부분은 파리하고 주름이 지고 턱은 모양이 잘생겨서 보드라운 선이 그려져 있다. 대체로 고통스러운 듯이 옆으로 기울이고 있는 머리 위에는 여러 가지 심각한 운명이 지나간 것같이 보였으며, 그러면서도 대개의 경우에 그와 같은 관상의 형태를 이루어 놓으려면 파란 많고 곤란한 일생이었겠지만, 그의 경우에는 예술이 그렇게 만들어 놓은 것이다. 그의 이마의 뒤에서 볼테르와 그 국왕 사이의 전쟁에 대한 담화의 번갯불 같은 응수가 생겨날 수 있었다. 그 눈—피곤한 듯이 안경 너머로 깊게 비추이는 그 눈이 칠 년 전쟁의 야전병원 속에 피투성이가 된 지옥상을 들여다보았다. 또한 개인적으로 보아도 예술이란 하나의 높여진 생활이다. 예술은 한층 더 깊은 행복을 부여하고 또한 한층 더 빨리 소모시켜 버리는 것이다. 예술은, 자기에 봉사하는 사람의 얼굴에다 환상적이며 정신적인 모험의 흔적을 아로새겨 놓는 것이다. 그리고 예술은 또한 외적 생활이 수도원에서와 같이 고요한 것일지라도 오랫동안신경의 과민, 과로, 권태를 가져오는 것이다. 방탕한 향락 생활과 정열에 찬 생활에 의해서도 거의 그러한 결과가 되기 드물도록 심한 신경의 과용인 것이다.

세속적인 또는 문학적인 여러 가지 사무는, 여행에의 의욕이 왕성해진 그로 하여금 그날 산보가 있은 후에도 약 이 주일 가량이나 그대로 뮌헨에 머무르도록 하였다. 마침내 그는 시골의 별장을 4주일 이내로 이사할 수 있게끔 준비해 놓으라는 지시를 하고, 5월 하순의 어느 날 야간 열차로 트리에스트를 향하여 여행의 길을 떠났다. 트리에스트에서는 24시간만 머무르고 다음 날 아침 폴라 행의 배를 탔다.

그가 원한 것은 색다른 외국의 바람, 아무 관련성 없는 것, 그러면서도 금방 도달될 수 있는 것이었다. 그래서 그는 아드리아 해의 어느 섬—최근 몇해 동안에 유명해진 섬에 머무르기로 하였다. 그 섬은 이스트리아 해안에서 멀지 않았으며 영롱한 채색으로 된, 다 떨어진 옷들을 입고 있는, 그리고 거칠게 아주 낯선 말들을 하는 원주민이 살고 있었다. 그리고 바다가 널찍하게 보이는 방향에는 아름답게 굴곡이 있는 낭떠러지들이 있었다. 다만 비와 무더운 공기와 소시민적인 오스트리아 사람들이 손님으로 머물고 있는 호텔, 그리고 모래사장이 아니면 얻을 수 없는 바다에 대한 조용하고 친밀한 관계의 결핍, 그런 것들이 그의 기분을 상하게 하였다. 그리고 자기가 원하던 장소를 꼭 맞추지 못했다는 의식을 일으켰다. 마음속의 하나의 충동이, 어디를 향한 것인지 스스로 명확하게 알 수는 없었으나, 그를 안정시키지 않았다. 그는 기선들의 연락 관계를 조사하고 이리저리 주위를 살피고, 찾고, 그러는 동안에 갑자기 돌발적이었으나 동시에 당연한 일로 자기의 목적지가 눈앞에 나타났다. 하룻밤 사이에 비길 데 없는 환상적이고 낯선 장소에 도달하려면 어디로 가야 할 것인가? 그것이야말로 명백한 일이다. 이런 섬에서 대체 무엇을 할 것인가? 자기는 길을 잘못 든 것이다. 애당초 거기로 여행을 가고자 원하였던 것이다. 그는 잘못된 체류를 중지할 것을 통고하는 데 서슴지 않았다. 그 섬에 도착한 지 일 주일 반이 지난 다음에 한 척의 빠른 모터보트가 그와 그의 짐을, 안개 낀 이른 아침에 물위를 달려와 거기서 상륙한 것은, 다만 그때 막 베니스를 향하여 출발하려고 하는 배의 물기 있는 갑판(甲板)을 밟기 위해서일 뿐이었다.

그것은 이탈리아 국적의 안락한 기선이었는데 오래되어서 낡고 그을고 음침하였다. 아센바하는 배 속으로 들어서자마자 곱추이고 불결한 뱃사람의 공손한 듯하면서도 비열한 미소어린 강압으로 배의 안쪽, 인공 조명이 된 동굴과 같은 선실로 들어가게 되었다. 거기는 책상 뒤에, 모자를 비스듬히 쓰고 담배꽁초를 입 모서리에 물고 팔자수염을 달고 있는 남자가 앉아 있었다. 그는 구식 서커스의 단장과 같은 인상이었으며 상을 찡그리고 가벼운, 사무적인 태도로서 여객들의 주소 성명 등을 받아쓰고 그들에게 배표를 발행하고 있었다.

"베니스 행입니까!" 하고 그는 아센바하의 청구를 되

풀이하여 물어 보고 한쪽 팔을 내뻗어서, 펜을 비스듬히 기울여 놓은 잉크병 안에 반죽과 같이 남아 있는 잉크 속으로 쑥 집어넣었다. "베니스 행 일등! 자 됐습니다. 선생님!" 그리고 그는 커다랗고 서툴게 글씨를 쓰더니 조그만 상자에서 파란 가루를 꺼내 글씨 위에 뿌렸다. 그리고 그 가루를 사기 접시에 다시 쏟아 놓고 누르스름하고 울퉁불퉁한 손가락으로 종이를 접어서 그 위에 또 무엇인가를 썼다. 그러면서 그는, "참 좋은 데로 여행하시는군요!" 하면서 지껄였다. "아, 베니스! 참말로 근사한 도시지요! 교양 있는 분들에게는 어찌할 수 없으리만큼 마음이 이끌리는 도시입니다—역사상으로 보나 현재의 매력으로 보나 말입니다!" 그의 매끈하고 민첩한 동작과 거기에 따르는 공허한 담화는 어딘지 사람을 멍청하게 하고 마음을 돌리게 하는 듯한 점이 있었고, 어딘지 여객이 베니스로 가려고 하는 결심이 흔들리지나 않을까 하고 걱정하는 듯한 기색이 있었다.

그는 빠르게 돈을 받고서 도박 중매인의 솜씨와 같이 거스름돈을 책상의 때묻은 탁보 위에 내놓았다. "잘 놀다 오십시오, 선생님!" 그는 무대의 배우처럼 절을 하였다. "이 배에 타주셔서 영광으로 생각합니다…… 여러 손님들." 하며 그는 팔을 번쩍 쳐들고 마치 사무가 척척 진행된다는 듯이 소리쳤다.

그러나 거기에는 그에게 사무를 보아 달라고 와 있는 사람이 하나도 없었다. 아센바하는 다시 갑판으로 돌아갔다.

한쪽 팔을 갑판의 난간 위에 걸쳐놓고 그는 배가 출발하는 것을 구경하려고 부두 가를 서성대고 있는 사람들과 기선 위의 여객들을 바라보았다. 이등실의 여객들은 남자 여자 할 것 없이 상자나 보따리를 의자 대신 깔고 갑판 위에 쭈그리고 앉아 있었다. 젊은 사람들의 한패는 제일 갑판에 몰려 있었는데 그들은 폴라 시(市)의 점원들인 듯싶었으며, 이탈리아로의 여행에 마음들이 들떠서 한데 모여 있었다. 그들은 자기들에 관하여 또는 자기들의 계획에 관하여 적지 않게 떠들어댔으며, 지껄이고 웃고 제멋에 들떠서 스스로의 몸짓을 자랑하고, 자기들과 같은 점원인 동료들이 손가방을 옆구리에 차고 항구의 거리를 왔다갔다하며 놀러가는 그들을 향하여 지팡이로 위협하는 데 대하여, 난간 너머로 몸을 구부리고 입심 좋은 조롱의 말마디를 던지고 있었다. 그 중에 빨간 넥타이를 하고 지독하게 위로 말려 올린 파나마 모자를 쓴데다가 최신 유행의 밝은 노랑색 여름 양복을 입은 한 사람은 까마귀가 우는 소리를 내면서 어느 누구보다도 뛰어나게 쾌활하였다. 아센바하는 그 남자를 조금 더 주의하여 보다가 그 청년이 가짜라는 것을 발견하고 대단히 놀랐다. 그는 노인이었다. 의심할 여지가 없었다. 눈과 코에는 주름살이 잔뜩 끼어 있었으며, 뺨의 희미한 붉은 빛깔은 연지였다. 다채로운 리본이 달린 밀짚모자 밑의 밤색 머리카락은 가발이었다. 모가지는 바싹 말라 근육이 켕기고 있었다. 비틀어 올린 코밑 수염과 턱수염은 염색을 했고, 웃으면 나타나는 누렇고 즐비한 이들은 값싼 틀니였다. 양쪽 엄지손가락에 도장 반지를 끼고 있었는데 틀림없는 노인의 손이었다. 아센바하는 그 남자의 모습과 그가 친구들과 노는 광경을 보고 오싹하였다. 그가 늙었다는 것을 그들은 모르는 것일까, 그가 부당하게도 그들과 같이 화려하고 멋진 의복을 입고 있는 것을 그들은 당연하다는 듯이, 그리고 습관적으로 그를 그들의 가운데에 참여시키고, 그를 그들과 동등한 사람으로 취급하고, 아무 거리낌없이 그가 옆구리를 찌르며 장난하는 것을 똑같이 대꾸해 주고 있었다. 이것은 어떻게 된 셈일까?

아센바하는 한손으로 자기의 이마를 가리고 잠이 부족하여 화끈거리는 두 눈을 감았다. 그에게는 모든 것이 정상적이 아닌 것처럼 느껴졌다. 어쩐지 이 세상이 꿈속과 같이 낯설어지고 이상한 것으로 일그러져 가기 시작하는 것같이 보였다. 어쩌면 자기 얼굴을 약간 어둡게 하고 새로이 주위를 돌아본다면 그런 일이 사라질지도 모르겠다고 생각하였다. 그 순간에 그러나 헤엄치는 듯한 기분이 그를 엄습하였다. 그리고 이유 없이 놀라며 눈을 들어보니 무겁고 컴컴한 선체가 천천히 항구의 벽으로부터 떠나는 것이 보였다. 기관이 앞뒤로 움직이는 동안에 한자씩 한자씩 항구와 선체 사이에 더럽고 번쩍이는 물의 띠가 폭을 넓혀 갔다. 그리하여 느릿

느릿한 동작과 더불어 기선은 뱃머리를 바다로 돌렸다. 아센바하는 우현(右舷) 쪽으로 걸음을 옮겼다. 거기에는 그 곱추가 그를 위하여 뒤로 젖힐 수도 있는 의자를 펼쳐 놓아 주었다. 그리고 때묻은 연미복을 입은 급사가 그에게 부탁할 일이 있는가고 물었다. 하늘은 회색빛이었으며 바람은 축축한 습기를 머금고 있었다. 항구와 섬들이 멀리 뒤로 물러났으며 잠시 후에는 갑자기 모든 육지가 안개 낀 시야 속에 사라져 버렸다. 석탄가루가 습기를 품고 갑판 위에 떨어졌다. 갑판은 좀처럼 마르지 않았다. 그후 한 시간 후에는 천막이 쳐졌다. 비가 오기 시작했기 때문이다.

외투로 몸을 감싸고 무릎 위에 책을 한 권 올려놓은 채 그 여행자는 휴식하고 있었다. 몇 시간이 알지 못하는 사이에 흘러가 버렸다. 어느 새 비는 그쳐 있었고 천막 지붕은 치워졌다. 흐려진 하늘의 구면(球面) 밑에는 황량한 바다의 커다란 원판이 널리 퍼지고 있었다. 그러나 공허하고 마디 없는 공간 속에서는 우리들의 감각에 있는 시간의 척도까지 잊어버리게 된다. 그래서 우리는 측량할 수 없는 경지 속에서 혼동하게 되는 것이다. 그림자처럼 기괴한 인물들—그 늙은 멋쟁이, 배의 안쪽에 있는 팔자수염, 그런 작자들이 명확지 않는 몸짓과 얽히고 설킨 꿈속의 말들을 가지고 여기 휴식하는 사람의 머릿속에서 오락가락하였다. 그는 잠이 든 것이다.

정오에, 그는 점심식사를 위하여 낭하처럼 생긴 식당으로 이끌려갔다. 그 식당으로 향하여 침실 겸 선실의 문들이 통하고 있었고, 거기에서 그는 긴 식탁의 상좌에서 식사를 하게 되었다. 그 긴 식탁의 끝자리에서는 그 점원들이, 그 늙은이를 포함하여 열시쯤부터 원기있는 선장과 더불어 술을 마시고 있었다. 식사는 빈약하였다. 그래서 아센바하는 재빨리 끝마쳤다. 그는 하늘을 보고 싶어서 밖으로 뛰쳐나왔다—베니스의 상공에는 혹시나 날씨가 맑지 않을까 생각하며.

그는 반드시 맑을 것이라고만 생각하였다. 왜냐하면 언제나 그가 베니스에 갈 때마다 맑은 날씨였기 때문이다. 그런데 하늘과 바다는 그대로 납과 같이 흐리어 있었다. 가끔 가다 안개 깊은 비가 내리기도 하고. 그래서 그는 뱃길로 베니스에 갈 때는 육지로 가는 것과는 다른 베니스에 도달하는 것이라고 단념하였다. 그는 앞의 돛배 곁에 서서 육지가 보이기를 기대하며 멀리 앞을 바라보았다. 예전의 꿈의 둥근 지붕과 종루(鐘樓)가 이 물길에서 솟아오르는 것을 바라본 적이 있다는 우울하고 열광적인 시인에 대하여 생각하였다. 그는 그 당시 균형 잡힌 노래가 된 위엄과 행복과 비애의 몇 구절을 입 속으로 되풀이해 보았다. 그러니까 벌써 형성된 감각에 쉽사리 마음이 동하여 새로운 감격과 혼란 또는 감정의 늦은 모험이 여행하는 나그네에게 아직도 남아 있을 수 있는가 하고 자기의 엄숙하며 피곤한 마음에 음미하여 보았다.

그때 오른쪽으로 편편한 해안이 나타났다. 고기 잡는 보트들이 바다에 활기를 불어넣었고, 해수욕장이 있는 섬들이 보였다. 기선은 그것들을 왼쪽에 놓고 속도를 줄여 좁은 항구를 지나갔다. 그 항구의 이름은 '좁은 항구'였다. 그리하여 다채롭고 초라한 집들을 눈앞에 둔 모래사장에 완전히 정지하였다. 배는 위생관리들의 보트가 오기를 기다려야만 했기 때문이다.

한 시간이 지나갔다. 그러자 위생 보트가 나타났다. 도착은 하였지만 도착이 아니었다. 선객들은 무슨 급한 일은 없지만 초조해졌다. 젊은 폴라 일행은 공원 지역으로부터 물을 건너 들려오는 군대의 신호 소리에 의하여 애국심이 자극되었음인지, 갑판 위로 올라와 술기운으로 기운을 얻어, 건너편에서 훈련을 하고 있는 사격병들을 향하여 만세 소리를 던져 주었다. 그런데 그 모양낸 늙은이를 젊은이들과의 허위적인 교제가 어떤 상태로 만들어 놓았는가를 보는 것은 마음에 거슬리는 일이었다. 그의 늙은 뇌수는 술에 대하여 젊고 튼튼한 사람들의 뇌수처럼 저항할 힘이 없었다. 그는 지독하게 취해 있었다. 시선이 몽롱해지고 떨리는 손가락 사이에 담배를 하나 끼우고 비틀비틀하였다. 간신히 중심을 잡으며 취기 때문에 앞으로 뒤로 이끌리며 제자리에서 비틀거렸다. 한 자리에서 감히 움직이지를 못한 것이다. 그러나 가련한 호기를 보이고 누구나 자기 옆으로 다가

오는 사람의 단추를 붙잡고 무엇인가 중얼거리며 눈짓을 하고, 낄낄거리며 반지를 낀 주름살 많은 손가락을 쳐들어 쓸데없는 장난을 걸기도 하고, 보기 흉하도록 추잡스러운 태도로 혀끝을 가지고 입 가장자리를 핥아 먹기도 하였다. 아센바하는 미간을 찌푸리고 그의 꼴을 바라보았다. 마치 세계가 괴기한 찌부러진 모습으로 변형되어 가는, 가볍고 그러면서도 거리낌없는 경향을 보여 주는 듯한 감이다. 물론 그와 같은 감각에 몰두하는 것을 그 상황이 허락하지는 않았다. 왜냐하면 그때 마침 기관이 방아 찧는 듯한 동작을 새로이 시작하고, 배가 목적지의 바로 앞에서 중단되었던 항해를 다시 시작하여 산 마르코 운하를 향해 전진하였기 때문이다.

그리하여 그는 또다시 그것을 보게 된 것이다—세상에서 가장 놀랄 만한 부두의 경치를. 그 공화국이, 항해하여 들어오는 사람들의 우러러보는 시선을 마중하여 보여 주는 환상적인 건물들의 눈부신 구조를—그리고 궁전의 경쾌한 미관, 탄식교(嘆息橋), 물가에 있는 돌로 된 사자와 성인(聖人)이 달린 기둥, 동화궁(童話宮)의 찬란히 돌출한 측면, 문전 길과 시계탑이 보이는 경치—그와 같은 것들을 바라보면서 그는 육로를 통하여 베니스의 정거장에 도착한다는 것은, 마치 뒷문으로 궁전에 들어가는 것과 같은 것이라고, 그리고 누구나 이 세상에서 가장 기적적인 이 도시에 들어가는 데는, 지금 자기와 같이 배를 타고 바다를 건너서 들어가야 할 것이라고 생각하였다.

배의 기관이 정지하였다. 곤돌라가 떼를 지어 다가왔다. 배에서 사다리가 내려졌다. 세관 관리들이 배 위로 올라와 대충 자기들의 임무를 처리하였다. 상륙이 시작된 것이다. 아센바하는 자기와 자기의 짐을 그 도시와 리도(베니스 해안의 건너편에 있는 지역 이름) 사이를 왕복하는 작은 기선들의 정거장까지 운반해 줄 곤돌라가 필요하다는 뜻을 알려 주었다. 그는 바닷가에 숙소를 정하려고 생각했던 까닭이다. 그의 계획은 납득되고, 사람들이 그의 원하는 바를 큰 소리로 아래쪽까지 전하였다. 거기서는 곤돌라의 사공들이 사투리를 써가며 서로 말다툼을 하고 있었다. 그는 배에서 내려오려고 하였으나 뜻대로 되지 않았다. 마침 사다리 같은 층계로 간신히 끌려 내려가고 있는 자기의 트렁크가 방해를 한 것이다. 그래서 그는 몇 분 동안 그 몸서리나는 노인의 아니꼬운 꼴에서 벗어날 수가 없게 되었다. 노인은 술에 취하여 몽롱한 기분으로 그 낯선 사람에게 작별인사를 보낼 기분이 되어 있었던 것이다. "최고로 재미를 보시기 바랍니다." 하고 그는 한쪽 다리를 뒤로 끄는 식의 절을 하면서 염소 울음소리와 같은 목소리를 내었다. "제발 기억하여 두시기를 빕니다! 오르발(다시 봅시다) 엑스 꾸제 운트 봉주르(미안합니다. 그리고 안녕하십시오.) 각하!" 그의 입에서는 침이 흘렀고 억지로 눈을 감으며 혀를 내밀어 입 가장자리를 핥았다. 그러자 그의 늙은 입술 곁에 있는 염색된 수염이 곧추섰다. "우리들의 안부를 전해 주십시오." 노인은 혀가 꼬부라진 소리를 내며 두 개의 손가락 끝을 입에 가져다 대었다. "귀여운 사람에게—아주 사랑스러운 사람에게, 어여쁜 아가씨에게 안부를 전해 주십시오, 부탁합니다." 그때 갑자기 노인의 입 안에서 틀니가 떨어져 아랫입술 위에 얹혔다. 아셴바하는 간신히 빠져나왔다. "귀여운 아가씨에게, 아름답고 어여쁜 아가씨에게." 하는 소리가 혀 꼬부라진 소리로 공허하게 삑삑거리며 등뒤에서 들려왔다. 그는 그 소리를 들으며 밧줄로 된 난간에 몸을 의지하며 사다리를 내려오고 있었다.

누구나 처음으로 또는 여러 해 만에 베니스의 곤돌라를 타게 되면 약간의 떨림, 일종의 남모를 두려움과 불안을 참을 수 있는 사람이 있겠는가? 옛이야기의 시대로부터 전혀 변하지 않고 그대로 내려온 그 이상한 선박, 그 시꺼멓고 이상한 모양이 온갖 물건 가운데에서 유독 관(棺)과 닮아 있는 괴상한 물건—기껏은 물결이 살랑거리는 밤에 소리 없이 죄를 범하는 무슨 모험을 연상시킨다. 그뿐 아니라 심지어 주검 자체를 연상시키며 시체가 들어 있는 관, 음산한 장례의식, 그리고 마지막에 말없는 행진을 연상시키는 것이다. 그리고 그 배의 좌석, 관과 같이 까만 니스 칠한 위에 거뭇거뭇한 방석이 놓여 있는 안락의자, 그것은 이 세상에서 가장 보드랍고 가장 호화스러운 좌석, 사람을 축 늘어지게 만드는 좌석이라는 것을 사람들은 깨달았을까?

아셴바하는 그것을 깨달았다. 뱃머리에 차근히 싸여 놓여진 자기의 짐과 마주보고 뱃사공의 발치에 자리를 잡았을 때 그것을 깨달은 것이다. 사공들은 아직도 계속해서 싸우고 있었다. 거칠고 무슨 말인지 전혀 알아들을 수 없는 말마디로 위협적인 몸짓을 하면서. 그러나 물의 도시의 독특한 고요함은 그들의 말소리를 보드랍게 받아 분산시켜서 물결 위에 뿌려 놓는 듯하였다.

여기 항구는 따뜻하였다. 시로코(아프리카에서 지중해로 불어오는 열풍) 열풍의 나부낌에 훈훈하게 감싸여서, 흔들거리는 물 위에서 안락의자에 기대앉은 여객은 눈을 지그시 감고 익숙지 않은 동시에 달콤한 게으름을 향락하는 것이다. 뱃길은 길지 않을 것이라고 그는 생각하였다. 이것이 언제까지나 계속되었으면! 가늘게 흔들림에 따라 그는 혼잡과 시끄러운 음성으로부터 빠져나가는 것같이 느꼈다.

둘레가 고요해지고 고요함이 점점 더해 갔다. 아무 소리도 들리지 않고 단지 노를 젓는 물소리와 물결이 뱃머리에 부딪칠 때 생기는 공허한 반향만이 울려 왔다. 뱃머리는 급격한 경사지고 까맸으며, 선단은 양지창 모양으로 무장되어 물 위에 솟아올라 있었다. 그 다음에 또 한 가지가 있었는데, 그것은 중얼거리는 듯한 말소리—뱃사공의 혼잣말 같은 잇새에서 나는 소리였다. 간헐적으로 배를 젓는 팔이 움직임에 따라서 눌리운 것 같은 중얼거림인 것이다. 아센바하는 눈을 쳐들었다. 주위의 수면이 넓어지고 뱃길이 바깥 바다로 향하고 있는 것을 깨닫자 약간 놀랬다. 너무나 축 늘어져서 쉬기만 해서는 안 될 형편인 것 같았다. 자기 자신의 뜻을 내세우는 것도 좀 생각해 봐야 하지 않을까 한 것이다.

"난 기선의 정거장까지만 가기로 했소." 그는 몸을 반쯤 뒤로 돌리며 그렇게 말했다.

중얼거리는 소리는 중단되었으나 대답은 없었다.

"기선의 정거장까지 가기로 했소!" 하고 그는 재차 말하였다. 이번에는 몸을 완전히 돌려서 곤돌라 뱃사공의 얼굴을 쳐다보았다.

뱃사공은 그의 뒤에 한층 높이어진 선판에 서서, 흐린 빛의 하늘을 배경으로 솟구친 듯하였다. 그는 무뚝뚝한, 아니 심지어 잔인한 인상을 가진 사람이었으며, 바다 사람답게 푸른 옷을 입고 있었다. 그리고 노란색의 장식 혁대를 차고 있었으며 올이 풀어져 형태가 없는 밀짚모자를 대담하게 비뚜로 쓰고 있었다. 그의 얼굴 생김새와 짧고 벌룩한 코밑의 금색의 곱슬 수염이 그를 조금도 이탈리아 사람처럼 보이지 않게 하였다. 그는 체격으로 보아서는 약한 축이었으므로 자기 직업에는 별로 적합하다고 생각할 수 없었는데, 노를 저을 때마다 전신을 내맡겨서 대단한 노력으로 저어 나갔다. 그는 가끔 긴장이라도 되는 듯 입술을 벌려서 하얀 이들이 노출되었다. 불그스름한 이맛살을 더 깊게 하여 손님 있는 머리 위를 건너 멀리 앞을 바라보면서 똑똑한 목소리로, 거의 불손한 태도로 대답했다.

"리도로 가시는 것이지요."

아센바하는 대답하였다.

"그렇기는 하지만 나는 곤돌라를 타고서 산 마르코까지만 건너가려고 한 것이야. 나는 거기서 증기 기선을 이용하려고 하거든."

"증기기선은 타실 수 없으십니다, 선생님."

"그것은 또 무슨 이유이지?"

"증기기선은 짐을 싣지 못합니다."

그것은 사실이었다. 아센바하는 기억이 난 것이다.

그래서 그는 침묵하였다. 그 사공의 무뚝뚝하고 교만하고 외국인에 대하여 그 지방의 습관에 어긋나는 태도가 참을 수 없게 생각되었다.

그래서 그는 말했다. "그것은 나의 문제요. 어쩌면 짐을 맡겨 버릴지도 모르겠고. 그러니 되돌아갑시다."

고요하였다. 노를 젓는 소리가 물 위에 철썩거렸고, 물이 둔하게 뱃머리에 부딪쳤다. 그러자 그 말소리와 중얼거림 소리가 다시 시작되었다. 그 곤돌라 뱃사공이 잇새로 혼잣말을 시작한 것이다.

어떻게 할 것인가? 물 위에서 이상하고 만만치 않은, 무시무시하게 무뚝뚝한 인간과 단둘이서, 여행자는 자기의 뜻을 관철할 아무 방도도 가지고 있지 않았다. 그리고 자기가 기분을 상하지 않는다면 얼마나 포근하게 쉴 수 있을 것이던가! 그리고 이 항해가 오래 계속되기를, 언제까지나 계속되기를 바라고 있었던 것이 아니던가? 모든 일을 그대로 내버려 두는 것이 가장 현명한 일이었다. 그것이 제일 유쾌한 일이기도 하다. 뒤에서 배를 젓고 있는 독단적인 뱃사공의 노가 움직임에 따라 그가 앉아 있는 낮고 까만, 방석 달린 안락의자가 보드랍게 흔들거리며 게으름의 매력을 발산하는 것같이 보였다. 악한의 손아귀 속에 빠져 버렸다는 생각이 꿈과 같이 아센바하의 마음속을 스쳐갔다—자기의 생각을 불러올려서 적극적인 방비를 강구할 힘도 없었다. 모든 것이 단순한, 돈을 강탈하기 위한 목적일지도 모른다는 생각이 한층 불쾌하게 여겨졌다. 일종의 의무감이나 자존심, 말하자면 그러한 것을 미리 방비하지 않으면 안 된다는 생각이 다시 한 번 그의 정신을 가다듬게 했고, 그래서 그는 용기를 내서 물어 보았다.

"뱃삯을 얼마를 달라고 하는 거요?"

그러자 그 뱃사공은 그의 머리 위를 건너서, 멀리 앞을 바라보며 대답하였다.

"뱃삯은 주셔야지요."

거기에 대하여 무어라고 대꾸할 것인가는 처음부터 명백하였다. 아센바하는 기계적으로 말하였다.

"나는 한 푼도 안 물겠소. 절대로 안 물겠소. 만일 내가 원하지 않는 장소로 배를 몰아간다면."

"당신은 리도로 가시기를 원하지 않습니까?"
"그러나 당신하고는 가고 싶지 않아."
"잘 모셔다 드리겠습니다."

그것은 사실일 거야, 라고 아센바하는 생각하였다. 그리고 긴장을 풀었다. 그것은 사실이야. 넌 나를 잘 모셔다 주겠지. 심지어 나의 돈을 목적으로 등뒤에서 놋대로 한 대 후려갈겨 나를 저승으로 보내더라도 너는 나를 잘 모셔다 드린 것이 될 것이란 말이지.

그러나 그와 같은 일은 일어나지 않았다. 오히려 동행인이 생기기까지 하였다. 그것은 남녀의 음악적인 길도둑을 태운 보트였다. 그들은 기타와 만돌린에 맞추어서 노래를 부르고, 배에다 배를 바짝 대어 염치없이 외국 노래로 물 위의 조용함을 채우며 돈벌이를 바라는 것이었다. 아센바하는 그들이 내민 모자 속에 돈을 던져 넣었다. 그러자 그들은 노래를 멈추고 배를 저어서 사라져 버렸다. 그래서 곤돌라 뱃사공의 중얼거리는 소리가 다시금 들리게 된 것이다. 돌발적이며 간헐적으로 혼잣말을 계속하는 것이었다.

그리하여 도착하였다. 도시로 향하는 기선이 남겨 놓은 물결에 흔들리면서 곤돌라는 목적지에 도착한 것이다. 두 사람의 시청 직원이 두 손을 등뒤로 돌리고 얼굴을 바다 쪽으로 향한 채 바닷가에서 왔다갔다하고 있었다. 아센바하는 갈고챙이 장대를 들고 서 있는 노인의 부축을 받으며 곤돌라에서 내렸다. 그리고 가교를 건넜다. 그런데 잔돈을 가지고 있지 않아서 잔교(棧橋) 곁에 있는 호텔로 들어가서 잔돈을 바꾸어, 뱃사공이 요구하는 대로 뱃삯을 지불하려고 하였다. 현관 바로 앞에서 용무를 마치고 다시 돌아와 보니, 바닷가에 있는 손수레 속에 자기의 짐은 있었으나 곤돌라와 그 사공은 사라지고 없었다.

"그놈은 도망쳤답니다." 하며 갈고챙이 장대를 든 노인이 말하였다. "나쁜 놈이지요. 면허장을 가지고 있지 않았답니다, 선생님. 그놈은 면허장 없는 단 하나의 사공이랍니다. 다른 사공들이 이리로 전화를 해서 자기가 붙들리게 되었다는 것을 알았지요. 그래서 도망쳤습니다."

아센바하는 어깨를 치켜올려 보였다.

"선생님은 공짜로 타고 오신 셈이지요." 하며 노인은 모자를 앞으로 내밀었다. 아센바하는 돈을 던져 주었다. 그리고 짐을 호텔로 운반하라고 지시하고 손수레 뒤를 따라 가로수길을 따라 걸어갔다. 그것은 양쪽에 술집과 잡화상과 하숙집이 있으며, 섬 위를 가로 건너 해변에까지 통하고 있는 거리, 하얀 꽃들이 만발한 가로수 거리였다.

그는 뒷문을 통하여 커다란 호텔로 들어갔다. 정원으로 향해진 테라스를 지나 들어가서 널따란 현관을 통과하여 사무실인 방으로 가게 되었다. 미리 통지를 보냈기 때문에 공손하게 예정된 대로 영접을 받았다. 까만 코밑수염과 프랑스식 연미복을 입은, 조그마하고 조용하고 아첨하는 듯이 공손한 지배인이 삼층의 예정된 방까지 승강기를 타고 안내하였다. 그 방은 벚나무로 만든 가구로 가꾸어진 기분좋은 방이었으며, 코끝을 자극하는 강한 향기의 꽃을 장식하여 놓아 두었다. 그리고 넓은 바다를 향한 경치가 한눈에 들어오는 창들이 있었다. 그는 안내인이 나간 다음에 그 창문 중의 하나로 다가갔다. 그리고 등뒤에서 자기의 짐이 운반되어 들어오고 방 안에 정돈되어 가는 동안 사람이 드문 오후의 해안과 햇빛이 비치지 않은 바다를 바라보았다. 때마침 밀물 때여서 나지막하고 길게 뻗친 파도가 조용하게 일정한 박자로서 해안으로 밀려오고 있었다.

고독하고 말없는 사람의 관찰과 사건은 사교적인 사람의 그것보다 더 한층 몽롱하며 절실한 것이다. 생각은 한층 더 무겁고 한층 더 기괴하고 게다가 반드시 일말의 애수를 띄고 있는 것이다. 한 번 쳐다보든지 한 마디의 말을 하든지 한 번 웃고 치워 버리든지 할 수 있는 형상이나 감각도 그런 사람에겐 너무 심하게 마음에 걸리고 침묵 속에 깊이 파고 들어가게 되어, 뜻깊은 것이 되고 체험이 되고 모험이 되고 감정이 되는 것이다. 고독은 독창적인 것, 이상하고도 기막히게 아름다운 것을, 또는 시(詩)라는 것을 성숙시킨다. 고독은 또한 도착(倒錯)된 것, 균형이 안 잡힌 것, 어리석은 것, 괘씸한 것, 그런 것들도 성숙시킨다—그런 이유로 베니스에 오기까지의 여러 가지 현상, '귀여운 아가씨'니 뭐니 헛소리를 한 보기 흉한 늙은 멋쟁이, 영업 금지를 당한 곤돌라 뱃사공, 그러한 것들이 아직도 그 여행자의 마음을 불안하게 하고 있었다. 그런 것이 이성에 대하여 곤란을 제지하는 것이 아니건만, 그리고 사실상 심사숙고할 재료를 주는 것도 아니건만 그가 느낀 바에 의하면 모든 것이 그 자체로 지극히 이상한 것이었고, 아마도 그러한 모순이 마음을 불안하게 만드는 것 같았다. 그 사이에 그는 바다에 대하여 눈으로 인사를 하고 베니스를 그렇게 가까이서 의식하는 기쁨을 느끼었다. 마침내 그는 창가에서 떠나 얼굴을 씻고, 하녀에게 방을 편안하게 만들도록 몇 가지 지시를 하였다. 그 다음에 초록색 제복을 입고 있는 승강기 운전사의 도움으로 아래층으로 타고 내려왔다.

바다를 향해 있는 테라스에서 차를 마시고 밖으로 내려갔다. 바닷가의 산보길을 따라 걸어서 호텔 엑셀시올이 있는 방향으로 상당한 거리를 가보았다. 다시 돌아왔을 때는 벌써 저녁식사를 위하여 옷을 갈아입어야 할 시간인 것 같았다. 그는 몸치장을 하면서 일을 하는 버릇이 있었으므로 습관대로 천천히, 그리고 면밀하게 옷을 갈아입었다. 거기에는 호텔 손님들의 대부분이 서로 서먹서먹하게, 겉으로는 서로 무관심한 체하며, 동시에 모두들 식사를 기다리며 모여 있었다. 그는 테이블에서 신문을 한 장 집어들고 가죽 안락의자 위에 걸터앉았다. 그리고 주위의 사람들을 살펴보았다. 그가 처음에 머물렀던 유원지의 손님들과는 판이하다는 것을 발견하였다. 그것은 그에게 좋은 의미로 다른 것이었다.

관대하고, 여러 가지 물건을 함께 포함하는 널따란 광경이었다. 큰 나라들의 말소리가 나지막하게 서로 섞여서 들려왔다. 어디에서나 통하는 밤의 예복은 교양인의 제복으로서 외면상 인간적인 여러 가지 종별을 하나의 예의 있는 단일체로 총괄하고 있었다. 미국 사람의 단조롭고 길쭉한 얼굴 표정이 보이는가 하면, 식구 많은 러시아 사람의 한 가족이 있고, 영국 귀부인네들, 프랑스 보모가 달려 있는 독일 아이며, 바로 옆에서도 폴란드 말을 하는 것을 들을 수 있었다.

동으로 만든 조그만 탁자를 둘러싸고 앉은 것은 가정교사인지 보육자인지 모르는 부인의 감독하에 크고 작은 소년 소녀들의 일행이었다. 열댓 살부터 열일곱 여덟 살까지 되어 보이는 세 사람의 처녀, 그리고 아마 열댓 살쯤 됐을 것 같은 머리가 긴 소년이었다. 아센바하는 그 소년의 완벽한 아름다움에 적지 않이 놀랬다. 그의 얼굴을 창백했고, 우아하게 조용하였으며, 꿀 빛깔의 머리카락이 윤곽을 지우고 있었다. 똑바르고 매끈한 콧대와 사랑스러운 입, 보드랍고 신성한 인상을 주는 진지한 표정—그것은 가장 고귀하였던 시대의 그리스 조각을 연상시키는 것이었다. 그것은 형태에 있어서 극도로 순수한 완전성이었으며 동시에 비길 데 없이 개성적인 매력을 가지고 있었다. 그래서 그것을 응시하고 있는 아센바하는 자연 속에서도, 조형미술 속에서도 그만큼 잘된 것을 만나 본 적이 없다고 생각하였다. 더 나아가 눈에 띈 것은 그들 남매들의 의복과 그밖의 행실의 기준이 되어 보이는 교육적인 관점 사이의 명백한, 근본적인 대조(對照)였다. 세 소녀들의 복장은 보기 싫도록 무미하고 정숙하였다. 그 중 큰아이는 어른이라고 볼 수도 있었는데 역시 마찬가지였다. 그들이 입고 있는 옷은 똑같이 수도원의 복장처럼 슬레이트 빛깔이었으며, 어중간한 길이로 소박하고, 일부러 어울리지 않게 재단을 한 것이었다. 하얀 칼라가 단 하나의 산뜻한 점일 뿐이고, 그 외는 모두 그들의 몸맵시를 없애고 억누르고 본데없이 하였다. 머리카락이 머리에 찰싹 달라붙어 얼굴을 여승같이 공허하고 무표정하게 보이도록 하였다. 틀림없이 그들의 어머니가 그와 같이 만든 것 같았다. 그러나 그 어머니는 딸들에게 취하였던 교육적인 엄격함을 그 소년에게는 적용시켜 보려고도 하지 않았을 것이다. 애정과 자애가 눈에 띄게 그 사내아이의 생활을 규정하고 있었다. 그 소년의 아름다운 머리카락에는 가위를 대는 것을 꺼려한 것 같았으며, 마치 가시를 뽑는 소년(고대 로마의 미소년의 조상(彫像))에서 보이는 바와 같이 머리카락이 구비쳐서 이마로, 귀 위로, 심지어 목 아래까지 내려 덮여 있었다. 영국식의 세일러 양복은 너글너글한 옷소매가 팔목에 와서 좁아지고, 소년의 어린이다운, 그러면서도 날씬한 손의 섬세한 관절에서 바싹 죄어져 있었으며, 그 양복의 줄과 넥타이, 자수 등이 그 소년의 맵시 있는 자태에다 한층 풍만하고 사치스러운 기색을 더해 주고 있었다. 소년은 관찰하고 있는 아센바하에게 옆모습만 보이고 앉아 있었다. 새까만 에나멜 구두를 신은 한쪽 발은 다른 쪽 발 위에 올려져 있었으며, 한쪽 팔꿈치는 등나무 의자의 팔받침 위에 기대고, 마주잡은 손 위에 뺨을 괴고 있었다. 제멋대로의 자세였지만 그 속에 품위가 보였으며, 그의 누나들에게는 습성이 되어 있는, 거의 비굴하게 보이는 부자연성은 전혀 보이지 않았다. 그애는 몸이 아픈 것일까? 왜냐하면 그의 얼굴 피부가 그 둘레에 윤곽을 지우고 있는 곱슬머리의 진한 금발과 비교해서 상아처럼 순백하게 눈에 띄었기 때문이다. 그렇지 않으면 그애는 다만 특별한 편애를 받고 있는 연약하고 버릇없는 귀염둥이일까? 아센바하는 후자를 믿고 싶었다. 어느 예술가의 성질에 있어서도 미(美)를 창조하는 불공평을 인정하고, 귀족적인 특별 대우에 대하여 동감과 복종을 받치고 싶어하는 것이 그들의 사치스럽고 배반적인 천성이라고 할 수 있을 것이다.

급사가 이리저리 돌아다니며 영어로 식사 준비가 다 되었다고 알려 주었다. 손님들은 하나둘 유리문을 지나서 식당 안으로 사라졌다. 늦게 온 사람들은 현관 쪽에서, 혹은 승강기에서 내려와서 곁을 지나갔다. 식당 속에서는 서비스가 시작되었다. 그런데도 폴란드 사람들은 그들의 등탁자 둘레에 그대로 앉아 기다리고 있었다. 그리고 아센바하는 깊숙한 안락의자에 편안하게 파묻혀서 아름다움을 눈앞에 바라보며 그들과 더불어 기다리고 있었다.

몸집이 작고 뚱뚱한 붉은 얼굴의 반 귀부인인 가정교사가 마침내 일어나라는 신호를 하였다. 그 여자는 눈썹을 치켜뜨며 앉았던 의자를 뒤로 물리고 절을 하였다. 엷은 회색 옷을 입고 대단히 값진 진주로서 장식한 커다란 부인이 홀 안으로 들어왔던 것이다. 그 부인의 태도는 냉정하고 절도가 있었다. 가볍게 머리 분을 친 그의 머리 단장에서나 의복의 재단 방식에서나 고상한 것은 겸손한 것이라고 해서 취미를 제약하는 그러한 간소함이 엿보였다. 그 여자는 독일의 고관부인으로 보여질 수도 있었다. 다만 그 여자의 장식품으로 어딘지 환상적인 사치스러움이 그 여자의 모습 속에 깃들어 있었다. 장식품은 정말로 말할 수 없이 값비싼 물건이었는데, 귀걸이와 살구만한 크기의 보드랍게 미광을 발하는 진주로 된 세 줄의 대단히 길다란 목거리였다.

남매들이 벌떡 일어났다. 그들은 키스하기 위하여 어머니의 손위로 몸을 구부렸다. 어머니는 잘 손질되었으면서도 좀 피곤한 듯하게 보이는 뾰족 코의 얼굴로서, 조용한 미소를 띄운 채 아이들 머리 위로 건너 바라보며 두어 마디 프랑스말로 여자 가정교사에게 이야기하였다. 그러고 나서 유리문 쪽으로 걸어갔으며, 계집아이들이 그의 뒤를 나이 순서로 따라가고, 그 뒤에는 여자 가정교사가, 그리고 마지막에 그 소년이 뒤따라갔다. 무슨 이유에서였는지 그 소년은 그 방문을 나가기 전에 뒤돌아보았다. 그때 그 홀 안에는 다른 사람은 남아 있지 않았으므로 소년의 이상하게 희미한 회색 눈이 아센바하의 눈과 마주쳤다. 아센바하는 읽고 있던 신문을 무릎 위에 떨어뜨리고 정신없이 그들의 뒷모습을 바라보고 있었던 것이었다.

그가 본 폴란드 가족의 행동은 하나하나의 세밀한 점에 있어서 무엇 하나 특별한 것이 없었다. 그들은 어머니보다 더 먼저 식사하러 가지 않았다. 그들은 어머니가 오시기를 기다렸으며, 그에게 공손하게 인사를 하였으며, 식당을 들어갈 때도 대체적인 예의범절을 다 지켰다. 그런데 그 모든 것이 지극히 명확한, 규율과 의무와 자제가 강조되어 표시되었기 때문에 아센바하는 이상하게 마음의 감동을 일으킨 것이다. 그는 그후 잠시 머뭇거리다가 역시 그 식당으로 들어가서 자기의 자리를 지정받았다. 그 지정된 자리는 그가 약간 섭섭하게 생각한 바이지만, 그 폴란드 가족이 있는 자리와는 꽤 떨어져 있었다.

몸은 피곤하였지만 마음은 생생하여서 지루한 식사 도중에도 그는 추상적인, 아니 심지어 선험적(先驗的)인 것에 대하여 관심을 가지고 생각했다. 인체(人體)의 아름다움이 생기기 위해서는 법칙적인 것과 개성적인 것이 연결되지 않으면 안 되는 신비적 연결성에 대하여 깊이 생각하고, 거기서에부터 형태와 예술에 대한 일반적인 문제에까지 들어갔다. 그리고 마지막에는 자기의 생각과 발견이 마치 꿈 속에서는 교묘한 암시인 것이 잠을 깨기만 하면 맑은 정신으로서, 전혀 쑥스럽고 불필요한 것이 되는 것과 비슷하다는 것을 발견하였다. 그는 식사를 끝마치고 담배를 피우고 의자에 앉아 있기도 하고 이리저리 돌아다니기도 하고 향기로운 저녁때의 정원에서 잠시 시간을 보냈다. 그리고 일찌감치 잠자리로 가서 곤하게 깊은 잠을 잤다. 그러나 여러 가지 꿈을 많이 꾸었다.

다음 날도 날씨는 별로 좋지 않았다. 육지의 바람이 닥쳐왔다. 음침한 구름에 뒤덮인 하늘 밑에는 바다가 둔중하게 고요하였으며, 말하자면 주름살이 잡힌 것 같은 기분이었고, 수평선은 평범하게 가까이 놓여 있는 것 같았다. 그리고 길쭉한 모래사장이 여러 줄 노출되어 보이도록 바닷물이 물가에서 멀리 빠져 있었다. 아센바하가 창문을 열었을 때는 물가에서 썩은 냄새가 풍겨 오는 것같이 생각되었다. 불쾌감이 닥쳐왔다. 그때 이미 아센바하는 집으로 돌아가 버릴 것을 생각하였다. 몇 년 전 어느 때에 유쾌한 봄날을 며칠 보내고 나서, 이와 같은 기후가 여기서 그를 엄습하였던 일이 있었다. 그로 인해 그의 건강 상태는 대단히 손상을 받았고, 그는 도망치다시피 베니스를 떠나야만 했었던 것이다.

그런데 지금 그 당시와 똑같이 후끈후끈하는 불쾌감과 목덜미의 압박감, 그리고 눈두덩이 묵직한 증세가 나타난 것이 아닌가? 지금 또다시 체류지를 바꾼다는 것은 참으로 귀찮은 일일 것이다. 그러나 바람이 바뀌기 전에는 여기 머물러 있을 형편이 아니었다. 그는 만약을 생각해서 완전히 짐을 풀어놓지는 않았다. 아홉시에 그는 홀과 식당 사이에 있는, 아침식사를 위한 소식당에서 식사를 끝마쳤다.

그 방안에는 일류 호텔의 자랑인 엄숙한 고요함이 지배하고 있었다. 심부름하는 급사들은 발소리를 죽이며 왔다갔다하고 있었다. 찻잔이 부딪치는 소리와 낮은 목소리의 속삭임이 거기서 들을 수 있는 소리의 전부였다. 문에서 비스듬히 마주 보이는 자리에, 그의 식탁으로부터 두 테이블 떨어져서 그 폴란드 소녀들과 그들의 가정교사가 자리잡고 있는 것을 아센바하는 볼 수 있었다. 몸을 꼿꼿이 세우고 엷은 금발 머리를 윤이 나게 빗고, 눈은 불그스름하며 조그마한 흰 칼라와 커프스가 달린 푸른 색 리넨 의복을 입고 자리에 앉아서 그들은 실과 통조림을 서로 돌리고 있었다. 그들은 아침식사를 거의 끝마쳐 가고 있었다. 소년은 거기 없었다.

아센바하는 미소를 띄웠다. 오라, 조그만 게으름뱅이구나, 하고 그는 생각한 것이다. 너는 누나들과는 달리 마음껏 늦잠을 잘 수 있는 특권을 가지고 있는 모양이구나. 그러자 그는 갑자기 명랑하여져서 속으로 이와 같은 시를 읊조리어 보았다.

'몇 번이고 변경된 옷차림이며,

따스한 목욕과 휴식'

그는 별로 급하지 않게 아침식사를 마쳤다. 그때 수술 달린 모자를 벗어든 수위가 홀 안으로 들어와 몇 통의 우편물을 주어서, 그는 담뱃불을 부치며 한두 통 뜯어보았다. 그리하여 건너편에서 기다리고 있던 누나들의 곁으로 잠꾸러기 소년이 들어오는 것을 지켜볼 수 있었다. 소년은 유리문을 지나서 조용히 방을 횡단하여 누나들이 있는 식탁으로 갔다. 그 소년의 걸음걸이는 상체의 자세나 무릎의 움직임이나 흰 구두를 신은 발의 오르내림이나 말할 수 없는 우아함이 있었다. 대단히 사뿐사뿐하며 동시에 부드럽고 멋지고, 거기에다 어린이다운 수줍음으로 한층 미화(美化)되어 있었다. 그 수줍음은 그가 걸어가는 도중에 두 번 홀 쪽을 향하여 눈을 치켜떴다가는 다시 떨어뜨렸을 때 특히 잘 나타났다. 미소를 지으며 보드랍게 중얼거리는 듯한 작은 목소리로 말을 하며 그는 자기 자리에 앉았다. 그런데 그때 그 아이가 자기를 주시하고 있는 아센바하에 대하여 확실한 옆얼굴을 보여 주었기 때문에, 특히 아센바하는 새삼스레 주체할 수 없는 놀라움에 사로잡혔다. 인간의 자식으로서 정말로 신에 가까운 아름다움에 감탄하지 않을 수 없었던 것이다. 소년은 오늘 파랑과 하양의 줄이 간 리넨 블라우스를 가뿐하게 입고 있었는데, 가슴에는 붉은 비단 넥타이와 목에는 산뜻하게 세운 칼라가 하얗게 죄어져 있었다. 그런데 옷에는 고상하게 어울리지도 않는 그 칼라 위에, 꽃이 피는 듯한 머리가 비교할 수 없는 매력을 가지고 올려져 있었다.—파로스 산(産)의 대리석과 같은 노란색 광택을 지닌 에로스 신(神)의 머리였다. 눈썹은 섬세하고 진지하였으며, 뒤통수와 귀에는 직각으로 늘어져 있는 머리카락으로 어둡고 보드랍게 뒤덮여 있었다.

참 잘생겼다고 아센바하는 때때로 예술가가 걸작의 작품을 바라보고 황홀한 감탄을 나타내는 그 전문가적인 냉정한 시인(是認)의 마음으로 그렇게 생각했다. 그리고 계속해서 생각하기를—정말로 바다와 해변이 나를 기다려 주지 않더라도, 네가 여기 있는 한, 나도 여기 머무르겠다! 그래서 아센바하는 호텔의 종업원들이 이상하게 생각하며 지켜보는 것도 모른 채 넓은 홀을 지나서 큰 테라스로 내려갔다. 거기서 똑바로, 널빤지로 된 작은 다리를 건너, 호텔 손님 전용으로 울타리를 쳐 놓은 해변으로 나왔다. 리넨 바지에 마도로스식 블라우스를 입고 밀짚모자를 쓴 맨발의 노인이 거기서 해수욕 손님들을 안내하고 있었다. 그는 그 노인에게 해변 막사를 하나 빌려서는 테이블과 안락의자를 모래투성이의 널판 위에 내놓도록 하였다. 그리고 스스로 바다 쪽으로 더 끌어서 누릇누릇한 모래 위에 놓여진 안락의자에 편안히 파묻혔다.

해변의 광경, 넓은 바닷가에 문명(文明)이 아무 걱정 없이 관능적으로 향락하고 있는 모양, 그것은 언제 보아도 그를 재미나고 기쁘게 해주는 광경이었다. 회색의 편편한 바다는 벌써 첨벙거리는 아이들과 수영하는 사람들, 두 팔을 턱밑에 받치고 모래 위에 엎드려 있는 가지각색 사람들의 모습으로 활기를 띄고 있었다. 또 한편에서는 빨갛고 파랗게 색칠한, 조그만 용골(龍骨) 없는 보트들을 타고 돌아다니다가 웃으면서 배를 뒤집어 업는 사람들도 있었다. 막사가 길게 줄지어서 세워 있는 앞에—그 막사들은 앞에 조그마한 단이 붙어 있어서 마치 베란다에 앉는 것같이 사람들이 앉아 있었다. —그 앞에는 장난치는 사람들, 축 늘어져 있는 휴식, 방문과 잡담, 그 분위기의 자유스러움을 이용해서 대담하고 안락하게 벌거숭이가 있는가 하면, 그 옆에는 꼼꼼한 아침의 화장도 있었다. 전면의 축축하고 딱딱한 모래 위에 하얀 수영복이나 너글너글한 짙은 색의 속옷을 입고 어슬렁거리며 산보하는 사람도 있었다. 오른쪽에는 아이들이 만들어 놓은 복잡한 성이 있었으며, 조그마한 각국 나라의 기들이 꽂혀 있었다. 조개 껍데기와 과자, 실과 등을 파는 사람들은 무릎을 끓은 채 상품을 벌려 놓고 있었다. 왼쪽에는 다른 막사들과 바다와 비스듬히 마주보는 몇 개의 막사가 세워져 있었다. 그 막사는 그쪽에서 해변의 맨 끝을 이루고 있었는데 그 앞에 러시아 사람의 한 가족이 천막을 치고 있었다. 수염이 달리고, 큼직한 치아들을 보이는 남자들, 힘없이 축 쳐진 여자들, 발틱 출신인 것 같은 처녀—그 처녀는 화판 앞에 앉아서 절망의 감탄사를 올리면서 바다를 스케치하고 있었다. 그리고 온순하고 보기 싫게 생긴 두 아이들, 수건을 쓴 한 사람의 나이 먹은 하녀—그 하녀는 고분고분하고, 노예처럼 공손한 태도를 가지고 있었다. 그들은 모두 향락을 하며 거기서 생활을 하고 있었다. 말 안 듣고 발광을 하는 아이들의 이름을 끊임없이 불러대기도 하고 과자를 파는 익살맞은 노인과 더불어 이탈리아 말로 몇 마디 오래도록 농담을 하기도 하고, 서로 뺨에 키스하고, 자기들의 인간적인 공동생활을 누가 보거나 말거나 하등 상관하지 않았다.

나 역시 이대로 체류해야겠다고 아센바하는 생각하였다. 어디를 가면 더 나은 곳이 있겠는가! 두 손을 무릎 위에 포개 놓고 그는 시선을 멀리 바다로 던져 보았다. 단조롭고 황막한 아침 안개 속에서 시선은 미끄러져 몽롱해지고 안 보이게 되었다. 그는 깊은 이유로 바다를 사랑하였다. 힘든 일을 하고 있는 예술가는 여러 가지 현상이 가지고 있는 다양성을 피하여 단순한 것, 광대한 것의 품안에 몸을 숨기려는 충동이 있다. 마디가 없는 무질서한 것, 무제한적인 것, 영원한 것, 다시 말하면 허무에 대하여 그것이 자기 자신의 사명과 정반대가 되는 금지된 것이기 때문에, 동시에 그 이유로 한층 유혹적인 애착이 생기는 것이기 때문에 그는 바다를 사랑한다. 완전한 것에 의지하여 휴식한다는 것은 우수한 것을 만들려고 노력하는 자의 갈망이다. 그런데 '허무'는 완전히 한 형태가 아닐까? 아센바하가 그와 같이 깊이 허공을 바라보며 꿈꾸고 있을 때 갑자기 바닷가의 지평선상에 하나의 인간의 모습이 가로놓였다. 그래서 그는 무제한 속의 시선을 다시 거두어 거기에 집중했다. 그것은 왼쪽으로부터 나타나서 바로 자기 앞을 걸어가는 그 아름다운 소년이었다. 소년은 맨발이었으며, 물 위를 걸어갈 준비로 그 날씬한 정강이를 무릎 있는 데까지 노출시키고 있었다. 신을 신지 않고 돌아다니는 것에는 익숙하다는 듯이 천천히, 그러나 가뿐하고 으쓱하게 걷고 있었다. 그가 비스듬히 세워져 있는 막사 쪽을 돌아보았다. 그러고는 그쪽에 러시아 사람들의 가족이 낙관적으로 떠들고 있는 것을 발견하고 경멸의 불쾌감을 내보이며 얼굴 표정을 흐리게 하였다. 이마는 어두워지고 입이 비쭉 위로 솟구쳤으며 입술에서부터 한쪽으로 격분된 찌푸림이 생기고, 그것이 뺨까지 전파되어 눈썹이 몹시 주름지고, 그 압력으로 눈이 깊게 패어졌다. 그리고 분노와 음울 속에 증오의 말마디가 새어나왔다. 소년은 시선을 떨어뜨렸다. 그리고 다시 한번 위협하듯 되돌아보고 나서, 강력하게 내던지는 듯이 어깨로 휙 돌아서는 동작을 하고, 그대로 적에게 등지고 말았다.

일종의 보드라운 감각이라고 할까, 또는 놀라움이라

고 할까. 무슨 존경심과 수치심이 합친 것 같은 것이 아센바하로 하여금 아무것도 눈으로 보지 않았다는 듯이 고개를 돌리게 만들었다. 그 이유는, 우연히 그와 같은 격정을 관찰하게 된 엄숙한 그에게는 소년의 체험을 자기 자신에게 이용하기가 매우 불쾌했기 때문이다. 그는 그러나 명랑한 기분이 되고 동시에 마음의 동요를 느꼈다. 다시 말하면 행복한 기분이 된 것이다. 인생의 가장 온순한 단편에 대하여 보내어진 그 어린이다운 열광(熱狂)—그것은 신성하고 무의미한 것을 인간적인 관계 속에 두었다. 그는 다만 눈을 기쁘게 하는 데에 더 깊은 관심을 둘 가치가 있는 것이라고 생각하게 되었다. 그리고 그러지 않아도 그 아름다움 때문에 의의가 깊은 그 나이 어린 소년의 모습에, 소년이라는 그 연령을 떠나서 진지하게 고찰을 할 가치가 있는 계기를 부여하였다. 아센바하는 고개를 그대로 돌린 채 그 소년의 목소리를 들었다. 맑고 약간 약한 듯한 목소리였는데, 멀리서 모래성을 가지고 놀고 있는 아이들에게 자기가 온 것을 알리면서 인사를 하는 소리였다. 아이들은 그 소년에게 대답하였다. 즉, 그 소년의 이름 또는 그 이름의 애칭을 몇 번이고 마주 부른 것이다. 아센바하는 일종의 호기심으로 그 소리를 들었다. '아지오' 또는 '아지우'라고 끝의 U자음이 길게 뽑아서 불려지는 음률적인 두 음절밖에는 더 자세히 들리지 않았다. 그는 그 소리에 기뻐하였다. 그 소리의 울림이 기분좋았으며, 그 대상에 대하여 알맞다는 것을 깨달았다. 그래서 속으로 그 소리를 뇌까려 보고 만족스러운 기분을 얻어, 자기의 편지와 원고를 마주하게 되었다.

조그마한 여행용 필기 도구를 무릎 위에 올려놓고 만년필로서 이것저것 일을 해치우려고 시작한 것이다. 그런데 15분 후에는 벌써 그것을 못마땅하게 생각하였다. 다시 말하면, 자기가 아는 가장 향락할 가치가 있는 지금 이 시간을 그와 같이 평범한 일로 보내 버린다는 것을 애석하게 생각한 것이다. 그는 필기 도구를 옆으로 밀쳐 놓고 바다를 향해서 다시 돌아앉았다. 그리고 얼마 되지 않아 어린아이들이 모래 장난을 하는 소리에 이끌리어 머리를 안락의자의 등판에 기댄 채 오른쪽으로 돌렸다. 그 아름다운 아지오가 무엇을 하며, 어디 있는가를 다시 찾아보기 위해서였다.

첫눈으로 그애를 발견할 수 있었다. 가슴에 있는 빨간 리본 때문에 찾기가 쉬웠던 것이다. 다른 아이들과 한데 어울려서, 모래성의 물이 고인 흠 위를 다리 놓기 위하여, 한 조각의 낡은 널빤지를 걸쳐 놓으며 무어라고 소리도 치고, 머리로 끄덕이기도 하며 그 일의 지휘를 하고 있었다. 거기에는 그와 더불어 열 명 가량의 아이들이 있었다. 그애와 같은 나이 또래, 또는 한두 살 더 어린 소년과 소녀들이었는데, 그들은 여러 가지 나라의 말, 즉 폴란드 말, 프랑스 말, 또는 발칸 지방의 사투리 등을 서로 뒤섞으며 지껄이고 있었다. 그러나 하여간에 그애의 이름이 무엇보다도 제일 빈번하게 들려온 것이다. 명백하게 그 소년은 여러 아이들에게 인기였으며, 사랑받고, 경탄의 대상이 되는 것이다. 그 중에서도 특히 한 사람, 그애와 같이 폴란드 사람처럼 보이고, 새카만 머리에 포마드를 바르고 리넨 양복을 입은 야슈라고 비슷하게 불리는 든든한 체격의 소년은 그의 가장 가까운 부하이며 동무인 것 같았다. 그 둘이는 모래성을 완성하자 한데 엉겨서 해변을 걸었으며, 그 야슈라고 불리는 소년은 아름다운 소년에게 키스하였다.

아센바하는 손가락으로 그자를 위협하고 싶은 기분이었다. '나는 너에게 충고하노니 크리토부로스여.' 그는 미소를 띄며 그렇게 생각하였다. '일 년 동안 여행을 떠나가라! 적어도 네가 병이 나을 때까지는 그만한 시간을 필요로 할 것이라' 그러고 나서 그는 아침 요기로, 행상인으로부터 산, 크고 잘 익은 딸기를 먹었다. 날씨는 대단히 무더웠다. 태양은 아직도 하늘의 안개층을 꿰뚫을 수 없었건만. 감각은 조용한 바다의 거대하고 도취적인 감촉을 맛보고 있는 한편, 정신은 게으름 속에 푹 파묻혀 있었다. 대략 '아지오' 비슷하게 들렸던 그 이름은 어떤 이름일까, 그것을 추측하고 탐구하는 것이 그 신중한 작가 아센바하에게 적절하고 전적인 과제이며, 일인 것같이 보였다. 그래서 자기가 조금 알고 있는 폴란드 말의 기억을 더듬어, 그것이 '타지오'임에 틀림없다고 생각하였다. 즉, 그것은 '타데우스'로부터의 줄

임 꼴이며, 발음할 때에 따라 '타지우'라고도 들리는 것이라는 결론에 도달하였다.

타지오는 수영을 하고 있었다. 그 아이를 눈에서 잊어버리고 있었던 아센바하는 그의 머리와 그의 팔을 훨씬 떨어진 바다 속에서 다시 발견하였다. 소년은 손으로 노질을 하듯, 바다 속을 걸어가고 있었다. 바다는 멀리까지 잔잔한 모양이었다. 그러나 곧 사람들이 그 아이를 근심하는 것 같았으며, 벌써 여자들의 목소리가 막사에서 그를 불러댔다. 또다시 그의 이름 소리가 터져나와서 거의 하나의 합창처럼 그 소리가 바닷가에 퍼지게 되었다. 그 이름은 보드라운 당소리와 마지막이 길게 끌리는 'U' 소리가 있어서, 달콤하면서도 동시에 야성적인 기색이 있었다. '타지우! 타지우!' 그 아이는 되돌아왔다. 거슬리는 물을 발로 박차서 거품을 일으키고, 머리를 반짝 들어 뒤로 젖히고, 그는 물 속을 뛰었다. 그리고 소년다운 귀여움과 날카로움을 갖는 그 생생한 자태는 고수머리로부터 물을 뚝뚝 떨어뜨리며, 하늘과 바다의 깊은 곳에서 솟구치어 나온 아름다운 신과 같이 물에서 태어나 물에서 빠져나가는 광경—그 광경을 바라다보는 것은 정말로 신화적(神話的)인 연상을 불러일으키는 것이었다. 그것은 태초의 시대에 대하여, 형태의 근원과 신(神)들의 탄생에 대하여 이야기하는 시인의 말마디와도 같았다. 아센바하는 눈을 감은 채 가슴속에 울리기 시작한 그 노랫소리를, 귀기울여 들었다. 그리고 다시 한 번 여기는 좋은 곳이라고, 여기에 머물러야겠다고 생각하였다. 그후 타지오는 수영의 피로를 풀면서 모래사장 위에 누웠다. 오른쪽 어깨 밑에 깐 하얀 수건에 감싸여서 머리를 벌거숭이 팔 위에 베고 누운 것이다. 그래서 아센바하는 그 소년을 보고 있지 않을 때에도, 자기 책의 몇 장을 읽고 있을 때까지도 거의 계속적으로 그애가 거기 누워 있다는 것, 그리고 그 놀라운 아름다움을 보기 위해서는 단지 머리를 약간 오른쪽으로 돌리기만 하면 된다는 것을 잊어버리지 않고 있었다. 그는 마치 거기 쉬고 있는 아이를 지키기 위하여 앉아 있는 것과 같은—자기의 일에 종사하면서 동시에 과히 멀지 않은 오른쪽 자리에 그 고귀한 인간상을 계속적으로 감시하면서 거기에 앉아 있는 것 같은 호의, 즉 자기 자신을 희생하고 마음속에서 아름다움을 만들어 내는 사람이, 그 아름다움을 가지고 있는 사람에게 느끼는 감동적인 애착심(愛着心)이 그의 마음을 가득 채우고 벅차게 하였다.

정오가 지나자 그는 물가를 떠나 호텔로 돌아왔다. 거기서 자기 방 앞까지 승강기로 운반되었다. 방 안에서 그는 오래도록 거울 앞에 머물었으며, 자기의 회색 머리와 피곤하고 날카로운 얼굴을 관찰하였다. 그 순간 그는 자기의 명성을 생각하고, 길거리에서 많은 사람들이 자기를 알아보는 것을 생각하였다. 그들이 자기의 적절하고 고상하게 장식된 말 때문에 자기를 공손한 태도로 바라본다는 것을 생각하였다.—하여간에 생각나는 범위 안에서, 모든 외적인 재능이 이룩한 성과를 머릿속에 불러올린 것이다. 그리고 심지어 자기가 귀족의 신분을 갖게 된 것까지 생각해 보았다. 그 다음에 점심식사를 하러 홀에 내려가서 자기 식탁에 앉아 식사를 하였다. 식사가 끝나고 승강기에 올랐을 때, 젊은 친구들이 역시 식사를 끝마치고 그를 따라 흔들거리는 그 작은 공간 속으로 몰려왔다. 타지오도 또한 승강기 속으로 들어왔다. 그가 아센바하의 바로 곁에 서게 되어서, 처음으로 아센바하는 그 아이를 조소적인 먼 거리에서가 아니라, 자세히 소년의 인품의 세밀한 부분을 관찰하고 알아볼 수 있었다. 누군가가 그 소년에게 말을 걸자 그는 말할 수 없이 귀여운 미소를 짓고 대답을 하였다. 이층에 이르자 벌써 시선을 떨어뜨리고 뒷걸음질하며 승강기로부터 나가 버렸다. 아름다움이 수줍게 만든 것이라고 아센바하는 생각하였다. 그리고 그 이유를 아주 심각하게 생각해 보았다. 그러나 그는 타지오의 이가 퍽 좋지 않다는 것을 알아차렸다. 끝이 좀 삭았으며 창백한 빛깔로 건강한 광택은 조금도 없었다. 어딘지 연약하고 때로는 황달병 환자에게서나 볼 수 있는 투명한 이였다. 그애는 대단히 연약하구나, 병이 든 모양이구나, 하고 아센바하는 생각하였다. 그애는 아마 오래 살지 못할 것이다. 그리하여 그는 그러한 생각에 따르는 만족감과 안심의 기분이 어떻게 해서 나타난 것인가 규명하는 일을 단념하였다.

그는 자기 방에서 두 시간쯤 보낸 다음에, 오후에는 똑딱선을 타고 썩은 냄새가 나는 항구를 지나 베니스로 갔다. 산 마르코 근방에서 배를 내려, 그 광장의 찻집에서 차를 마시고, 베니스에서의 일정에 따라 거리를 산보하기 시작하였다. 그런데 그의 기분, 그의 결심을 완전히 돌변하게 만든 것은 바로 그 산보였다.

기분에 거슬리는 텁텁한 무더움이 거리 위에 가득 차 있었다. 공기는 빽빽하였으며 주택과 상점과 조그만 요릿집들에서 풍겨 나오는 기름 냄새, 향료의 안개, 그밖에 가지각색의 냄새가 꽉 들어차서 흩어지려고도 하지 않았다. 담배 연기까지 그 자리에 머물러, 서서히 흩어질 정도였다. 좁다란 거리에 사람들이 가득 차서 그 산보하는 사람을 유쾌하게 하기는커녕 괴롭혀 주는 것이었다. 오래도록 걸을수록 그 불쾌한 상태는 한층 더 고통스럽게 그를 괴롭혔으며, 그 상태는 바닷바람이 시로코와 한데 합치어 만들어 내는 분위기였으며, 동시에 그것은 흥분과 무기력을 의미하는 상태였다. 고통스러운 진땀이 비져나오고, 앞이 보이지가 않게 되고, 가슴이 답답하고, 열이 일어나는 것 같았다. 머리에서는 혈관의 피가 욱신욱신하였다. 그는 도망가다시피 하여 사람이 많은 상점 거리를 벗어나, 다리를 건너서 빈민촌으로 들어섰다. 거기서는 거지들이 그를 괴롭혔다. 그리고 운하에서 나오는 악취가 숨을 답답하게 하였다.

어느 고요한 장소, 베니스의 한 중간에 있는 망각된 장소, 마치 마술에 걸린 것 같은 기분이 드는 장소인 어느 분수 가에서 그는 이마의 땀을 씻었다. 그리고 다시 떠나야만 한다는 것을 깨달았다. 두 번째로 그리고 결정적으로, 이와 같은 기후의 이 도시가 자기에게 지극히 해롭다는 것이 증명되었다. 고집을 부리고 그대로 남아 있는다는 것은 이성에 어긋나는 일인 것 같았다. 바람기가 바뀔 것이라는 전망은 전혀 가질 수 없었다. 신속히 결단을 내리는 것이 필요하였다. 지금 당장 집으로 돌아간다는 것은 곤란한 일이기는 했다. 지금 자기의 여름 거처도 겨울 거처도 자기를 받아들일 준비가 되어 있지 않는 것이다. 그러나 여기만이 바다와 해변이 있는 것이 아니라, 나쁜 항구와 그 악취의 부속물이 없는 바다와 해변이 다른 곳에는 있을 것이다. 그는 트리에스트에서 과히 멀지 않은 조그마한 해수욕장을 기억하였다. 왜 거기로 가지 않는 것일까? 그리하여 다시금 체류지를 변경한다는 수고가 보람을 얻기 위해 주저 없이 단행하여야 하지 않을까. 그는 스스로 결심한 것을 선언하고 그 자리에서 일어섰다. 다음 곤돌라 정거장에서 한 척의 배를 잡아타고 그는 운하의 컴컴한 미궁을 지나 사자의 상이 측면에 붙어 있는 아름다운 대리석 발코니의 밑을 빠져 나와, 미끈미끈한 돌담의 모퉁이를 꼬부라져서, 흔들거리는 수면에 커다란 상점 간판을 비추고 있는 쓸쓸한 성곽의 정면을 지나서, 산 마르코에 다다랐다. 거기까지 가는 데는 상당히 힘이 들었다. 왜냐하면 곤돌라의 사공이 레이스 공장과 유리상품 공장과 결탁하여 그 도중에 물건을 구경하고 사가라고, 도처에서 그를 내리게끔 시도하였기 때문이다. 베니스를 통해서 그와 같이 괴상한 뱃놀이를 한다는 것은 매력적인 일이기는 하였지만, 그와 같은 몰락한 영업의 좀도둑 같은 장사치들의 근성이, 그의 기분을 또다시 불쾌하게 만드는 데 힘을 줄 뿐이었다.

호텔에 돌아와서 그는 저녁식사도 끝마치기 전에 사무실에 가서 생각지 않은 사정 때문에 내일 아침 출발해야겠다고 통고하였다. 섭섭하게 되었다고 하며 그의 계산서가 작성되었다. 그는 식사를 마치고 훈훈한 저녁때를, 신문을 읽으며 뒤뜰에 있는 흔들거리는 안락의자에 앉아서 시간을 보냈다. 잠자리로 들어가기 전에 그는 완전히 짐을 꾸려서 출발할 준비를 해놓았다.

그는 또다시 출발할 일이 눈앞에 닥쳐 마음이 들뜬 까닭인지 잠을 잘 자지 못하였다. 아침에 창을 열었을 때도 하늘은 역시 구름이 끼어 있었다. 그러나 공기만은 약간 더 신선한 것 같았다. 그것을 보자 벌써 후회가 되기 시작했다. 그렇게 성급하게 통고를 한 것이 잘못된 게 아닐까? 만일 자기가 그 통지를 조금만 더 참고 하지 않았더라면—만일 그렇게 급히 실망하지 말고, 베니스의 풍토에 익숙해지려고 노력을 하든지, 또는 일기가 호전하는 것을 조금만 기다렸더라면 지금쯤은 이렇게 바쁘고 힘들이지 않고, 어저께와 같이 해변에서의 조용한 시간을 누릴 수 있을 것이건만, 이제 너무나 늦었다. 이제 와서는 어제 원하였던 바를 그대로 진행시키지 않을 수가 없는 것이다. 그는 옷을 입고 여덟시에 아침식사를 하러 아래층으로 내려갔다.

아래층 소식당에는 그가 들어갔을 때 아직 손님이 한 사람도 없었다. 식탁에 앉아서 주문한 음식을 기다리고 있는데 몇몇 사람들이 나타났다. 찻잔을 입에 대고 그는 폴란드 소녀들이 보호자와 더불어 들어서는 것을 보았다. 엄격하고 아침 원기에 차서, 눈 주위를 불그레하게 붉히고 창가에 있는 그들의 식탁으로 걸어갔다. 그 후 즉시 문지기가 모자를 벗어들고 출발시간이 되었다고 알리러 왔다. 자동차가 그와 또 다른 여객들을 싣고 호텔 엑셀시올로 가기 위하여 준비되어 있다는 것이다. 거기서부터는 모터 보트가 손님들을 싣고 회사 전용의 운하를 통하여 정거장까지 모셔다 드린다는 것이다. 시간이 바쁘다고 그 수위는 말하였다.—아센바하는 시간이 결코 급박하지 않다는 것을 알고 있었다. 자기가 타고 갈 기차가 출발할 때까지는 아직도 한 시간 이상이나 남아 있는 것이다. 떠나는 손님들을 시간도 되기 전에 쫓아내려고 드는 호텔의 습관이 그에게는 불쾌하였다. 그래서 그는 수위에게, 자기는 천천히 아침식사를 해야겠다고 이야기하였다. 수위는 머뭇머뭇하다가 나가버렸으나, 오 분도 못 가 다시 나타났다. 이 이상 차를 기다리게 할 수는 없다는 이유였다. 그러면 차를 보내시구려, 그리고 내 트렁크도 싣고 가구려, 하며 아센바하는 화를 내면서 대답하였다. 나는 적당한 시간에 일반 증기 보트를 이용할 테니 제발 내가 가는 것에 대하여는 상관하지 말아 주시오. 그리하여 그 수위는 허리를 구부리고 나가 버렸다. 아센바하는 성가신 독촉을 면하여서 후련하였으며 식사를 천천히 끝마칠 수 있었다. 심지어 급사에게 신문을 가지고 오라고까지 하였다. 그가 마침내 자리에서 일어났을 때는 시간이 아주 빡빡하게 되었을 때였다. 그 순간에 우연히 타지오가 유리문을 통하여 그곳으로 들어왔다.

소년은 저의 식구들이 있는 식탁으로 가는 도중에, 출발하려고 하는 아센바하의 앞길을 가로 건너게 되었다. 희끗희끗한 반백 머리의 넓은 이마를 갖은 아센바하 앞에서 소년은 겸손하게 시선을 떨어뜨리고, 곧 다시 그 눈을 언제나와 마찬가지로 애교 있는 태도로 부드럽게, 그 남자를 쳐다보았다. 그러고 나서 곁을 스쳐 지나갔다. 잘 있거라, 타지오야! 하고 아센바하는 속으로 생각하였다. 너를 보게 된 것은 짧은 동안이었구나! 아센바하는 습관과는 달리 생각한 것을 사실로 입술로서 나타내며 혼잣말을 하였다. 그는 거기에 덧붙여 말하기를 '행복하여라!'—그러고 나서 그는 출발하였다. 팁을 나누어 주고, 프랑스식 연미복을 입고 있는 조그마하고 조용한 지배인으로부터 작별인사를 받으며 도착할 때와 마찬가지로 그 호텔을 걸어서 나갔다. 손가방을 든 하인이 뒤따르고, 하얀 꽃이 피어 있는 가로수 길을 지나, 섬을 가로질러 기선이 발착하는 잔교(棧橋)로 걸어갔다. 거기 도착하여 배 속에 자리를 잡고—그리고 그 다음에 그에게 나타난 것은, 깊은 후회에 찬 고통과 번민이었다. 얕은 물을 지나 산 마르코 곁을 스쳐서 큰 운하를 거슬러 올라가는 그 뱃길은 익숙한 길이었다. 아센바하는 배의 앞턱 둥근 의자에 걸터앉아 팔을 난간에 올려놓고 한 손으로 눈을 가리고 있었다. 공원이 몇 개나 뒤로 물러앉았다. 조그만 광장이 다시 한 번 호화로운 아름다움을 보이며 눈앞에 나타나더니 다시 뒤로 사라져 버렸다. 높은 누각(樓閣)의 행렬이 보이게 되고 운하의 방향이 바뀌지자, 리알토 다리의 찬란하고 벌어진 대리석 궁릉이 다가왔다. 아센바하는 응시하였다. 그리고 그의 가슴은 찢어지는 듯싶었다. 그 도시의 분위기, 바다와 늪의 약간 썩은 것 같은 냄새—그것을 피하기 위해서 그렇게 애를 쓰던 냄새—그것을 지금 그는 가슴 깊이 친밀하고 애달픈 숨결로 들이마셨다. 자기의 마음이 얼마나 그 모든 것에 애착을 갖고 있었는가 알지 못하였다는 것, 생각지도 않았다는 것은 대체 있을 수 있는 일이었을까? 바로 오늘 아침까지도 자기의 행동에 대하여 약간은 의심스럽게 생각하고, 한편 후회하며 애석하게도 생각하였던 일이 지금에 와서는 아주 상심이 되고, 정말로 고통이 되고, 일종의 정신적 번민이 되어서 몇 번이고 눈에 눈물이 고일 정도였다. 그리고 그는 스스로 예측할 수 없었던 마음의 고통이라고 혼잣말을 하였다. 그가 그다지도 참을 수 없이, 아니 어찌할 수 없는 기분에까지 빠지게 된 것은 확실히 자기가 두 번 다시 베니스를 볼 기회가 없을 것이라는 생각, 이것이 영원히 마지막인 작별이라는 생각 때문이었다. 왜냐하면 이 도시가 자기를 병나게 만든다는 것을 두번째나 겪었으며, 두 번이나 허둥지둥 거기서 도망치지 않으면 안 될 처지가 되었으므로, 이제부터 앞으로는 물론 이 도시를 자기에게는 불가능한 금지된 체류지라고 볼 수밖에 없기 때문이었다. 자기는 이 지방과 맞지 않으며, 다시 이곳으로 온다는 것은 어리석은 일일 것이라고 생각한 것이다. 정말로 그는 지금 이 도시를 떠나게 되면 두 번이나 육체적으로 자기를 받아 주지 않았던 사랑하는 이 도시를 다시 만나게 되는 것은 수치심과 반항심이 불가능하게 만들 것이라고 느꼈던 것이다. 그리하여 마음은 끌리나 신체가 감당치 못하는 그 사이의 모순이, 늙어 가는 그 작가에게는 갑자기 중대하고 심각한 것으로 보이게 되었고, 어떠한 일이 있더라도 이겨내지 않으면 안 되는 것으로 생각되었다. 그래서 바로 지난날에, 어째서 자기가 별로 힘들여서 싸워 보지도 않고, 패배의 굴욕을 달게 받고 그대로 가버리려고 경솔하게 체념해 버린 것인지, 지금에 와서 이해할 수가 없게 되었다.

그럭저럭하는 동안에 기선은 정거장에 가까이 왔다. 그런데 고통과 고민은 더욱 심해져서 마음의 혼란이 되기까지 하였다. 출발한다는 것은 그에게는 불가능한 것으로 생각되었으며, 돌아간다는 것도 역시 마찬가지로 불가능한 것이었다. 그와 같은 완전한 정신의 혼란 상태에서 정거장으로 발을 들여놓았다. 시간은 퍽 늦어서 기차를 타려면 한시라도 유예할 수 없는 경황이었다. 그는 기차타기를 원하였으며, 동시에 타지 않기를 원하였다. 게다가 시간은 촉박하고 그를 채찍질하여 앞으로 떠다밀었다. 그는 부지런히 차표를 끊었다. 그는 구내의 혼잡 속에서, 호텔로부터 이리로 나와 있을 것인 사원(社員)을 찾아서 주위를 둘러보았다. 사원이 나타나서 큰 트렁크는 짐으로 부쳤다고 보고하였다. 벌써 부쳤다고? 그렇습니다. 틀림없이―코모 행으로요. 코모 행으로? 그리하여 옥신각신하는 말이 교환되었다. 노기 띤 질문과 어물어물하는 답변. 결국 그 트렁크는 호텔 액셀시올의 화물 취급소에서, 이미 다른 사람들의 짐과 함께 전혀 잘못된 방향으로 발송된 것이 판명되었다.

아센바하는 이와 같은 형편에 있어서 납득할 수 있는, 꼭 한 가지의 얼굴 표정을 유지하느라고 힘썼다. 일종의 모험적인 기쁨, 믿을 수 없는 명랑함이 마음속으로부터 거의 경련적으로 그의 가슴을 뒤흔들었다. 사원은 될 수 있으면 그 트렁크를 붙잡아 보려고 황급히 달려갔으나 예측한 대로 아무 성과 없이 되돌아왔다. 그래서 아센바하는 자기의 짐 없이는 여행하고 싶지 않다고 말하고, 다시 돌아가서 짐이 도착할 때까지 해수욕 호텔에서 기다리기로 결심하였다고 말해 주었다. 호텔 전용의 모터 보트가 아직도 정거장에 머물러 있느냐고 물어 보았다. 사원은 그 보트가 바로 문 앞에 머물러 있다고 확답하였다. 그는 이탈리아 말로 열변을 토해서 표파는 사람을 설복하여, 차표를 돈으로 물려받게 하였다. 그리고 트렁크를 빨리 찾기 위하여 전보를 치겠다고, 비용이나 노력을 절대로 아끼지 않겠다고 맹세하였다. 그리하여—여행자가 정거장에 도착한 지 20분 만에 다시 리도로 돌아가기 위하여 대운하 위를 항해한다는 기묘한 결과가 생기게 된 것이다.

그것은 이상하게 믿을 수 없는 일, 남부끄러운 일, 애수를 띄우고 영원한 작별을 고하였던 장소를 운명에 의하여 180도 바뀌어져서, 뒤로 되몰려와, 같은 시간 안에 다시 보게 된다는 일은! 그 성급한 작은 배는 뱃머리에 거품을 이루고, 곤돌라와 기선들이 있는 사이를 날쌔게 빠져나가며, 쏜살같이 목적지를 향해서 돌진하여 갔다. 그리고 그 속에는 단 한 사람의 여객이 불쾌한 체념의 표정을 하고, 탈주한 소년과 같은 불안감과 으쓱한 흥분감을 감추고 앉아 있었다. 그의 흥분된 가슴은 여전히 가끔 가다 충동을 받아, 이번 일의 불운(不運)에 대하여 웃음보를 터뜨렸다. 그것은 그 자신의 말에 의하면 행운이라도 그 이상으로 호의적인 습격을 받을 수 없는 불행이었다. 여러 가지 설명도 하여야겠고, 놀라는 얼굴들도 참고 바라다보지 않으면 안 되겠지만—그 다음에는, 하고 그는 혼잣말을 하였다. 모든 것이 다 좋아질 것이다. 그리고 그 다음에는 하나의 불행이 예방되고 심한 착오가 수정되고 뒤에 남겨 놓고 왔다고 생각한 모든 일이 눈앞에 다시 벌어지고, 아무 때고 원하는 때에 다시 자기 것이 될 것이다……그런데 그 빠른 항해가 자기의 착각일 것인가? 그렇지 않으면 정말로 바람까지 바다 쪽으로부터 불어오는 것인가?

물결은 섬에서 호텔 엑셀시올까지 설치해 놓은 좁은 운하의 콘크리트 벽에 부딪히고 있었다. 한 대의 합승 자동차가 거기서 되돌아오는 그를 기다리고 있다가 살랑거리는 바다의 윗길을 달려 똑바로 해수욕 호텔까지 태워다 주었다. 너글너글한 연미복을 입고 코밑수염이 달린 조그마한 지배인이 인사를 하기 위하여 바깥 층계를 내려왔다.

아첨하는 것같이 작은 목소리로 그는 그 사건에 대하여 유감스러운 일이라고 인사를 하고, 그것은 그와 회사를 위하여 지극히 고통스러운 일이라고 말하였다. 그리고 짐을 여기에 와서 기다리기로 한 아센바하의 결심을 단언적으로 찬성하였다. 물론 그의 방은 다른 사람이 들어갔지만 그만 못지 않은 다른 방을 즉시 마련해 들이겠다는 것이다. 스위스 사람인 승강기 운전사는 웃으면서 "재수가 나쁘셨습니다. 선생님." 하고 프랑스 말로 말하였다. 그리하여 다시 그 도망자의 숙소가 마련되었고, 그 방은 위치에 있어서나 내부의 설비에 있어서나 먼저 것과 거의 완전하게 똑같았다.

그는 그 이상한 오전중의 법석 때문에 피로하고 정신이 없어서 손가방 속의 물건을 방 안에 챙겨 놓은 다음에는 열려진 창가에 있는 안락의자 위에 걸터앉아 버렸다. 바다는 엷은 초록색으로 채색되고 공기는 차츰 산뜻하고 맑아지는 것 같았다. 하늘은 아직도 희미하였지만 해변에는 막사와 보트들로 한층 활기 차 보였다. 아센바하는 밖을 내다보았다. 두 손을 무릎 위에 합치고 다시 여기에 있게 된 것을 만족스럽게 여기며, 자기의 변덕에 대하여는—스스로 자기가 무엇을 원하는지 모르는 데 대하여는, 머리를 휘저으며 불만족을 표했다. 그와 같이 아마 한 시간 가까이 휴식하며 생각 없는 꿈을 꾸고 앉아 있었다. 점심때 타지오가 줄진 리넨 양복에 빨간 리본을 하고, 바다로부터 해변 울타리를 지나, 널빤지 길을 따라서 호텔로 돌아오는 것을 보았다. 아센바하는 소년을 확실히 알아보기도 전에 높은 창문으로부터, 곧 그것이 그 소년이라는 것을 깨달았다. 그리고 '아, 타지오야 너도 역시 거기 있구나!' 하고 생각하려다가 바로 그 순간에 무심한 그 인사가 자기의 진심 앞에 힘없이 무색해지고 침묵하게 되는 것을 느꼈다—자신의 혈관이 격동하는 것과 영혼의 기쁨과 고통을 한꺼번에 느낀 것이다. 그리고 자기가 베니스에서 떠나는 것을 그다지도 우울하게 만든 것이 다름 아닌 타지오의 탓이었다는 것을 깨달았다.

그는 아주 조용히 앉아 있었다. 높은 위치에서 아무에게도 자기의 모습을 보이지 않은 채 스스로의 마음속을 들여다보았다. 얼굴빛은 생기가 맴돌았고, 눈썹이 치켜 올라가고, 호기심이 있는 총명하고 주의 깊은 미소가 입 가장자리를 긴장시켰다. 잠시 후에 고개를 쳐들고 안락의자의 팔받침 위에 축 늘어뜨렸던 두 팔을 천천히 돌리며 치켜올리는 듯한 동작을 하였다. 손바닥을 앞으로 벌리면서 두 팔을 열어서 벌리는 것 같은 행동인 것이다. 그것은 마음으로부터 환영함을 의미하는, 마음놓고 받아들이고자 하는 몸짓이었다.

그후로는 매일같이 뜨거운 뺨을 하고 있는 신(神=태양신(太陽神))이 벌거숭이로 불을 뿜는 사두마차(四頭馬車)를 몰아서 넓은 하늘을 달리고 있었다. 그리고 그의 누런 고수머리는 그때 마침 가라앉아 가는 동풍에 휘날렸다. 희무스름한 비단의 광채가 느릿느릿하게 출렁거리는 먼바다 위에 떠 있었으며 모래밭은 후끈후끈 달고 있었다. 은빛으로 흔들흔들 빛나는 대공의 푸른 기운 밑에는 누런 천막기지로 해서 해변가의 막사 앞에 천막을 쳐놓아 있었다. 그리고 그 천막이 던지는 그늘이 날카롭게 경계선을 땅 위에 그려 놓은 속에서 사람들은 오전중의 몇 시간을 지냈다. 또한 저녁때에는 공원의 식물들이 향기를 내뿜고, 머리 위에는 별들이 춤을 추며, 암흑 속에 잠긴 바다의 중얼거림이 가냘프게 밀려 올라와, 마음에 말을 거는 것 같은 밤도 또한 무한히 좋았다. 그러한 저녁은 가벼운 질서를 가진, 한가한 또 하루의 청명한 날이 올 것을, 그리고 사랑스러운 여러 가지 우연이 수없이 계속해서 줄지어 있을 가능성을 약속하면서 즐거운 보증을 해주는 것이다.

대단히 요행이었던 불운(不運)으로 베니스에 그대로 머무르게 된 그 손님은 자기의 짐을 다시 찾은 것으로서 여기를 재차 떠나려는 이유를 발견하기에는 거리가 멀었다. 그는 이틀 동안 약간의 불편을 참아야만 했고, 대식당에서의 식사에는 여행 복장으로 나타나지 않으면 안 되었다. 그후 마침내 잘못 보내졌던 짐이 다시 그의 방에 내려 놓아졌을 때 그는 짐을 죄다 끌러서 벽장과 서랍들을 자기 물건으로 다 채워 놓았다. 그리고 당분간은 언제까지라는 기한 없이 여기에 머무를 것을 결심했다. 그래서 해변에서 비단옷을 입고 지낼 수 있는 시간과 식사때 적당한 저녁 성장을 하고 식탁에 나타날 수 있는 것을 기뻐하였다.

그런 생활의 기분 좋은 균형은 벌써 그를 매혹하였으며, 보드랍고 빛나는 생활 방식의 온화함이 어느 새 그를 황홀하게 해놓았다. 정말로 얼마나 즐거운 체류인가! 그것은 남쪽 나라의 해변에서 볼 수 있는 세련된 해수욕 생활의 매력이 진귀하고 미묘한 베니스라는 도시가 도시의 친밀하게 맞아 주는 친절과 연결되어 있는 것이다. 아센바하는 향락을 좋아하는 사람은 아니었다. 그는 축하일에 논다든지, 휴식에 잠긴다든지, 빈들빈들 시간을 보낸다든지 할 때는, 항상 그리고 어디에서나―특히 그가 젊었을 때는 더한 일이었지만―불안과 불쾌감을 일으켜서 매일매일의 신성하고 진실한 근무, 거룩한 노력으로 되돌아 가기를 갈망하였다. 그런데 지금 이 도시에서만은 의욕이 이완(弛緩)되고 매혹에 사로잡혀 행복을 누리는 것이다. 때때로 오전중에는 자기의 천막 아래 그늘 속에서 남쪽 나라의 푸른 바다를 꿈꾸듯이 바라보며, 또는 훈훈한 밤에 산 마르코의 장터에 오래 머물렀다가 거기에서 큰 별들이 반짝이는 밤하늘 아래 리도로 배를 타고 돌아오는 곤돌라의 좌석에 기대어 앉아―그리고 찬란한 불빛들과 세레나데의 애끓는 음향이 뒤로 머무르며 미끄러지듯이 항해을 할 때에―산악 지대에 있는 자기의 별장이 머리에 떠올랐다. 구름이 낮아서 정원에까지 스며들고, 저녁때는 무서운 폭풍우가 집 속의 불을 꺼버리고, 그가 모이를 주는 까마귀들이 소나무 끝에서 흔들거리고 있는 바로 그 장소, 여름마다 고생하며 분투하는 장소인 것이다. 그럴 때에는 그가 지금 멀리 선경(仙境)에, 또는 이 지구상의 끝까지 와버린 것 같은 기분이 되었다. 여기서는 사람들이 고생 없이 쉽게 지낼 수 있으며, 여기서는 겨울도 없고 눈도 없고 또한 폭풍우나 쏟아지는 큰비도 없는 자리인 것 같았다. 항상 바다의 신(神)이 보드랍고 선선한 입김을 불어 올려서 행복한 한가로움 속에 하루하루가 지나가는 자리, 시름없고 싸움도 없고, 오로지 태양과 그 축하연에게만 매일매일이 바쳐지는 경지인 성싶었다.

몇 번이고 계속적으로 아셴바하는 소년 타지오를 보았다. 생활하는 장소가 국한되어 있어서, 그리고 매일 하는 일도 비슷비슷하기 때문에 자연히 그는 하루 종일, 가끔 중단되는 것을 제외하고는 그 아름다운 소년의 곁에 있게 된 것이다. 어디를 가든 도처에서 그 소년을 보고 그 소년과 마주쳤다. 호텔의 지하실에서, 베니스로 왔다갔다할 때의 시원한 뱃길에서, 아름다운 장터에서, 그리고 우연의 혜택을 입었을 때에는 그 사이사이에도 여기저기 길거리에서, 골목에서 그 아이를 만났던 것이다. 그러나 주로, 그리고 대단히 행복하고 통례적으로 바닷가에서의 오전중에는 그 아름다운 모습을 찬양하고 연구할 기회를 가질 수 있었다. 아니, 행복에 그와 같이 얽매어 있는 것, 주위의 상황이 그와 같이 매일 규칙적으로 혜택을 가져오는 것, 그것이야말로 그를 만족과 생의 희열로 가득 채워 주며, 여기 체류하는 것을 귀중하게 여기도록 해주며, 청명한 하룻날을 그렇게 마음에 들게 내놓아 주어, 그 다음 날로 줄지어 가게 해주는 원인이었던 것이다.

그는 언제나 제작 의욕이 강하였을 때와 마찬가지로

아침 일찍 일어났다. 그리고 태양이 아직 부드럽고 바다가 희끗희끗하게 새벽 꿈을 꾸는 것같이 빛나고 있을 때에 다른 사람들보다 더 먼저 물가로 나오는 것이었다. 바닷가의 울타리를 지키는 수위에게 반갑게 인사를 하고 맨발 벗은 흰 수염의 노인에게도 다정스럽게 인사를 하였다. 그러면 그 노인은 그의 장소를 마련하여 갈색의 천막을 쳐주고 막사에 있는 안락의자를 밖의 단위에 갖다 놓아 준다. 그리하여 그는 의자에 몸을 싣는다. 그리고 세 시간 또는 네 시간 정도 거기에 있으면 그 동안에 태양이 높이 올라가고 무시무시한 힘을 얻는다. 그 동안에 바다는 차츰 더 깊은 푸른색을 띠고 마침내 그는 타지오를 볼 수 있게 된다.

소년이 왼쪽에서, 바다의 물가를 따라 다가오는 것을 보게 된다. 또는 뒤의 막사 사이에서 나타날 때도 있으며, 때로는 갑자기, 기쁜 놀라움을 띠고 타지오가 어느 틈에 왔는지 모르는 사이에 앞에 와 있는 것을 깨닫는 수도 있다. 타지오는 요사이 해변에서는 언제나 입고 있는 푸른색과 흰색의 수영복을 입고, 태양과 모래속에서 언제나 되풀이하는 똑같은 장난을 시작하는 것이다. —사랑스럽고 무의미한 행동, 한가하면서 어수선한 행동, 그것은 노는 것이며 동시에 휴식하는 것이다. 어슬렁거림, 철벙거림, 흙파내기, 붙잡기, 누워 있기, 헤엄치기, 단 위의 여인으로부터 감시를 받으며 불리며 하는 동안에.—그 부인들은 날카로운 목소리로 '타지우!

타지우!' 하고 그의 이름 소리를 울리게 한다. 그러면 그는 열심히 몸짓을 하며 뛰어서 달려가, 그들에게 자기가 경험하고 발견한 것, 붙잡은 것 등을 보여 준다. 조개 껍데기, 해마(海馬), 해파리(海母), 가로 기어가는 게 등등이었다. 아센바하는 소년이 이야기하는 말을 하나도 알아듣지 못하였다. 물론 아주 평범한 일상의 이야기였을 것이다. 그의 귀에는 그것이 흐리멍텅한, 모호하고 기분좋은 음성이었다. 그리고 그 아이의 이야기가 귀에 낯설기 때문에 음악같이 들렸으며, 찬란한 태양 광선이 풍족하게 소년 위에 쏟아졌기 때문에 바다의 거룩한 깊은 광경과 더불어, 그것은 항상 그의 아름다운 모습의 배경이 되고 장식이 되었다.

그후 얼마 있지 않아서 그 관찰자는 그의 그와 같이 높이어지고 그와 같이 스스로를 자유로이 표현하는 육체의 모든 선과 모든 포즈에 능통하였다. 그리고 벌써 익숙해진 모든 아름다움을 새삼스러이 만날 때마다 감탄하고, 스스로의 섬세하고 관능적인 기쁨을 무한히 맛보았다. 부인네들이 막사에서 응접하고 있는 어느 손님에게 인사하라고 소년을 불렀다. 그는 뛰어서 달려왔다. 바닷물에서 나왔기 때문인지 젖은 채로 뛰어오는 것이었다. 곱슬머리를 뒤흔들고 손을 앞으로 내밀면서 한쪽 다리에 몸을 의지하여 다른 한쪽 발은 발 끝 위에 올려놓는다. 그리고 그는 매력적으로 몸을 뺑 돌리고 전신을 비비꼬며 고상한 탄력을 보이는 것이다. 거기에는 귀여움에서 오는 수줍음과 귀족적인 의무에서 오는 애교를 품고 있었다. 소년은 타월을 가슴둘레에 매고 섬세하게 조각된 팔을 모래 위에 버티고 턱을 오목한 손바닥 속에 파묻고 기다랗게 드러누워 있었다. '야슈'라고 불리는 다른 소년이 그 소년 위에 쭈그리고 앉아서 그의 뜻을 맞추고 있었다. 그때 그 미소년이 자기에게 시중드는 소년을 쳐다보며, 눈과 입술로 미소를 짓는 그 모습처럼 매혹적인 것은 없었다. 그는 물가의 한옆에 저의 가족에게서는 떨어져서 아센바하의 바로 가까이에 있었다. 상체를 꼿꼿이 세우고, 두 손을 목 뒤에서 껴잡고, 발 끝으로 천천히 몸을 흔들면서 새파란 바다를 꿈속에서와 같이 바라보았다. 한편 잔잔한 파도는 조금씩 다가와서 그의 발끝을 적시곤 하는 것이었다. 꿀 빛깔의 머리털은 곱실거리면서 뒷덜미와 목에 흘러내리고, 태양은 척추의 윗부분에 있는 솜털을 비추어 주었다. 그리고 늑골의 섬세한 자국과 가슴의 균형은, 동체가 팽팽하게 졸리도록 입고 있는 해수욕복을 통해서 역력히 드러나 보였다. 겨드랑이는 무슨 조각품과 같이 매끈하였고 정강이는 반짝반짝하였다. 푸릇푸릇한 혈관들은 그의 육체가 보통 다른 육체보다 더 깨끗한 물질로서 형성되어 있는 것 같은 느낌을 띄워 주었다. 구김살없이 쭉 펴져 있고 젊음 속에 완전한 규율이, 어떠한 사상의 정밀함이 표현되어 있을 것인가! 컴컴한 가운데 작용되어 그와 같이 신기로운 조각을 만들어 낼 수 있었던 그 엄격하고 그 순수한 의지는—그것은 예술가인 아센바하 자신에게도 잘 알려져 있고 익숙한 것이 아니던가? 바로 그것이 그가 냉정한 정열에 가득 차서 언어라고 하는 대리석 덩어리로부터 그 날씬한 형태를 풀어내어 놓을 때에 그 자신에게 있어서도 작용하였던 것이 아닌가?—그리하여 그가 그 날씬한 형태를 머릿속에서 보고, 정신적인 미(美)의 소상(塑像)으로서, 반영(反映)으로서 사람들에게 내보이게 되었던 것이 아닌가?

소상과 반영! 그의 눈은 거기 푸른 바다의 가장자리에 서 있는 고귀한 모습을 붙잡았다. 그리하여 가슴 벅찬 황홀감과 더불어 아름다움 그 자체를 그 일별로서 붙잡을 수 있다고 생각하였다. 하느님의 사상의 형태로서 유일하고 순수한 완전성으로서. 그것은 정신 속에 살아 있는 완전(完全)이며 그 완전한 인간의 모습을 띤 상(像)과 상징이 여기 이렇게 가뿐하고 보드랍게 세워져 있는 것이다. 그 앞에 누구나 엎드려서 숭상(崇尙)하여야 할 것이라고 세워져 있는 것이다. 그것은 도취였다. 그리하여 늙어 가는 그 예술가는 주저함이 없이, 아니 심지어 탐욕스럽게 그것을 기꺼이 받아들였다. 그의 정신은 진통의 고통을 느꼈고, 그의 교양은 들끓는 상태에 빠졌고, 그의 기억은 그의 청춘에게 인도되고, 여태껏 한 번도 스스로의 불로써 생기를 가져 보지 못했던 태고의 사상을 불러일으켰다. 태양은 우리들의 주의력을 이성적인 것으로부터 관능적인 사물로 돌린다고 씌어져 있지 않았던가? 태양이 지성과 기억을 격심하게 혼미시키고 매혹하기 때문에, 그 결과 영혼이 향락 때문에 본래의 상태를 완전히 잃어버리고, 아연히 일광에 비추어진 물건들 속에서 가장 아름다운 것에 대하여 경탄을 마지않고 거기에 들러붙어 떨어지지 않는다고 하였다.—심지어 하나의 육체의 힘을 입어서만 영혼은 드높은 관조(觀照)의 경지에까지 올라갈 수 있다고 한 것이다. 정말로 아모르(사랑의 신)는 머리 나쁜 아이들에게 순수한 형식을 이해하도록 그림으로써 나타내 주는 수학자(數學者)와 같은 행동을 한다. 다시 말하면 그 사랑의 신은 우리들에게 정신적인 것을 확실히 보여 주기 위하여 젊은 인간의 모습과 빛깔을 즐거이 사용하는 것이다. 그것을 미(美)의 모든 광채로서 장식하고 기억의 도구로 만든다. 그것을 보면 우리는 반드시 고통과 희망 속에 불붙게 된다.

이렇듯 열중한 그 사나이는 생각하였다. 그는 그와 같이 느낄 수 있었던 것이다. 그리고 바다의 잡음과 대양의 열화에서 하나의 매력적인 광경이 형성되었다. 그것은 아테네의 외벽(外壁)에서 멀지 않은 장소에 서 있는 플라타너스 고목이었다.—그 성스럽고 그늘진 장소, 서양싸리나무의 꽃향기가 가득 차고, 님프(水精)와 아켈로스 강(江)을 존중하여 경건한 그림과 공양된 물품들이 장식하고 있는 자리였다. 개울이 무한히 맑게, 가지를 넓게 뻗은 그 나무의 밑둥 곁을 미끈미끈한 자갈

돌 위에 흐르고 있었다. 귀뚜라미 소리가 들리고 가볍게 경사진 잔디 위에는 대낮에 뜨거운 햇살을 피하여 두 사람이 엎드려 있었다. 그 경사는 사람이 누워서 고개를 쳐들 수 있을 정도로 가벼운 경사였기 때문이다. 한 사람은 나이가 지긋지긋하고 한 사람은 젊은 사람, 한 사람은 보기 싫게 생기고 한 사람은 아름다운 사람, 그것은 현명한 철학자와 사랑스러운 미남자였다. 그때 소크라테스는 친절한 말과 재치 있는 사람의 농담을 섞어가며 아름다운 파이드로스에게 동경과 미덕에 대하여 교훈을 베풀었던 것이다. 소크라테스는 그에게, 영원한 아름다움의 모형을 보았을 때에 그 감수성 있는 사람이 느끼게 되는 격렬한 놀라움을 이야기한 것이다. 또한 그에게 아름다움의 모형을 보고도 아름다움을 생각지 못하고 아름다움에 대한 존경심을 갖지 못하는, 불순하고 간악한 인간들의 여러 가지 욕망에 대해서도 이야기하였다. 신과 같은 고귀한 자의 얼굴이, 완전무결한 육체가 나타났을 때에 고상한 인간들에게만 나타날 수 있는 그 성스러운 불안에 대하여 이야기해 주었던 것이다. 그런 때에 그것을 느낄 수 있는 고상한 인간이 얼마나 격심하게 몸을 떨고, 자기 자신을 잃어버리고, 심지어 똑바로 쳐다볼 용기조차 가지지 못하고, 다만 그 아름다움을 가지고 있는 자를 숭배하는 것인가. 심지어 다른 사람들이 그것을 비웃을 것이라고 생각하는 두려움만 없다면 마치 우상에 대한 것처럼 그 아름다운 자에게 제물을 받칠 것이라는 것을 이야기하였다. 왜냐하면 아름다움이란, 친애하는 파이드로스여, 다만 그것만이 사랑스러운 것이고, 동시에 눈으로 볼 수 있는 것이기 때문이다. 그것은 파이드로스여, 잘 기억해 두어라! 그것이야말로 우리가 감각적으로 받아들이고, 감각적으로 지녀 나갈 수 있는 단 하나의 형태인 것이다. 만일 그렇지 않고 그 밖의 거룩한 것이, 즉 이성이라든가 덕망이라든가 진리라든가 하는 그런 것이 우리들에게 감각적으로 나타난다면 우리는 대체 어떻게 될 것인가! 옛날의 제멜레가 제우스 신 앞에서 그렇게 되었듯이, 우리들은 사랑 때문에 모두 멸망하고, 다 타버릴 것이 아니냐? 그러니 아름다움은 느낌을 가질 수 있는 자가 정신에 이르는 길인 것이다.—다만 길(路)에 지나지 않는다. 하나의 방법에 불과하단 말이다. 귀여운 파이드로스여……계속해서 소크라테스는, 즉 노련한 구애자(求愛者)는 세상에서 가장 미묘한 진리를 말하였다. 즉, 사랑하는 사람은 사랑받는 사람보다 한층 더 신에게 가깝다는 이야기다. 왜냐하면 전자 속에는 신(神)이 있지만, 사랑받는 사람 속에는 신이 없다는 것이다.— 일찍이 인간에 의해서 생각되어 오던 중에 가장 미묘하면서, 또한 가장 조롱적인 사상을 이야기한 것이다. 그리하여 동경(憧憬)이라는 것의 모든 교활함과, 가장 비밀에 찬 쾌락은 거기서 발달된 것이었다.

작가의 행복은 완전히 사상이 되어 버릴 수 있는 감

정을 가지는 것이다. 그와 같은 맥박치는 듯한 사상, 그리고 그와 같이 세밀한 감정이, 당시 그 고독한 작가에게 속하고 있었고 복종하고 있었다. 다시 말하면 정신이 아름다움 앞에서 공손하게 머리를 숙일 때에 자연은 기쁨에 몸을 떨게 되는 것이다. 그는 갑자기 글을 쓰고 싶어졌다. 사실 에로스는 한가함을 좋아하고, 또 그러기 위해서 생겨난 것이라고 말하고 있다. 그러나 위기의 이 점에 있어서는 열중한 그 작가의 흥분이 오히려 창작으로 향하여져 있었다. 동기는 무엇이건 거의 상관없는 것이다. 문화와 취미의 어느 크고 긴급한 문제에 대하여 그 소신(所信)을 명백히 해서 알려 달라는 문의와 요구가 세계의 지성인들에게 발송되었으며, 여행 도중에 있는 그 작가에게도 도착되었다. 그 테마는 그에게 익숙한 것이었으며 스스로 체험한 문제였다. 그것을 자기의 언어의 빛으로써 빛나게 하여 보겠다는 욕망이 불현듯 일어나서 참을 수 없었다. 더구나 그는 타지오가 있는 자리에서 그 일을 하고, 그 내용에 있어서 그 아이의 몸뚱이를 모델로 하고, 문체를 그 아이의 성스럽게 보이는 육체의 선에 따르게 한다는 것, 그리고 예전에 독수리가 트로야의 목동(牧童)을 하늘 높이 태워서 올라간 것처럼, 그 소년의 아름다움을 정신적 견지에까지 태워서 올려 보내려고 하는 희망이 강하게 일어났다. 아센바하는 그의 천막 안에서 조잡한 탁자에 앉아 우상을 눈앞에 보고, 그 소리를 음악처럼 귀에 듣고,

타지오의 아름다움에 대하여 조그만 논문을 썼다. 그는 그때의 위험하고 달콤한 시간에서처럼 말의 쾌락을 감미롭게 느껴 본 적이 없었으며, 에로스가 단어 속에 있다는 것을 그때처럼 확실하게 의식한 적은 없었다. 그것은 세련된 한 페이지 반의 산문(散文)이었다. 그 속의 순수하고 고귀하고 그 고조된 감정의 긴장은 머지않아 많은 사람들의 경탄을 불러일으킬 것임에 틀림이 없었다. 세상 사람들이 다만 그 아름다운 작품을 알고 있을 뿐이요, 그 작품의 근원과 그것이 생겨난 발생 조건을 알지 못한다는 것은 다행한 일이다. 왜냐하면 그 근원을 알게 되면, 즉 그 예술가에게 그와 같은 영감을 불어넣어 준 그 근원을 알게 되면, 종종 그들은 당황하게 될 것이며, 놀라움을 당할 것이며, 따라서 그 우수한 작품의 효과가 감소될 것이기 때문이다. 기묘한 몇 시간 동안! 기묘한 신경의 피로! 정신과 육체의 신비스러운 생산적인 교섭! 아센바하가 일하던 원고를 정리하고 해변에서 떠날 때 그는 기진맥진한, 심지어 정신이 멍멍한 기분이 되어 있었다. 마치 무슨 좋지 못한 짓을 하고 난 뒤 양심이 호소를 하고 있는 것 같은 기분인 것이다.

다음 날 아침 막 호텔을 나서려고 하던 아센바하는 호텔의 바깥 계단 저 너머에서 타지오가 벌써 바닷가로 가는 도중에—더구나 혼자서—해변의 울타리로 막 접근하고 있는 것을 보았다. 이 기회를 이용하자. 그리고 무의식중에 많은 정신의 고조와 감동을 자기에게 마련해 준 그 소년과 명랑하고 가벼운 친구 관계를 맺자, 그에게 말을 걸고 그의 대답과 그의 시선을 즐기자, 하는 단순한 생각이 일어 나서, 강력한 갈망이 되어 세차게 닥쳐왔다. 아름다운 소년은 어슬렁거리며 걸어가고 있었다. 따라가기는 문제가 아니었다. 그래서 아센바하는 걸음을 빨리하였다. 그는 막사 뒤 나무 판자의 다리가 있는 자리에서 소년 곁에 도달하였다. 소년의 머리 위에, 또는 어깨 위에 손을 얹어 놓고, 무슨 말이라도 한 마디, 친절한 프랑스 말의 인사말을 하고자 하였다. 그 말마디가 입술에 떠오르기까지 하였다. 그때 그는 자기의 심장이 너무나 빨리 걸어왔기 때문인지 방망이질하는 것같이 두근거리는 것을 느꼈다. 그래서 그렇게 숨찬 가운데 말을 해보았자 떨리며 억눌린 소리밖에는 나오지 않을 것 같았다. 그는 주저하였다. 그는 마음을 가다듬으려고 하였다. 그러자 벌써 너무나 오래 그 미소년의 등뒤에 바싹 따라가고 있다는 것이 불안하게 생각되었다. 그애가 이상하게 생각하지나 않을까 하고 두려워한 것이다. 혹시 뒤돌아보며 무슨 일인가 하지는 않을까, 그래서 다시 한 번 마음을 가다듬었다가 그만두고, 포기해 버렸다. 그는 머리를 숙인 채 그대로 지나가 버리고 말았다.

이제는 늦었다! 그 순간 그는 그렇게 생각했다. 이제는 너무 늦었다! 그러나 정말 너무 늦은 것일까? 그가 내디딜 것을 주저하였던 그 한 발자국 한 발자국으로 그는 아마 십중팔구 좋은 쪽으로, 즉 마음이 가볍고 즐거운 쪽으로, 건실한 마음의 각성으로 들어가게 되었을 것이다. 그러나 늙어 가는 그 작가에게는 그 각성이 달갑지 않았다. 그에게는 그 도취가 너무나 고귀하였다는 것이 사실이었을 것이다. 누가 예술가의 본질과 특징의 수수께끼를 풀 수 있을까! 누가 그 예술가의 본질이 들어 있는 기율(紀律)과 무절제의 깊은 본능적 융합을 이해할 수 있을까! 왜냐하면 그 건실한 각성을 원할 수 없는 것은 바로 그 무절제인 까닭이다. 아셴바하는 이제 와서 더 이상 자기 비판을 할 기분이 없어졌다. 그의 연령에서 오는 취미와 정신적 상태, 자존심, 원숙, 노년의 단순성 등으로 그는 자기가 양심 때문에 자기의 의도를 실행하지 않았는지, 또는 게으름과 마음의 약함 때문에 자기의 의도를 관철시키지 못하였는지 그것을 그 동기로부터 분석하고 결정할 기분에 이르지를 못하였다. 그는 마음이 혼란스러웠다. 혹시 누군가가, 심지어 해변가에 있는 감시인이라도, 자기가 뛰어간 것을, 그리고 실패한 것을 보았을지도 모를 것을 두려워하였다. 남의 웃음거리가 될 것을 대단히 두려워하였다. 그러나 한편 그는 자기 자신의 우습고도 성스러운 불안에 대해서 스스로 농담을 하였다. '야코가 죽었구나.' 하고 스스로 생각하였다. '마치 싸우다 말고 겁을 집어먹어 날개죽지를 축 늘어뜨린 수탉 모양으로 야코가 죽었구

나. 사랑스러운 그 자태를 봄으로써 그렇게까지 우리들의 용기를 꺾게 하는 자, 그리고 우리들의 자랑스러운 감관을 그렇게까지 여지없이 때려눕히는 자는, 참말로 신이 아니고 무엇일까…….' 그는 그 사건에 스스로 웃고, 거기에 대하여 공상을 하였다. 하나의 감정을 두려워하기에는, 그는 너무나 자존심이 강하였다.

벌써 그는 자기 자신에게 허락한 안일(安逸)의 시간이 마구 경과하는 것을 감시하지 않게 되었다. 집으로 돌아간다는 생각이 이젠 마음에도 없게 되었다. 집으로 편지하여 충분한 돈을 보내도록 해놓았다. 그의 단 하나의 근심은 그 폴란드 가족이 아무 때라도 떠나 버리지나 않을까 하는 생각이었다. 그러나 그는 남몰래 호텔 에 있는 이발사에게 슬쩍 물어 보았고, 그 폴란드 일행이 아센바하 자신보다 조금 이전에 왔다는 것을 알게 되었다. 햇볕이 그의 얼굴과 손을 새까맣게 태웠으며 자극적인 바닷바람이 그의 감정의 힘을 강하게 해놓았다. 그리고 예전 같으면 수면이라든지 영양이라든지 자연이라든지 하는 것들이 그에게 원기를 회복해 주는 힘을 즉시 하나의 작품에 내쏟아 버리는 것이 습관이었는데, 지금에 와서는 태양이나 여가나 바닷바람이 공급해 주는 매일매일의 원기를, 어김없이 큰 마음으로 도취와 감각에 낭비해 버리는 것이다.

밤잠은 깊지 못하였다. 기분좋고 단조로운 나날은 짧은 밤의 행복스러운 불안에 가득한 밤으로 분단당하는 것이다. 저녁에는 일찌감치 잠자리에 들기는 하였다. 타지오가 무대에서 사라지는 시간인 저녁 아홉시가 그에게는 하루의 마지막인 것같이 생각되었기 때문이다. 그러나 아침 첫 새벽에 먼동이 틀 때는 일종의 보드랍고, 마음을 꿰뚫는 것 같은 놀라움이 그의 잠을 깨우는 것이다. 그의 심장은 자기의 사랑의 행위를 일깨워 준다. 더 이상 잠자리에 누워 있을 기분이 없어져서 벌떡 일어나, 아침의 찬바람을 막기 위하여 얇은 옷을 걸치고 열려진 창가에 걸터앉는 것이다—태양이 떠오르기를 기다리며. 그 놀라운 사실은 그의 맑은 아침 정신을 고마운 생각으로 가득 차게끔 하였다. 아직도 하늘은 땅과 바다가 마찬가지로 이슥하고 유리와 같이 황혼 속에 희끗희끗 미광을 발하고 있었다. 아직도 사라져 가는 별이 하나 혼몽한 허공 속에 남아서 떠 있었다. 그러나 바람이 불어왔다. 그것은 새벽의 여신(女神) 에오스께서 남편의 곁으로부터 몸을 일으켰다는 것을 알리는 신호이고, 먼 곳의 하늘과 바다로부터 지금 최초로 달콤하게 붉은 기운을 띠며 삼라만상이 감각을 가지게 되었다는 것을 보여 주는 신호이고, 먼 보금자리로부터의 신속한 통지인 것이다. 여신은 다가온다. 클라이토스와 캐파로스를 빼앗고 올림프스의 여러 신들의 질투를 무릅쓰고 그 아름다운 오리온의 사랑을 받고 있는 유혹의 여신인 것이다. 저 멀리 세계의 끝에서부터 장미꽃이 뿌려지기 시작하였다. 말할 수 없이 온화한 광채의 개화(開花)인 것이다. 어린 구름이 맑은 빛을 띠고, 시중 드는 동신(童神)과도 같이 불그스름한 푸른 안개 속에 둥실거리고 있다. 보라색이 바다 위에 끼얹어지고 바다는 들끓으며 그 색채를 앞으로 밀어올리는 듯싶었다. 황금의 창이 아래로부터 허공을 향하여 뻗치어지고 광채는 불덩어리가 되었다. 소리없이 거룩한 힘을 가지고 열화와 불꽃이 무럭무럭 타올랐다. 그리하여 발굽을 휘저으며 여신의 남동생이 이끄는 신성한 말은 높이 지상으로 그 모습을 나타내고 말았다. 그 화려한 신의 광채에 비쳐져서 홀로 잠깨인 사나이는 묵묵히 앉아 있었다. 눈을 감고 그 영광으로 하여금 자기의 눈시울을 키스하게 하였다. 지난날의 여러 가지 감각, 젊었을 때의 값있는 마음의 충격, 그것은 생(生)에의 엄격한 봉사 속에서 이미 질식하였다가 지금 이와 같이 괴이한 형태를 띠고 다시 마음속에 되돌아온 것이다—그는 그것을 당황하고 놀라운 미소를 띄우며 인식하였다. 그는 생각에 잠기고, 꿈을 꾸고, 그 입술은 서서히 하나의 이름을 형성하였다. 여전히 미소를 띄운 채 얼굴을 뒤로 젖히고 손은 무릎 위에 모아 놓고 다시 한 번 안락의자 위에서 꿈나라로 들어가는 것이다.

그리하여 그와 같이 격렬하고 찬란하게 시작된 하루는 대체적으로 이상하게 흥분되고 신비스럽게 변형되어 갔다. 갑자기 그렇게 보드랍고 의미심장하게 무슨 신의 계시와도 같이 그의 목덜미와 귀 주위를 스쳐 가는 입김은 대체 어디서 온 것이며, 어디서 생겨난 것이었을까? 하얀 솜털 구름은 하느님에 의해 사육되는 가축과도 같이 하늘 일대에 흐트러져 떠 있었다. 약간 거센 바람이 일어났다. 그리고 해신(海神) 포세이돈의 말들이 사납게 야단을 하며 뛰어왔다. 그리고 또한 푸른 곱슬머리를 가지고 있는 해신에 속하는 황소들도 소리치며 뿔을 수그리고 뛰어왔다. 먼 해변의 암석 사이에서는 파도가 마치 날뛰는 염소처럼 출렁거리고 있었다. 성스럽게 변형된 세계는 공포의 생활에 가득 차서 황홀경에 빠진 그 작가를 둘러싸고 있었다. 그리고 그의 가슴은 보드라운 동화의 세계를 꿈꾸고 있었다. 베니스의 건너편으로 태양이 가라앉을 때는 여러 번 다음과 같은 일이 있었다. 공원에서 타지오를 바라보기 위하여 벤치에 걸터앉은 것이다. 타지오는 하얀 양복에 화려한 띠를 두르고 자갈이 깔려 있는 평탄한 광장에서 공을 가지고 재미나게 놀고 있었다. 그럴 때 그는 히야킨토스를 바라다보고 있는 것과 같은 착각을 일으켰다. 히야킨토스는 두 사람의 신에게 사랑을 받았기 때문에 마침내 죽지 않으면 안 될 운명이었다. 사실 아센바하는 세필스신이 경쟁자에게 대하여 느꼈던 질투심을 느꼈다. 그 신은 신탁(神託)도, 활(弓)도, 기타도 잃어버렸던 것이다. 아센바하는 던지어진 원판이 잔인한 질투심에 이끌려서 그 사랑스러운 머리에 들어맞는 것을 보는 것 같았다. 그는 스스로 얼굴이 창백해지면서 쓰러지는 그 육체를 받아들였다. 그리고 거기 달콤한 선혈로부터 피어난 꽃에는 그의 끝없는 애도의 자국이 박혀 있었다……….

서로 얼굴만 알 뿐이고 매일같이, 아니 매시간마다 만나고 바라보고 하며, 그러면서 인사도 없고 말도 건네지 않고 겉으로 보기에는 무관심한 낯섬을 가장하는 예의(禮儀)라든가, 또는 묘한 심리 때문에 모르는 체하고 있는 사람들의 관계처럼 미묘하고 복잡한 것은 없을 것이다. 그들 사이에는 불안과 극도로 예민한 호기심이 있고, 만족되지 않는 부자연스럽게 억압된 인식욕과 교제욕과의 히스테리컬한 상태가 있거니와, 동시에 특별하게 일종의 긴장된 존경심이 있는 것이다. 왜냐하면 인간은 인간을 비판할 수 없는 경우에 한해서 상대방을 사랑하고 존경하는 것이며, 동경이란 항상 불충분한 인식의 소산이기 때문이다.

아센바하와 나이 어린 타지오 사이에는 필연적으로 어떠한 관계, 어떠한 교제가 성립될 수밖에 없었다. 그리고 아센바하는 자기가 관심을 가지고 주의를 기울인 것이 전혀 반응이 없지는 않았다는 사실을 확인함으로써 뼈에 스며드는 기쁨을 맛보았다. 예를 들면 그 아름다운 소년이 대체 무엇 때문에 아침에 바닷가에 나타날 때는 막사 뒤쪽에 있는 가교를 건너가지 않고 항상 앞의 길을 지나 모래사장을 가로질러 아센바하의 거처 곁을 지나가는 것일까. 더구나 때로는 불필요하도록 그에게 바싹 지나가서 그의 탁자, 그의 의자, 등에 몸이 스치도록 하여 자기들의 가족이 있는 막사로 어슬렁거리며 걸어가는 것일까? 자기의 힘있는 감각의 견인력(牽引力)과 매혹이 그 소년의 보드랍고 무의식적인 감정에 작용을 한 것이었을까? 아센바하는 매일같이 타지오가 모습을 나타내기를 고대하였다. 그리고 그 소년이 막상 나타나면 가끔 그는 자기 일에 마음을 팔린 것 같은 시늉을 하고 있었다. 그리하여 외관상 모르는 사이에 이 소년이 자기 앞을 지나가 버린 것같이 보이게 하였다. 또한 때에 따라서는 그때 갑자기 쳐다보며 두 사람의 시선이 마주치게 하기도 하였다. 그럴 때는 두 사람 다 지극히 엄숙한 표정이 되었다. 나이 먹은 작가의 교양 있고 위신 있는 얼굴 표정은 마음속의 움직임을 하나도 내보이지 않았다. 그 반면 타지오의 눈 속에는 탐구하는 듯한 기색, 깊이 생각하는 듯한 의문이 엿보였다. 걸음걸이가 늦추어지고 시선을 땅에 떨어뜨리고, 또다시 귀엽게 눈을 치켜뜨고 지나가는 것이다. 그리고 지나간 다음에는 언제나 무엇인가 그의 자세 속에서 엿보이며, 나는 다만 교육을 받았기 때문에 뒤돌아보지 않는 거예요, 하고 표현하는 것 같았다.

그런데 언젠가 저녁때 평상시와 다른 일이 일어났다. 그 폴란드 자매들이 여자 가정교사와 함께 대식당에서의 저녁식사에 나타나지 않은 것이다.—아센바하는 불안한 마음으로 그 사실을 알고 있었다. 그는 식사를 끝마치고 나서 그들의 행방을 대단히 근심하며 사교복과 밀짚모자 복장으로 호텔 앞의 테라스 근방을 왔다갔다 하였다. 그때 그는 갑자기 수녀와 같은 자매들과 가정교사, 그리고 그 뒤에 네 걸음쯤 떨어져서 타지오가 가로등의 불빛에 떠오르는 것을 보았다. 틀림없이 그들은 무슨 이유로 시내에 나가 식사를 하고 잔교(棧橋)로부터 걸어오는 것이었다. 물 위에서는 아마 바람이 쌀쌀했던 모양이다. 타지오는 짙은 곤색의 짧은 해군 잠바 금단추를 꼭 채우고, 머리에는 그 옷과 어울리는 둥근 모자를 쓰고 있었다. 햇빛도 바닷바람도 소년의 피부를 검게 하지 않았다. 그의 피부는 처음 왔을 때와 마찬가지로 대리석처럼 누르스름한 채 그대로였다. 그러나 오늘은 날씨가 차가웠던 까닭인지 또는 창백한 달빛과 같은 등불 까닭인지 여느 때보다 더 창백해 보였다. 그의 균형 잡힌 눈썹은 한층 뚜렷하게 나타났으며 눈은 깊은, 검은 기운을 띠고 있었다. 무어라고 이야기할 수 없으리만큼 아름다운 모습이었다. 그래서 아센바하는 언제나 절실하게 느끼는 바이지만, 언어가 감각적인 아름다움을 찬양할 수는 있으되 그 아름다움을 그대로 묘사할 수는 없다고 또 한 번 새삼스럽게 생각하였다.

그는 그 귀중한 모습의 출현을 예기하고 있지 않았다. 그것은 뜻밖에 닥쳐와서, 자신의 얼굴 표정을 진정시키고 위엄을 유지하게 할 시간적 여유를 주지 않은 것이다. 그의 시선이 그 소년의 시선과 마주쳤을 때 기뿜과 놀라움과 경탄이 그의 얼굴 표정 속에 공공연히 그려져 있었을 것이다—그리고 그 순간 타지오가 미소를 띄웠다. 자기를 향하여 인사를 하듯이 친밀하게 매력적으로, 그리고 숨김없이 미소를 띄웠던 것이다. 웃으면서 입술을 살며시 벌리는 미소였다. 그것은 자기의 모습이 강물에 비추이는 것을 굽어보는 나르치스의 미소와도 같았다. 자기 자신의 아름다움의 반영(反映)을 향하여 팔을 내뻗으며 띄우는 그 깊고 매혹적이고 사람을 이끄는 듯한 미소—약간 표정이 일그러진 듯한 미소, 자기 그림자의 귀여운 입술에 입을 맞추고자 하나, 뜻대로 되지 않아 표정이 일그러진, 요염한, 호기심어린, 그리고 약간의 고통이 섞인, 현혹되면서 현혹하는 그러한 미소였다.

그러한 미소를 받아들인 그 남자는 무슨 숙명적인 선물이라도 받은 것처럼 그것을 껴안고 부지런히 그 자리를 떠났다. 그는 테라스와 앞마당의 광선을 피해서 도망하지 않을 수 없을 만큼 그다지도 마음의 충격을 받고 있었다. 그래서 황급한 걸음걸이로 뒤의 공원 속의 어둠을 찾아 들어갔다. 이상하게 마음이 자극되고 동시에 정다운 기분으로 소년에 대한 하나의 경고가 마음속에서 일어났다.

'그런 미소를 띄워서는 안 된다! 알겠니. 누구한테든지 그와 같은 미소를 보여서는 안 되는 것이야!'

그는 긴 의자에 몸을 쓰러뜨리고 헐떡이며 화초들의

밤 향기를 들이마셨다. 팔을 축 늘어뜨리고 상체를 뒤에 기댄 채 흥분에 못 이겨 몇 번이고 전신을 부들부들 떨었다. 그리고 동경의 정(定)한 말마디를 속삭였다.— 이 경우에 가당치도 않고 쑥스럽고 불합리하고 우스꽝스럽고 그러면서도 신성한 말마디, 그러면서도 위엄 있는 정한 말마디. 즉, '나는 너를 사랑한다.'

리도에 체류한 지 사 주일이 접어들어서 구스타프 폰 아셴바하는 바깥 세상에 대하여 약간 불안한 인식을 하게 되었다. 첫째로 계절이 무르익어감에 따라 호텔의 손님 출입이 늘어가기는커녕 줄어가는 것같이 보인 것이다. 특히 독일 말이 그의 주변에서 차츰 줄어들더니 아주 들리지 않게 된 것 같았다. 그래서 식당에서나 또는 해변에서 마침내 외국의 발음만이 그의 귀를 울려 주게 된 것이다. 어느 날, 그는 요즈음 자주 드나드는 이발소에서 이야기 도중에 한 마디의 말을 엳어들었는데, 그것은 아주 놀랄 만한 말이었다. 그 사람은 어느 독일 가족에 대하여 언급하면서 그들이, 이 지방에 잠시 머무르다 여행을 떠났다고 말한 다음, 이것저것 이야기하다가 아첨하듯 덧붙여서 다음과 같이 말하는 것이었다.

"선생님은 그대로 남아 계시는 모양이지요. 그 병에 대해서는 조금도 겁을 안 내시는 모양이군요."

아셴바하는 그를 물끄러미 쳐다보았다. "그 병이라

니?" 하고 아센바하는 되물었다. 입이 싼 이발사는 그대로 입을 다물어 버렸다. 바쁜 듯이 그의 질문을 못 들은 체해 버리는 것이다. 그래서 아센바하가 짓궂게 다시 질문을 하였을 때 그는 아무것도 모른다고 대단히 당황하며 열심히 화제를 돌리려고 하였다.

그것은 오전의 일이었다. 오후에 아센바하는 바람이 없고 답답한 뙤약볕 속을 걸어서 베니스로 갔다. 그 폴란드 남매들이 가정교사와 더불어 잔교(棧橋)로 가는 것을 보았기 때문에, 그 뒤를 쫓아가려는 열성에 사로잡혔기 때문이다. 그는 산 마르코에서도 자기의 우상인 그 소년을 발견하지 못했다. 그런데 거기 광장의 그늘진 측면에 있는 조그만 철제원탁에서 차를 마시고 있노라니 갑자기 공기 속에서 독특한 향기 같은 게 맡아졌다. 그것은 벌써 며칠 전부터 뚜렷이 의식되지는 않았지만, 자기의 감각에 접촉되기는 하였던 향기인 것 같았다.—그것은 비참과 상처, 그리고 의심스러운 청결 등을 생각해야 하는 달콤하고 무슨 약품과도 같은 냄새였다. 그는 그 냄새를 조사해 보고 생각을 더듬어 그 정체를 파악하고 나서 점심식사를 끝마쳤다. 그리고 산 마르코 사원의 반대편을 지나 그 광장을 떠났다. 좁은 골목에 이르니 풍기는 냄새가 더 심하여졌다. 골목의 모퉁이에는 인쇄된 벽보가 붙어 있었다. 그 벽보에는 주민들에 대하여 이와 같은 기후에는 소화계통의 질병이 유행할 염려가 있으니 굴이나 조개 등을 먹지 말 것이며, 운하의 물도 마시지 말라는 당국의 경고였다. 그 공고문의 미화된 내용은 누구에게나 빤히 들여다보이는 것이었다. 사람들은 떼를 지어서 아무 말 없이 다리나 광장에 모여 있었다. 그리고 아센바하는 기웃거리며 생각하며 그들 가운데 낯설게 끼어 있었다. 산호 목걸이와 가짜 자수정의 노리개 사이에 끼어서 자기 상점의 입구에 몸을 기대고 서 있는 어느 상점 주인에게 그는 그 불길한 냄새에 대하여 물어 보았다. 그는 무거운 두 눈으로 그 사람을 살펴보고 갑자기 정신을 차려,

"일종의 예방 대책이랍니다 선생님!" 그는 손짓까지 하며 그렇게 대답했다. "경찰이 하는 대책이니까 아무도 뭐라고 말할 수 없습니다. 이처럼 날씨가 무덥고 열풍이 불어오니 건강을 지탱할 수가 있어야지요. 요컨대, 아시지 않습니까—아마 일찌감치 지나친 조심을 하는 것이지요……."

아센바하는 고맙다고 인사를 하고 그 장소를 떠났다. 자기를 리도로 다시 실어다 주는 기선 위에서도 그 살균제의 냄새를 맡을 수 있었다

호텔에 돌아오자 그는 곧 홀에 가서 신문대 위의 신문을 들쳐 보았다. 외국어로 된 신문에서는 아무것도 발견할 수 없었고, 국내 신문은 이것저것 소문을 내고 있었다. 그리고 불확실한 숫자를 게재하고 당국에서 발표한 부인을 실은 다음, 그 진실성을 의심스럽다고 하였다. 그리하여 독일과 오스트리아 사람들의 철수는 설

명될 수 있었다. 다른 나라의 국적을 가진 사람들은 틀림없이 아무것도 모르는 것이다. 아무 예감도 못하고 있으며 따라서 불안을 느끼지 않고 있는 것이다. '아무 말도 말아야 할 것이다!' 아센바하는 흥분하면서 그렇게 생각하고 신문들을 다시 책상으로 집어던졌다. '아무 말도 해서는 안 될 것이다!' 그러나 동시에 그의 마음은 지금 외부 세계가 빠져들려고 하는 그 모험에 대하여 만족감을 느끼는 것이었다. 왜냐하면 정열이라는 것은 범죄에 있어서나 마찬가지로 안정된 질서와 일상 생활의 복지에는 적합치 않은 것이고, 모든 시민적인 조직의 이완(弛緩)이라든지 세계의 혼란이나 재앙은 그런 것에 있어서 환영할 것이기 때문이었다. 그것은 그렇게 됨으로써 자기의 이익을 발견할 것을 막연하나마 희망할 수 있는 처지이기 때문이다. 그러한 이유로서 아센바하는 베니스의 불결한 뒷골목에서 당국이 사건을 은폐하려고 드는 데 대하여 모호한 만족감을 느꼈다.—이 도시의 이처럼 좋지 못한 비밀, 그것은 그 자체의 가장 심각한 비밀과 합류되어, 그것을 지켜 나가는 데 있어서 그 자신에 대하여도 대단히 중요한 일이었다. 아무튼 사랑에 빠진 노작가(老作家)는 타지오가 언제라도 떠날지 모른다는 것밖에는 아무 다른 걱정이 없었다. 그리고 만일 그런 일이 일어난다면 그는 스스로 더 이상 살아갈 재주를 잊어버릴 거라는 걸 생각하고 적지 않이 놀랬다.

그는 요즈음에 와서 그 아름다운 소년의 자태를 본다든가 그의 가까이에 있게 된다든가 하는 것을 그저 매일매일의 우연지사나, 또는 행운의 혜택에만 맡기고 만족할 수는 없었다. 그래서 그는 소년의 뒤를 쫓기도 하고 따라다니기도 하였다. 예를 들면 일요일 같은 때는 그 폴란드 가족이 결코 바닷가에 나타나지 않는다. 그는 그들이 산 마르코의 사원에서 미사에 참석하고 있을 것이라고 추측한다. 그래서 그는 거기로 달려가는 것이다. 햇볕이 쨍쨍 내리쪼이는 광장에서 어두컴컴한 사원에 발을 들여놓자, 그는 찾고 있던 바로 그 소년이 기도책상 위에 엎드려서 예배를 드리고 있는 것을 발견하였다. 그래서 아센바하는 뒤쪽의 금이 간 모자이크 바닥 위에 가서 섰다. 거기에서 무릎을 꿇고, 중얼거리고, 십자를 그리고 하는 사람들 사이에 끼어든 것이다. 동양식의 간결한 아름다움이 묵직하게 그의 감각을 눌러주었다. 앞쪽에서는 무겁게 장식을 한 옷을 입은 수도사가 천천히 걸어다니기도 하였으며, 어수선하게 일도 하였으며, 노래를 부르기도 하였다. 분향의 연기가 부풀어올라서 제단 위에 촛불의 약한 불꽃을 몽롱하게 둘러쌌다. 그리고 달콤하고 텁텁한 제물의 향기 속에는 무슨 다른 물건의 냄새가 섞여 있는 듯싶었다. 그것은 병든 도시의 냄새인 것이다. 그러나 뿌연 공기와 촛불빛을 통해 아센바하에게는 그 미소년이 고개를 돌려 자기를 쳐다보는 것을 보았다.

잠시 후 군중들은 열려진 현관을 지나서 비둘기들이 떼를 지어 떠도는 밝은 광장으로 몰려나왔다. 그러자 그 현혹된 사나이는 현관 옆방으로 들어가서 몸을 숨겼다. 그리고 남몰래 엿보는 것이다. 그 폴란드 사람들이 교회당을 떠나는 것을 지켜보았으며, 그 남매들이 얼마나 의식적인 엄숙한 태도로 그들의 어머니로부터 작별을 하는가를 엿보았다. 그리고 그 어머니가 호텔로 돌아가기 위하여 작은 광장 쪽으로 길을 접어드는 것을 본 것이다. 그는 그 아름다운 소년과 수녀와 같은 누이들과 가정교사가 오른쪽으로 꺾이어져서 시계탑 밑의 성문을 빠져나가 상점 거리 쪽으로 길을 잡는 것을 확인하였다. 그래서 그들을 얼마간 앞으로 먼저 가게 한 다음 그들 뒤를 뒤따랐다. 보이지 않게 숨어서 그들이 베니스 시가를 산책하는 뒤꽁무니를 밟는 것이었다. 그들이 지체를 할 때마다 그는 스스로 발을 멈추지 않으면 안 되었고, 그들이 되돌아오는 경우에는 요릿집이나 여염집 속으로라도 뛰어들어 몸을 감추지 않으면 안 되었다. 그러다가 그들을 놓치면 화끈 달아서 허둥지둥 다리를 건너고, 지저분한 뒷골목으로 헤매이며 그들을 찾아야만 하였다. 그리고 그들이 갑자기 비킬 수 없는 좁은 가도를 마주 올 때에는 몇 분 동안의 죽을 것 같은 고통을 참지 않으면 안 되었다. 그러나 그것이 그에게 괴로운 일이라고는 말할 수 없었다. 머리와 가슴은 도취되어 있었고 그의 걸음걸이는 마귀의 지시를 쫓고 있었던 것이다. 인간의 이성(理性)과 품위를 발 밑에 짓밟아 버리는 것을 최대의 취미로 여기는 그 마신의 지시를 따른 것이다.

타지오와 그 일행은 그러고 나서 어디선가 곤돌라를 잡아탔다. 그러는 동안 아센바하는 어느 건물의 모퉁이나 우물가에서 몸을 숨기고 있다가 그들이 해안을 떠나자마자 이내 자기도 똑같은 행위를 하는 것이다. 그는 소리를 낮추어서 다급하게 곤돌라 뱃사공을 향하여, 지금 막 저쪽 모퉁이를 돌아간 그 곤돌라의 뒤를 눈에 띄지 않게 일정한 거리를 두고 따라가 달라고 이야기한다. 그 대신 술값은 톡톡이 많이 내겠다고 약속을 하는 것이었다. 그럴 때에 그는 전신이 오싹하는 느낌을 받았다. 그 뱃사공이 자기와 똑같은 어조로 그렇게 하겠다고, 틀림없이 원하시는 대로 해드리지요, 하고 이야기할 때에 뚜쟁이와 같은 간악한 태도가 엿보였기 때문이다.

그리하여 그는 부드럽고 까만 쿠션에 몸을 의지하고 또 하나의 뱃머리가 튀어나온 새까만 배를 뒤쫓아 흔들거리며 미끄러져 갔다. 그 배의 남겨 놓은 자국에는 그의 정열이 묶여서 끌리었던 것이다. 가끔 가다 그 배가 보이지 않게 되는 때도 있었다. 그럴 때면 불안과 초조에 마구 애를 태웠다. 그러나 그를 태운 뱃사공은 그런 일에 퍽 익숙하게 단련되었던 모양으로 교묘하게 배를 조종하기도 하고 재빠르게 질러서 달리기도 하고 어떻게든지 다시 그 목적물을 눈앞에 보이도록 해주었다. 바람은 고요하고 공기는 무슨 향기를 품고 있었다. 태양은 하늘을 슬레이트 빛깔로 물들여 놓은 자욱한 운기를 뚫고 따갑게 불타고 있었다. 물결은 나무와 돌에 부딪혀 찰랑거리고, 곤돌라 뱃사공들의 고함소리는 인사 반, 경고 반으로 멀리서 이 미궁에의 고요함을 뚫고 들려오며, 또한 이상스러운 맞장구 소리가 들려오는 것이었다. 높은 데에 있는 작은 정원에서 하얀색이나 진홍색의 꽃송이들이 편도(扁桃) 냄새를 풍기며 허물어진 담장 너머로 늘어져 있었다. 아라비아식의 창 테두리가 몽롱한 가운데 뚜렷하게 떠오르고, 어느 사원의 대리석 계단이 물 속까지 내려오고, 그 위에 웅크리고 앉은 어느 거지가 자기의 딱한 사정을 호소하며 모자를 내밀고 봉사 모양 눈을 허옇게 뜨고 있었다. 어느 고물상이 자기의 누추한 가게 앞에 서서 비굴한 몸짓으로 잠시 머무르라고 지나가는 아센바하를 열심히 초청하였다. 어떻게든 그를 좀 속여먹어 보려는 희망을 품고.

이것이 베니스이다. 아첨 잘하고 신용할 수 없는 한 사람의 미녀와도 같은 도시—반은 동화요 반은 여객을 사로잡는 덫과 같은 도시, 그 속의 썩은 공기 속에는 일찍이 예술이 사치스러울 정도로 무성하고, 그곳으로부터 음악가들은 가볍게 흔들어서 포근히 잠들게 하는 듯한 음향을 받아들였던 것이다. 바람난 그에게는 어쩐지 자기 자신의 눈이 그와 같은 무성함을 빨아들이고 있고 자기의 귀가 그와 같은 음향을 엿듣고 있는 듯한 기분이 되었다. 또한 그는 이 도시가 병들고 있다는 것, 그리고 돈을 벌 욕심으로 그것을 숨기고 있다는 것을 기억하였다. 그래서 한층 더 간절하게 앞을 흔들거리면서 미끄러져 가는 곤돌라를 기웃거리며 바라보았다.

그래서 그 정신의 혼란을 일으킨 사나이는 자기를 불붙여 주는 그 대상을 끊임없이 뒤따르는 것 외에는, 그리고 그 대상이 눈에 안 보일 때는 그것을 꿈꾸는 것, 그리고 사랑하는 사람들의 하는 방법 그대로 그 대상의 그림자에 대해서까지 애정의 말마디를 던져 주는 것, 그런 것 이외는 아무것도 알지 못하고 원하지도 않았다. 고독과 낯설음과 때늦은 깊은 도취의 행복으로 용기를 얻고 설득되어서 그는 어떠한 야릇한 일이라도 거리낌없이, 얼굴도 붉히지 않고 그대로 감행할 수 있을 것 같았다. 그리하여 다음과 같은 일도 일어났다.

저녁 늦게 베니스에서 돌아와, 호텔의 이층에서 그 미소년의 방문 앞에 발을 멈춘 것이다. 이마를 도취한 기분으로 방문 고리에 가져다대고, 오래도록 거기서 떠나지를 못하였다. 그와 같이 미친 듯한 상태 속에서, 누군가가 자기를 발견하고 큰 창피를 당하게 될 것이라는 위험까지 무릅쓰고.

그러나 그러한 짓을 잠시 멈추고, 반쯤 의식을 차리는 순간도 없는 것은 아니었다. 나는 대체 무슨 길을 취하고 있는 것일까! 하고 그는 스스로를 어처구니 없게 생각하는 것이다. 대체 나는 어떤 길을 걷고 있는 것일까, 자연의 덕분으로 자기의 혈통에 대한 귀족적인 관심을 갖게 된 사람은 누구나가 그런 법이었지만, 그는 항상 자기의 생활의 업적이나 성공이 이루어졌을 때마다 자기의 조상에 대해 생각하고, 그들이(자기의 조상) 찬동하고 만족하고 무조건 존중을 해주었을 생각 속에서 재확인하는 버릇이 있었다. 지금 이 자리에서도 그는 이와 같이 용서될 수 없는 사건에 휩쓸려서, 감정의 이처럼 애국적인 방종에 젖어 있는 현재에도, 그들 조상들에 대한 생각을 하였다. 그들의 절도 있는 엄격성을 생각하였고, 그 성품의 경건하고 남자다움을 회상하였다. 그리고 우울한 미소를 띄웠다. 그들은 무어라고 말할 것인가? 그러나 물론 그들이 자기의 모든 생활에 대해서 무엇이라고 이야기할 것이 있었을 것인가. 자기의 생활은 그들의 생활과는 전혀 다른 성질이라고 할 만큼 동떨어진 생활이며, 예술에 얽매인 생활이 아닌가. 그 점에 대해서는 그 자신이 일찍이 조상들의 서민적인 정신을 본받아서, 아주 조소적인 언사로 청년으로서의 인식을 발표한 바가 있었다. 그러면서도 그의 예술에 속박된 그의 생활 역시 그들 조상들의 생활과 근본적으로 닮아 있었던 것이다. 아센바하도 역시 군대 근무의 경험을 하였다. 역시 군인이었고 병사였다. 많은 조상들과 마찬가지로—왜냐하면 예술이라는 것은 하나의 전쟁이며, 심혈(心血)을 소모시키는 전쟁, 오늘날 누구나 오래도록 계속해서 유지할 수 없는 고투(苦鬪)이기 때문이다. 자기 극복과 '그럼에도 불구하고'의 생활, 고통스럽고 의연(毅然)하고 금욕적인 생활, 그가 시대적인 섬세한 영웅정신의 상징으로 형성하여 놓은 생활—아마도 그는 그것을 남자답다고 부르고 용감하다고 부를 수 있었을 것이다. 그리고 지금 자기를 사로잡고 있는 에로스의 신(神)이 그와 같은 생활에 특별히 잘 들어맞고 호의를 보여 주는 것같이 생각되었다. 에로스의 신은 가장 용감한 민족에게도 대단히 존중받고 있는 것이 아니었는가, 심지어 그 신은 용감성에 의해서 그들의 도시 속에 꽃핀 것이라고 전해 오지 않았던가? 옛날의 수많은 용사들은 기꺼이 그 신이 내리는 멍에를 짊어졌다. 왜냐하면 에로스가 내리는 굴욕은 무엇이고 굴욕이라고는 생각되지 않았기 때문이다. 그리고 다른 목적으로 행하여진 것이라면 비겁한 증거로서 비난을 받았을 것인 모든 행위, 즉 굴복이나 맹세, 간청, 또는 노예적인 행실 등 그러한 것도 사랑하는 자에게는 부끄러운 일이 아니라, 오히려 그렇게 함으로써 칭찬을 받았던 것이다. 마음이 현혹된 아센바하의 사고방식은 그와 같았으며 또한 그와 같이 그는 자기 자신을 버티고 자기의 위신을 유지하려 들었다. 그러나 동시에 그는 베니스라는 도시 속에서 일어나는 불결한 사건에 대하여 쉴 새 없이 탐색하며 완강한 주의력을 집중시켰다. 그것은 자기의 마음의 모험과 은연중에 합류되어 자기의 정열을 막연하고 무질서한 희망으로 부풀게 하는 그 외계의 모험이었던 것이다. 그는 그 질병의 현황과 진전에 대하여 새롭고 확실한 소식을 얻으려는 마음에 사로잡혀 시내의 다방이란 다방은 다 돌아다니며 독일에서 온 신문을 뒤적거렸다. 호텔의 홀에 있는 신문대 위에는 벌써 여러 날 전부터 독일 신문이 자취를 감추고 있었기 때문이다. 신문지상에는 여러 가지 주장과 그 반박이 교차되어 있었다. 전염된 환자와 사망자의 수효가 20명, 40명, 때로는 백 명 이상에까지 이른다고 하였는가 하면 또 바로 그 다음에는 그 전염병의 발생 자체까지 무조건 부정된 것은 아니나, 지극히 희귀한 것으로 기록되고, 외부에서 전염되어 들어온 경우에 불과하다고 기록되어 있었다. 또, 그 이탈리아 당국의 위험한 장난에 대한 경고적인 염려와 항의가 여기저기 끼어 있었다. 확실한 것은 도무지 알 수 없었던 것이다. 그런데도 이 고독한 사람은 그 비밀에 관계할 수 있는 특별한 권리가 있는 것으로 생각하고 있었다. 그래서 스스로 그들의 비밀로부터 벗어나, 외따른 처지였지만 그는 비밀을 알고 있는 사람들에게 교활한 질문을 던지고 침묵을 지키기로 약속되어 있는 그들로 하여금 억지로 뻔한 거짓말을 하게끔 몰아놓고 이상한 만족감을 느꼈다. 그래서 어느 날 큰 식당에서 아침식사를 하고 있을 때 그는 호텔의 지배인을 붙들고 이야기를 걸었다. 바로 프랑스식 플록 코트를 입은 자그마하고 조용한 호텔 지배인이었다. 지배인은 손님들에게 인사를 하며 급사들을 감독하면서 식탁 사이를 이리저리 왔다갔다하고 있었다. 아센바하의 식탁 옆에 와서는 잠깐 발을 멈추고 두세 마디 잡담을 걸었다. "대체 무슨 이유로." 하면서 그는 평범하고 지나가는 듯한 태도로 물어 보았다. 무엇 때문에 도대체 벌써 이와 같이 소독되고 있는 것입니까?—"그것은" 하며, 미끄러져 다니는 사나이는 대답했다. "경찰에서 실시하는 대책입니다. 확실히 이와 같이 찌는 듯이 대단히 무더운 일기에는 대중의 건강 상태에 여러 가지 좋지 못한 고장이 일어날는지도 모르기 때문에 의무적으로 해야 할 것이고, 시기를 놓치지 않고 미연에 그러한 액병을 막아 버리는 것입니다."—"경찰이 하는 일은 참 좋은 일이군요." 아센바하가 대꾸하였다. 그리고 몇몇 가지의 기후에 대한 담화의 교환이 끝나자 지배인은 그 자리를 떠났다.

같은 날 저녁식사를 끝내는데 시내에서 들어온 길거리 가수들로 이루어진 조그마한 악단이 호텔의 앞뜰에 나타나서 노래를 불러 주기 시작했다. 그들은 남자 둘과 여자 둘로서 구성되어 있었는데, 외등을 켜는 철주(鐵柱) 곁에 서서, 하얗게 비추인 얼굴들을 번쩍 들고 큰 테라스 쪽을 바라보고 있었다. 테라스 쪽에는 손님들이 커피와 그밖의 시원한 음료수들을 마시며 그 통속적인 연예(演藝)를 즐겨 듣고 있었다. 호텔의 종업원들, 엘리베이터 보이, 급사, 사무실 종업원 등은 홀 쪽으로 통하는 문 곁에 모여서 귀를 기울이고 있었다. 러시아 사람들인 가족은 오락이라면 사족을 못 쓰기 때문에 연기자들에게 더 가까이 있으려고, 등나무 의자들을 정원으로 내려다 놓게 하였다. 그리고 그리로 내려와서 반원형으로 즐거운 듯이 앉아 있었다. 주인들 뒤에는 터번 비슷한 머리수건을 쓴 늙은 여자 노예가 서 있었다.

만돌린, 기타, 하모니카, 그리고 떨리는 음향을 일으키는 바이올린이 그 구걸하는 길거리 악사들의 손에서 연주되었다. 악기의 연주 사이에는 사람의 노랫소리가 섞여서 들어갔는데, 그것은 날카롭고 개구리 우는 소리와 같은 음성을 가진 나이 어린 여가수가, 달콤한 위성(衛星)을 내는 테너 가수와 함께 욕정적인 사랑의 이중창을 부른 것이다. 그러나 정말로 재주 있는 사람은이 악단의 단장으로서, 그는 분명한 솜씨를 보여 준 또 한 명의 남자 가수였다. 그 사람은 기타를 들고 있었으며 성격으로 본다면 일종의 바리톤으로 희극에 어울릴 것 같았다. 목소리는 거의 내지 않을 정도였으나 몸짓이 뛰어났으며 희극배우의 재간이 눈에 띄게 활발히 나타났다. 가끔 커다란 악기를 팔에 들고 악단의 동료들 앞으로 나서며 무엇인가 재주를 보이면서 계단 가까이까지 나서는 것이었다. 그러면 사람들은 그의 익살맞은 행동을 격려하는 기분으로 한바탕씩 웃어 주었다. 특히 러시아 사람들은 그와 같이 대단히 남국적인 동작에 열중하여서 박수 갈채를 아끼지 않고 한층 더 대담하게, 한층 더 자신 있게 연기를 하도록 용기를 복돋워 주었다.

아셴바하는 난간 곁에 자리를 잡고 앉아 있었다. 가끔 루비처럼 빨간 석류 열매의 즙과 사이다를 섞은 음료수로서 입술을 축이었다. 그의 신경은 졸렬한 소리나 저속하고 애달픈 멜로디를 탐욕스럽게 받아들이고 있었다. 그것은 정열이 섬세한 감각을 위축시키고 정상적인 정신을 가지고 있다면 익살맞은 짓으로나 생각하거나 그렇지 않으면 불쾌하게 여겨서 얼굴을 돌리거나 할 것인 그런 유치한 자극도 진정으로 대하게 하기 때문이다. 그의 얼굴 표정은 그 익살꾼이 날뛰는 데 따라 굳어져 버렸고, 벌써 고통스런 미소로 얼굴이 일그러져 있었다. 그는 몸을 축 늘어뜨리고 앉아 있었는데, 마음속으로는 극도의 긴장을 잃지 않고 있었다. 왜냐하면 자기 자리에서 여섯 걸음 떨어진 거리에 타지오가 돌층계에 몸을 기대고 서 있었기 때문이다.

타지오는 만찬 때에 가끔 입고 나오는 하얀 혁대 달린 옷을 입고 있었다. 그는 무어라 말할 수 없는 타고난 우아함으로 왼팔의 팔굽을 난간에 올려놓고 두 다리를 꼬아서 버틴 쪽의 허리에다 오른손을 갖다대고 서 있었다. 그리고 미소라고는 할 수 없는 약간의 호기심 비슷한, 인사성에 가까운 표정으로 거리의 가수들을 내려다보는 것이다. 가끔 몸을 꼿꼿하게 펴고 가슴을 헤치는 동시에, 양쪽 팔을 아름답게 움직이면서 하얀 상의를 혁대 밑으로 잡아당겼다. 때로는 머뭇거리며 조심스럽게 혹은 빠르고 갑작스럽게, 마치 몰래 바라보는 것처럼 고개를 왼쪽 어깨 너머로 돌려 자기의 애호자가 있는 쪽을 바라보았다. 그것을 보고 늙어 가는 그 사나이는 승리감과 이성의 흔들림과, 동시에 놀라움을 당하게 된 것이다. 그는 아센바하의 눈과 마주치지는 않았다. 왜냐하면 허둥지둥한 아센바하가 일종의 비열한 근심으로 불안하게 자기의 시선을 억제하지 않을 수 없었기 때문이다. 테라스의 후면에는 타지오를 감독하는 부인들이 앉아 있었다. 그래서 사랑에 빠진 아센바하는 혹시 주목을 끌어서 의심을 받지나 않을까 하는 두려움을 느끼지 않을 수 없었다. 그는 어쩐지 마음이 굳어지는 것을 느끼며, 그들이 벌써 여러 번 해변에서, 호텔의 홀에서, 산 마르코 광장에서 타지오를 자기 근방으로부터 불러들이는 것, 그리하여 자기로부터 뚝 떼어놓고자 한 것을 인정하지 않을 수 없었다.—그리고 그러한 사실로부터 그는 대단한 모욕을 느꼈다. 그의 자존심이 그러한 모욕을 받고 아직껏 알지 못하였던 고통에 휩쓸리고, 그러면서도 그 모욕을 배척해 버리기에는 자기의 양심이 허락하지 않았다.

그러는 동안에 기타를 치던 사람이 자기 자신의 반주로 독창을 부르기 시작하였다. 그것은 여러 절로 된 유행가로서 근래 이탈리아 전역에 유행하는 노래였는데, 마디 끝마다 그의 단원이 악기와 노래를 가지고 장단을 맞추어 주었다. 그리고 그 익살꾸러기는 융통성이 있는

극적인 태도로 재미나게 해치우는 재주를 보여 주었다. 빈약한 체격으로 얼굴도 바싹 마르고 기운없이 동료들로부터 떨어져서 서 있었는데, 초라한 펠트 모자를 뒷통수에 제쳐 쓰고 있었다. 따라서 한 다발의 빨간 머리카락이 챙 밑으로 솟아 나와 있는 것이다. 그리고 호탕스러운 자세로 자갈길 위에 서서 악기의 현을 울리며 박력 있는 어조로 테라스를 향하여 농담을 내쏟고 있었다. 그와 동시에 이마에 있는 정맥은 연주하는 데 힘이 들어 부풀어올라 있었다. 그는 베니스의 혈통이 아닌 나폴리의 희극배우 종속인 것 같았다. 기생서방 같기도 하고 어릿광대 같기도 하고 잔인, 거만, 위험, 익살 등을 함께 가지고 있는 사람같이 보였다. 노래 구절도, 어리석고 재미없는 것이라도 그의 입에 오르기만 하면 그의 얼굴 표정과 손짓 발짓으로 의미 있는 듯이 눈을 깜빡거린다든지, 혀끝을 이상야릇하게 돌린다든지 하여서 어딘지 모르게 추잡하고 이상하게 관능적인 기색을 띠우게 되었다. 도회지의 양식으로 입은 운동 셔츠의 보드라운 칼라에서 유별나게 크게 보이는 뼈가 드러나고, 말라빠진 모가지가 삐죽하니 보였다. 창백하고 납작한 코가 달린 얼굴은 수염이 없어서 연령(年齡)을 짐작할 도리가 없었는데, 하여간에 찌푸림과 악덕으로 빈틈 없이 주름지어 있는 얼굴이었다. 빨간 빛깔의 눈썹 사이에는 고집 세고 거만스럽고 거의 거친 정도의 표정으로 패어진 두 줄의 주름살이 잘도 움직이는 입과 괴상야릇한 균형을 이루고 있는 듯하였다. 그러나 고독한 아센바하의 깊은 주의력을 정말로 그에게 보내도록 한 것은 그 이상스러운 익살꾼이 자기의 독특한 이상스러운 분위기를 몸에 지니고 있는 듯한 사실을 눈치챈 데있었다. 다시 말하면 그의 노래마디가 다시 시작될 때마다 그 가수는 익살과 인사의 악수를 하기도 하고 야릇한 순회 행진을 해보기도 하며 그 도중 바로 아센바하의 좌석 밑을 지나갔던 것인데, 그럴 때마다 그의 육체와 그의 의복에서 강한 석탄산 냄새가 테라스에까지 풍겨왔던 것이다.

마지막 노래를 마치고서 그는 돈을 모으기 시작하였다. 맨 처음에 러시아 사람으로부터 시작하였는데, 그들은 미리 대령하였다는 듯이 돈을 내놓았다. 그 다음에 그는 계단 쪽으로 다가왔다. 연기를 보여 줄 때는 그다지도 베짱 좋게 당돌한 행동을 하던 악사는, 그러나 돈을 거둘 때는데 지극히 겸손하였다. 고양이처럼 허리를 굽신거리고, 테이블 사이를 절을 하며 미끄러져 지나가고, 간악한 굴복의 미소를 띄워서 커다란 이를 들어내고, 그러나 동시에 그 깊은 두 줄기의 이맛살은 빨간 눈썹 사이에서 여전히 지독하게 내보이고 있었다. 사람들은 그 이상하고도, 자기의 생활비를 긁어모으고 있는 사나이를 호기심을 가지고, 그리고 약간 불쾌감을 가지고 관찰하였다. 모두들 손가락 끝으로 돈을 집어들어 그의 모자 속에 던져 넣었는데, 그때에 그 모자에

손이 닿지 않도록 조심들을 하였다. 그 괴상한 광대와 점잖은 사람들 사이의 공간적인 거리가 없어지면 그만큼 흥미로운 점도 더 컸지만 동시에 일종의 당황함이 없을 수 없다. 그는 그것을 알고 비굴하게 몸을 굽히면서 되도록 그런 기분을 완화시키는 것이었다. 그는 마침내 아센바하의 앞까지 왔다. 그러자 그와 더불어 그 냄새도 다가왔는데, 주위의 다른 사람들은 그 냄새에 대하여서는 아무렇지도 않게 생각하는 것처럼 보였다.

"여보시오!" 하고 고독한 사람은 나지막한 목소리로, 거의 기계적으로 말하였다. "베니스는 온통 소독을 하고 있는 모양인데 그것은 어찌된 셈이오!"—그 익살꾸러기는 목쉰 소리로 대답하였다. "경찰이 하는 일이지요! 예방하느라고 그러는 겁니다. 선생님, 이처럼 찌는 듯한 더위에 시로코까지 불고 있으니깐요. 시로코는 참으로 무덥습니다. 건강에 좋지도 않고요……." 그는 그런 질문을 하는 것이 이상스럽다는 듯이 말하였다. 그리고 시로코가 얼마나 답답하고 무더운가를 손바닥으로 표시해 보이는 것같이 하였다.—"그럼 베니스에는 아무 전염병도 없단 말이오?" 아센바하는 대단히 작은 소리로 물어 보았다.—그 익살꾸러기의 근육이, 발달된 얼굴 표정이 이상하게 당황한 기색을 띠었다. "병이요? 대체 무슨 병 말입니까? 아마 여기 있는 경찰이, 아마 병인가 봅지요? 선생님은 농담을 하시는 모양이에요! 병이라니 대체 무슨 병이 있단 말이오! 다만 예방하기 위한 대책일 뿐이지요. 아시겠지요! 텁텁한 기후의 영향을 막기 위한 미연의 대책이랍니다……." 그는 손짓을 해보였다. "좋소, 좋소." 아센바하는 다시 짧고 가는 목소리로 그와 같이 말한 다음, 어울리지 않을 만큼 큰 돈을 그가 내민 모자 속에 떨어뜨려 줬다. 그리고 눈짓으로 물러가라고 신호를 하였다. 그 사나이는 얼굴을 찌푸리고 웃음을 띄며 몇 번이고 허리를 굽신굽신하면서 물러갔다. 그러나 그가 미처 계단에까지 이르지도 못했을 때에 두 사람의 호텔 직원이 달려와서 얼굴을 바싹 갖다대고 속삭이는 소리로 그에게 문초를 하였다. 그는 어깨를 움찔움찔하며 여러 가지 단언을 하고 맹세를 하고 결코 비밀을 폭로하지 않았다고 말하였다. 그렇게 하는 모양이 거기서도 다 보였다. 석방되어서 그 자는 다시 정원으로 돌아왔다. 부하들과 외등 밑에서 무엇이라고 간단하게 의논을 하고 다시 한 번 작별의 노래를 부르기 위하여 앞으로 나섰다.

그 노래는 고독한 사나이가 여태껏 한 번도 들어 본 적이 없는 노래였다. 도무지 알아들을 수 없는 사투리로 된, 대담한 유행가였다. 후렴은 그대로 웃음소리로 되어 있어서 그때에는 단원 전부가 규칙적으로, 목이 터져라 하고 웃어대는 것이다. 그때는 가사도, 악기도 없고 다만 간신히 리듬을 맞추어 놓은, 그러나 대단히 자연스럽게 터져나오는 웃음소리밖에는 아무것도 남지 않은 것이었다. 특히 그 중에서도 독창을 하는 사람이 대단한 재간을 부려서, 지극히 활발하고 자연스러운 웃음을 만들 줄 알았다. 그는 자기 자신과 관객들 사이에, 또다시 예술적인 간격이 생겼기 때문에 그의 특유한 대담성을 회복하고 있었다. 그의 기교적인 웃음은 거리낌없이 테라스 쪽으로 향하여 던져졌는데, 그것은 조소의 웃음소리였다. 노래의 한 구절이 끝날 무렵에는 어찌할 수 없는 간지러움을 간신히 참고 있는 것같이 보였다. 그는 흐느끼듯 울기도 하고, 목소리가 흔들흔들하기도 하고, 손을 입에다 갖다대고 막기도 하고, 어깨를 돌려서는 웃음보를 터뜨렸다. 그런데 그 웃음은, 가슴속에서 막혔던 것이 한꺼번에 솟구치듯 걷잡을 수 없이 터져나왔고, 그 웃음이 너무나 유쾌해서 다른 사람에게까지 전파되었으며, 심지어 손님들에게까지 전염되었다. 그리하여 테라스 위의 관중들에게까지, 아무 대상도 없이 그와 같은 독자적인 웃음이 퍼져 갔다. 그것은 동시에 그 가수의 용기를 곱절로 만들어 주었다. 그는 무릎을 구부리고 넓적다리를 치며 허리를 눌렀다. 그는 웃음을 있는 대로 다 털어놓으려고 한 것이다. 웃는다고 하기보다, 이제는 오히려 고함치는 것에 가까웠다. 그는 마치 그 위에서 웃고 있는 손님들처럼 더 우스운 일은 없는 것처럼 손가락질을 하며 가리키는 것이다. 마지막에는 정원에 있는 모든 사람들, 그리고 베란다에 있는 모든 사람들뿐만 아니라 급사들, 승강기 운전사들, 문 곁에 있는 하인들까지도 모두 같이 웃게 되었다.

아센바하는 더 이상 의자에 가만히 앉아 있을 수 없었다. 그는 방어를 하든지 도망을 치든지 할 것 같은 자세로, 엉거주춤하게 몸을 세우고 있었다. 그러나 폭소와 위로 풍겨 오는 소독 냄새와 또한 아름다운 소년이 가까이 있기도 하여서, 모든 것이 엉키고 꿈의 결박처럼 어찌할 수 없게 되었다. 그것은 끊어 버릴 수도 없고 빠져나갈 수도 없이 자기의 머리와 자기의 감각이 꼭 붙잡혀 있는 상태인 것이다. 모두들 떠들썩하고 정신을 차리지 못하는 사이에, 그는 대담하게 타지오를 건너다보았다. 그리고 즉시 그 소년도 자기를 마주 바라다보며, 역시 그 아이도 진지한 태도로 있다는 것을 알 수 있었다. 그 모습은 마치 그 소년이 표정이나 태도를 상대방의 그것에 따라 똑같이 취하고 있는 것 같았으며, 주위의 분위기가 상대방이 회피하고 있는 것이므로 역시 자기에게도 아무 영향을 미치지 못하는 것 같은 그런 표정이었다. 그와 같은 어린애답고 뜻깊은 순종성은 어쩐지 반항할 수 없는 압도적인 점을 가지고 있었다. 그래서 그 백발의 사나이는 두 손을 얼굴에 갖다대고 넘어지려는 것을 간신히 참았다. 그뿐 아니라 타지오가 가끔 가다 기지개를 켜거나 깊은 한숨을 쉬거나 하면 그것이 아센바하에게는 가슴의 답답함과 탄식을 나타내는 것같이 생각되는 것이었다.

'타지오는 몸이 아픈 모양이야, 정말이지 그애는 오래 살지 못할 것 같아.' 하며 그는 또다시 도취와 동경심이 가끔 기묘하게 개방되어서 그 결과로 빠지게 되는 일종의 객관적인 기분에 잠겨 생각하는 것이다. 그리고 순수한 염려와 방탕한 만족감이 한꺼번에 그의 마음을 가득 채웠다.

그 동안에 베니스 사람들은 연극을 끝마치고 출발하였다. 박수 갈채가 그들의 뒤를 따랐으며, 그들의 단장은 떠나는 그 순간까지 익살을 부려서 얼렁뚱땅하는 것을 잊지 않았다. 발을 뒤로 끌어당기며 절을 한다든지, 손짓 키스를 한다든지 해서 사람들을 까르르 웃게 만들었다. 그럴 때면 그는 동일한 행동을 되풀이하는 것이다. 자기의 일행이 벌써 다 밖으로 나간 다음에도, 그는 뒷걸음질로 뛰어가다가 전봇대에 부닥치는 시늉을 하였다. 그리고 아파서 몸을 구부린 채 문 밖으로 기어나가다시피 하며 나갔다. 문까지 도달하자 갑자기 익살꾸러기의 가면을 벗어 버리고 몸을 똑바로 일으키어, 심지어 탄력성 있게 뛰어오르며 테라스에 있는 손님들을 향하여 당돌하게도 혓바닥을 내보이고, 어둠 속으로 사라져 버렸다. 해수욕 손님들은 사방으로 흩어지고, 타지오도 벌써 오래 전에 난간 곁에서 사라져 버렸다. 그러나 그 고독한 사나이는 석류 즙의 나머지를 테이블 위에 올려놓은 채 그대로 상당히 오래 앉아 있었다. 그래서 급사들이 이상하게 생각할 지경이었다. 밤이 다가오고 시간은 흘러갔다. 그의 양친이 살던 집에는 모래시계가 하나 있었다.—그는 갑자기 그 부스러지기 쉬운

의미심장한 모래시계가, 지금 자기 눈앞에 놓여진 것같이 보였다. 소리 없이 교묘하게 붉은 녹이 슬어서, 채색된 모래가 좁은 유리관을 지나 밑으로 떨어져 나가는 것이다. 그리고 위쪽의 모래가 밑으로 내려가 적어지면 거기에는 조그마하고 급격한 소용돌이가 생긴다.

이튿날 오후, 그 고집센 아센바하는 바깥 세상을 조사하기 위해서 새로운 조치를 취했다. 더구나 이번에는 상당한 성과를 거둔 것이다. 다시 말하면 산 마르코 광장에서 거기 주재한 영국 여행 안내소에 들어가 약간의 돈을 바꾼 다음 자기를 응대하고 있는 사무원을 향하여 의심스러운 외국인의 얼굴 표정으로서 그 숙명적인 질문을 한 것이다. 사무원은 두툼한 옷을 입은 영국 사람이었는데, 아직 젊고 머리를 한가운데서 가르고 두 눈 사이가 좁은 사람이었다. 태도가 아주 침착하고 성실하여서 악랄하게 약삭빠른 남쪽 나라의 기풍에 어울리지 않고 눈에 띄게 기분 좋은 모습이었다. 그는 말하기를, "별로 염려하실 것까지는 없습니다. 그다지 깊은 뜻도 없는 예방 조치지요. 이와 같은 지시는 더위나 시로코가 몸에 해로울까 봐 예방하기 위하여 가끔 있는 일입니다……." 그러나 그 남자의 푸른 눈동자가 치켜올라갔을 때에 그것은 외국인의 눈초리와 마주치고, 외국인의 피곤하고 좀 애수에 잠긴 듯한 시선을 보았다. 그 시선은 가벼운 경멸을 머금고 그 남자의 입술 위에 고정되어 있었다. 그러자 그 영국인은 얼굴을 붉히더니,

“그것은 다시 말하면.” 하며 작은 목소리로 약간의 동요를 띄우고 계속하는 것이었다. “공식적인 대답이랍니다. 그와 같이 주장하는 것이 여기서는 잘하는 일이라고 되어 있답니다. 선생님께 죄다 말씀드린다면 그 뒤에는 무엇인가 숨기고 있는 것이 있답니다.” 그리하여 그는 자기의 성실하고 편리한 언어로서 그 진상을 다음과 같이 이야기하였다.

수년 전부터 인도의 콜레라가 전염과 만연의 강한 경향을 나타내기 시작하고 있었다. 갠지스 강의 삼각주에 있는 뜨거운 모래사장에서 생겨나와 사람이 근접할 수 없는 원시림과 원시 도서의 무지—그곳 대나무 밭에는 범이 웅크리고 있는데—그 무성하고 무익한 그 황야의 독기를 품은 입김과 함께 솟아올라 그 전염병이 인도 전체에 계속적으로, 동시에 지독하게 창궐하였고, 동쪽으로는 중국으로, 서쪽으로는 아프카니스탄과 페르시아까지 침입하였거니와, 대상(隊商)이 다니는 주요 도로(道路)를 따라 그 액병을 아스트라칸까지, 아니 심지어 모스크바까지 실어간 것이다. 그런데 그 괴물이 거기에서 육로를 따라 들이닥칠지도 모른다고 유럽이 벌벌 떨고 있는 동안에 그것은 오히려 바다를 건너 시리아의 상선을 통하여 끌려와서, 거의 동시에 지중해의 여러 항구에 모습을 나타내었다. 툴롱과 말 가에서 고개를 쳐들고, 팔레르모와 나폴리에서 여러 번 얼굴을 내밀었고, 칼바르와 아프리카의 전역에서는 좀처럼 물러날 기색이 없었다. 이 반도의 북부에서만은 화를 당하지 않고 지낼 수 있었다. 그러던 것이 금년 5월 중순에 들어, 베니스에서도 같은 날에 어느 뱃짐지는 노동자와 실과장수 아주머니의 마를 대로 말라빠진 새카만 시체 속에서 그 무서운 나선균(螺旋菌)이 발견되었다. 그 사건은 비밀로 숨겨 두기로 되었다. 그러나 일 주일이 지나자 그런 사건이 열 건(件)이 되고 스무 건(件)이 되고 서른 건이 되어서 나중에는 여러 구역에서까지 일어나게 되었다. 오스트리아의 시골에서 온 어느 남자는 며칠 동안 베니스에서 휴양을 하려고 머물러 있었는데 자기 고향으로 돌아가자마자 죽어 버렸다. 틀림없는 콜레라 증세였다. 그래서 베니스에서 병이 돌고 있다는 최초의 소문이 독일의 각 신문에 오르게 된 것이다. 베니스 시는 이 도시의 건강 상태가 어느 때보다도 가장 양호하다고 응답하였다. 그리고 필요한 소독 방법을 취하였다. 그러나 채소라든가 고기라든가 우유라든가 하는 음식물에 균이 감염되고 있었던 것 같았다. 왜냐하면 아무리 부정(否定)하고 비밀리에 처리를 해도 좁은 뒷골목에서는 죽음이 만연되어 가기만 하였기 때문이다. 게다가 너무나 일찍 닥쳐온 여름의 더위는 운하의 물을 미지근하게 데워 놓아서 특히 전염에 적당한 상태가 이루어졌다. 심지어 전염병이 힘을 새로이 한 것 같은, 특히 그 병원체의 집요함은 물론이요, 그 생식력까지 곱절이 된 것 같은 모양을 나타냈다. 치료되는 경우는 대단히 드물었고, 백명 가운데 80명이 사망하였다. 더군다나 그 사망하는 방법이야말로 무서운 것이었다. 그 병은 극단적으로 격심한 양상을 띄워서 나타나며 종종 '건조성'이라고 불리는 가장 위태로운 형태를 나타내는 것이었기 때문이다. 그럴 때에는 육체가 혈관에서 대량으로 분비되는 수분을 배출시키지도 못한다. 불과 몇 시간 동안에 환자는 바싹 말라 버리는 것이다. 그리고 핏치와 같이 진하여진 혈액 때문에 경련과 쉰 소리를 지르는 비명 가운데 질식하고 만다. 종종 일어나는 증상이지만 발병이 약간의 불쾌감이 있은 다음에 깊은 기절 상태로 들어감으로써 일어나는 경우에는, 다시는 그 기절로부터 깨어나지 않거나 깨어난다 하여도 잠시 깨어났다가 마는 것에 불과한 것인데, 그런 경우에는 그는 행복한 것이다. 6월 초순에 시민병원의 격리병동이 알지 못하는 사이에 만원이 되었다. 두 개의 고아원 건물마저 부족하게 되기 시작했다. 그리고 새로 마련된, 부두와 묘지로 사용되는 섬인 산 니케레 사이에는 몸서리치는 빈번한 왕래가 생겼다. 그러나 전체적인 손해에 대한 두려움, 공원에 새로 개설된 미술 전람회에 대한 고려, 악평이 일어나는 경우에 공황과 호텔, 상점 또는 그밖의 각종 각색의 접객업체가 받게 되는 막대한 손실, 그러한 것이 그 도시로서는 진리에 대한 사랑보다도, 그리고 국제적 협약에 대한 존중보다도 더한 것으로 증명되었다. 그것은 당국으로 하여금 침묵과 부인의 정책을 완강하게 고집시키게 만들 수 있었다. 베니스 시의 보건국장은 공로가 있었던 사람인데, 분개하여 자기의 직책을 내놓고 물러앉아 버렸다. 그리고 비밀리에 어느 고분고분한 인물이 그 뒷자리를 계승하게 되었다. 시민들은 그것을 알고 있었다. 그래서 위정자들의 부패는, 전체적인 불안과 퍼져가는 주검 속으로 이 도시가 빠지게 된 비상 상태와 더불어, 하층 계급의 사람들로 하여금 일종의 무질서 상태를 이루게 만들어 놓았다. 다시 말하면 밝은 것을 싫어하고, 공중 도덕에 배반되는 온갖 충동을 북돋아 주는 것, 그것이 더 나아가, 절도(節度) 없는 행동, 파렴치한 행동, 범죄의 증가 등으로 나타나게 되었다. 저녁때에는 전과 판이하게 주정뱅이들이 부쩍 늘었고 깡패라고 불리는 무뢰한들이 밤거리를 어수선하게 만들어 놓았다. 절도사건과 심지어는 살인사건까지 되풀이되었다. 알고 보니 전염병으로 희생되었다고 보고된 사람들이 그들 자신의 친척한테서 독약으로 살해된 것이라고 두 번이나 판명된 것이다. 그리고 추잡스러운 영업은 예전에 이 도시에서 보이지 않았던 정도로 심하게, 다만 남부 지방과 멀리 동양에서만 흔히 존재하였던 방법으로, 지극히 찐득찐득하고 방탕스러운 형태를 취하게 되었다.

이와 같은 일에 대하여 그 영국 사무원이 결정적인 말을 하였다. "그러니까 선생님께서는." 하며 말을 끝마치는 것이었다. "하루라도 빨리, 오늘 중으로 떠나시는 것이 좋을 겁니다. 교통 차단이 실시되는 것도 아마 며칠 남지 않았을 것입니다."—"감사합니다." 아센바하는 그렇게 인사하고 그 사무실을 나왔다.

산 마르코 광장은 햇볕이 비추어지지 않는 더위 속에 가로놓여 있었다. 아무것도 모르는 유람객들은 카페 앞에 앉아 있거나 비둘기 떼들로 덮여 있는 교회당 앞에서서 비둘기들이 웅성거리고, 활개를 치고, 서로 밀치며, 오므린 손바닥 위의 옥수수 알을 쪼아먹는 모양을 구경하기도 하였다. 열에 들뜬 것 같은 흥분 속에서 진상을 파악하였다는 승리감을 가지고 동시에 혓바닥에는 구역질나는 기분과, 마음속에는 환상적인 공포를 가지고 그 고독한 남자는 호화로운 뜰 안을 왔다갔다하고 있었다. 그는 하나의 정화적(淨化的)인 온당한 행동을 생각하였다. 가령 오늘 저녁에라도 만찬을 끝마치고, 진주목걸이를 장식한 부인에게 다가가, 다음과 같은 계획된 이야기를 할 수도 있는 것이다.—"죄송하오나 사모님, 알지 못하는 사람으로부터 하나의 경고 말씀을 들이겠습니다. 이것은 하나의 충고인 것입니다. 그것은 이 도시의 욕심이 부인께 드려야 할 것을 안 드리고 있는 충고입니다. 사모님, 곧 떠나십시오. 타지오와 따님들은 데리고 떠나십시오! 베니스는 전염병에 감염되어 있습니다." 그리하여 그는 조롱적인 신의 도구가 되어 있는 미소년의 머리 위를 쓰다듬으며 작별인사를 하고 돌아서서 그 소택 지대에서 도망쳐 버릴 수도 있을 것이다. 그러나 동시에 그는 그와 같은 행동을 진정으로 하기에는 너무나 멀리 떨어져 있는 자기 자신을 느꼈다. 아마도 그렇게 하면 자기를 되찾을 것이다. 자기를 자기 자신에게 다시 반환하게 될는지도 모른다. 그러나 한번 자기 밖으로 벗어나게 된 사람은 또 다시 자기 자신 속으로 되돌아가는 것이 죽도록 싫은 법이다. 그는 석양빛의 반짝이는 비명(碑銘)으로 장식된 어느 하얀 건물을 회상하였다. 그 비명이 가지고 있는 투명한 신비 속에 그의 정신의 눈이 빠져 들어가 있었다. 그 다음에는 그 이상한 방랑자의 모습을 생각하였다. 그것은 지금 늙어 가는 아센바하에게 먼 나라와 외국에 대한 청년다운 그리움을 눈뜨게 한 모습이었다. 그래서 집으로 돌아가야겠다는 생각, 지각, 냉정, 노력, 명예 등속의 생각이 그를 지극히 불쾌하게 만들었다. 구역질이라도 올라오는 듯한 표정으로, 찌푸릴 정도로. '아무말도 말아야지!' 그는 조그만 소리로 강력하게 말하였다. '나는 아무 말도 안하겠어!' 그는 자기도 알고 있다는 의식, 공범자라는 의식으로, 마치 소량의 포도주로서 피로한 두뇌를 취하게 만들 듯 그 자신을 취하게 만들었다. 화를 당하고 버림을 받은 이 도시의 광경이 그의 머릿속에 음산하게 떠돌며 그의 마음을 여러 가지 희망으로 황홀하게 해주었다. 파악할 수 없는, 이성을 초월한, 그리고 괴이한 감미로움을 품고 있는 희망이었다. 조금 전에 잠시 꿈꾸었던 연약한 그 행복이라는 것은 지금 이 기대와 비교할 때에 얼마나 하잘것없는 것인가? 이 혼돈이 베풀어 주는 이득에 비할 때에 그에게 예술이나 미덕이라는 것이 대체 무슨 가치가 있을까? 그는 말없이 그대로 머물렀다.

그날 저녁 그는 아주 무서운 꿈을 꾸었다.—만일 다음과 같은 육체적이며 정신적인 체험을 꿈이라고 말해도 상관없다면. 그것은 사실 깊은 잠에 빠졌을 때에 완전히 독립적으로, 그리고 감각적으로 잠에서 깨어 있을 때 일어났던 것이다. 그러나 스스로 그 사건의 무대 밖에 있거나 바깥에서 거닐면서 들여다본 것은 아니었다. 오히려 그와 같은 사건의 무대는 자기 자신의 영혼 속에 있었다. 그리고 사건이 외부로부터 뚫고 들어와 그의 저항을—심각하고 정신적인 그의 저항을—강제로 때려눕히고 그의 내부를 꿰뚫어서 지나가 버렸기 때문에 그의 존재, 그의 생활의 문화(文化)를 유린하고 파괴하고 내던진 것이었다.

시초에는 불안이 있었다. 불안과 환희와, 그리고 호기심이 있었다. 밤이 깊었을 때 그의 관능이 무엇인가를 기다리고 엿듣고 있었다. 왜냐하면 멀리서부터 혼잡과 싸움과 뒤섞인 소음이 다가오고 있었기 때문이다. 덜거덕거리는 소리, 짤랑거리는 소리, 육중한 천둥의 소리, 째지는 듯한 환호성, 길게 꼬리를 뽑는 '우' 하는 소리—그 모든 것이 뒤범벅되고 낮은 비둘기 소리와 지독하게 끈기 있는 피리 소리로 무시무시하게 달콤한 음향을 이루었다. 그 피리 소리는 염치없이 닥쳐와서 끈덕지게 오장육부까지 스며들어 황홀하게 해주는 것이다. 그러나 그는 희미하게나마 지금 닥쳐온 그것을 이름 부를 한 마디의 말을 알고 있었다. 그것은 '이국의 신'이다. 연기에 감싸인 불꽃이 타올랐다. 그러자 자기의 별장 주위에 있는 듯한 산악지대가 보였다. 그리고 토막토막이 끊어진 듯한 광선 속에 숲으로 뒤덮인 봉우리에서, 나무의 밑둥들과 이끼 낀 암석 사이를 구르며 소용돌이쳐서 내려닥치는 것들이 있었다. 인간들, 동물들, 한데 뒤범벅이 되어 볶아치는 군중들—그리하여 산허리는 육체와 화염과 광란과 비틀거리는 왈츠로서 넘쳐흐르게 되었다. 부녀자들은 허리에서부터 밑으로 늘어뜨린 모피의 의복에 걸리어 신음소리를 내며 고개를 뒤로 젖히고 그 머리 위에서 딸랑이를 흔들고, 불꽃을 퉁기는 횃불과 뽑아든 단도 등을 휘둘렀다. 시뻘건 혀를 내두르는 뱀의 허리를 꽉 붙잡고 치켜들기도 하고 소리를 내지르며 두 손으로 젖가슴을 잡아당기기도 하였다. 남자들은 이마 위에 뿔들을 달고 모피로 된 앞치마를 두르고 피부에는 털이 잔뜩 났는데, 고개를 숙이고 팔과 넓적다리를 높이 치켜들어 천둥의 뚝배기를 때리고 미친 듯이 큰북을 두드리고 있었다. 동시에 나체의 소년들이 염소의 뿔에 매달려서 염소가 날뛰는 대로 환호성을 지르며, 이끌려 가면서, 잎사귀가 달린 막대기로 염소를 쿡쿡 찌르고 있었다. 그리하여 열중한 사람들은 죄다 보드라운 자음과, 끝의 '우' 하는 길게 뽑힌 외침으로 성립된 부르짖음을, 함께 짖는 듯이 소리치고 있었다. 달콤하면서도 동시에 거친 그 소리, 여태껏 들었던 어느 소리보다도 더 달콤하고 거친 소리.—이쪽에서 그 소리가 사슴 우는 듯 하늘 높이 울려 가면, 저쪽에서 그것이 합창이 되어, 험상궂은 환호성이 되어, 서로가 그 소리로써 기운을 돋우고, 춤을 추고, 사지를 내뻗고, 잠시라도 그 부르짖음을 그치지 않는 것이다. 그러나 그 깊은 피리 소리만은 유혹하듯 모든 것에 침투되고 모든 소리를 지배하고 있었다. 그것은 그 자신까지—할 수 없이 그것을 듣고 있는 그 자신까지, 염치불구하고 완강하게 유혹하고 있는 것이 아닌가? 그 극단적인 희생의 축제(祝祭)와 무절제 속으로 빠져들어가라고 유혹하는 것이 아닌가? 그는 불쾌감도 컸고 공포감도 컸다. 마지막까지 그 이국적인 것을, 대항하고 자기 자신의 것을 보호하고자 하는 의지, 침착하고 위엄 있는 정신의 적을 배척하고자 하는 그의 의지는 성실하였다. 그리고 그 소란, 그 부르짖음은 반향을 일으키는 절벽에 부딪쳐서 몇 배나 커지고, 자라나고, 퍼지고, 현혹적인 광증에까지 부풀어올랐다. 습기가 정신을 몽롱하게 하였다. 염소의 날카로운 체취, 허덕이는 육체의 입김, 썩어가는 물에서 나오는 것 같은 냄새, 거기다가 또 다른 한 가지, 즉 낯익은 상처와 유행병의 취기(臭氣), 그런 것이 그의 정신을 괴롭혔다. 큰북의 울림 소리와 더불어 그 자신의 심장이 울리었고, 그의 뇌수는 빙빙 돌고 분노가 그의 마음을 사로잡았다. 눈부심과 몸이 비비 틀리는 정욕에 휩쓸려서, 그의 영혼은 그대로 그 신의 왈츠에 참가하려는 욕망으로 거대해졌다. 거대하고, 나무로 만든 음탕한 우상은, 드러내 놓아 노출되고, 높이 쳐들어졌다. 그러자 그들은 한층 더 죽어라 하고 그들의 암호를 큰 소리로 외쳤다. 입술에서는 거품이 솟아나오고, 서로가 음탕한 몸짓으로 남을 자극하고, 웃으며, 허덕이며 가시 달린 막대기를 서로 상대방의 살 속으로 찔러 넣고, 손발로부터 흘러나오는 피들을 빨아먹는 것이었다. 그러자 꿈꾸고 있는 그 사나이 자신이 그들 가운데 섞이어서 어느 새 이국의 신에 소속되어 있었다. 심지어 그들이 바로 그 자신이었던 것이다. 그들이 살점을 찢어내고 살육하고 짐승들에게 달려들어 그 훈훈한 살점을 집어 삼킨다든지 짓밟힌 이끼 위에서 그 신에 제사를 올리고자 한량없는 혼잡이 시작되었을 때, 그 군중은 바로 자기 자신이었던 것이다. 그리하여 그의 영혼은 멸망의 음탕과 광란(狂亂)을 맛보게 된 것이다. 꿈에서 깨어나자 그러한 습격을 받은 사나이는 신경이 마비되고 초조하고 힘없이 마귀의 포로가 되어 있었다. 그는 이제 사람들이 힐끔거리며 쳐다보는 것을 두려워하지 않게 되었다. 자기가 다른 사람들에게 의심을 받게 되든지 말든지 태평스레 되어 버린 것이다. 그리고 사실 유람객들도 달아나고, 떠나 버린 사람이 태반이었다. 바닷가의 많은 막사들이 텅텅 비고 큰 식당의 좌석도 틈이 많이 생겼다. 거리에서는 이제 외국 사람은 거의 볼 수 없게 되었다. 진상이 밖으로 새어나간 것인지, 관계자들이 아무리 완강하게 단결하여도 소용이 없었고, 공포감이 이제 더 이상 억압할 수 없는 단계에까지 이르게 된 것이다. 그러나 진주 목걸이를 한 귀부인은 가족과 더불어 그대로 머물러 있었다. 풍문이 그 여자에게까지 흘러오지 않았음인지, 또는 그 여자가 너무나 거만하고 용감하였음인지, 하여간에 그대로 머물러 있었던 것이다. 그리하여 타지오도 머물러 있었다. 그리고 아센바하는 여전히 마음이 사로잡혀 있었으므로, 때때로 도망과 죽음이 지상의 모든 방해되는 생명을 멀리할 수 있으며, 자기와 그 미소년만이 이 섬에 그대로 머물러 있을 수 있는 것 같은 기분이었다.—사실 오전 중에 해변에서 그의 시선이 무겁게, 무책임하게, 응시하면서 그 그리운 아이에게 머물렀을 때, 또는 해가 저물 무렵 구역질나는 죽음이 남몰래 거니는 가로를 지나서 그가 창피하게도 그 아이의 뒤를 따라가고 있을 때, 그에게는 기괴한 일이 유망(有望)한 일로, 도덕의 법칙이 부질없는 것으로 생각되는 것이었다.

사랑하는 사람은 어느 누구나 그러하듯이 그도 상대방의 마음에 들기를 원하였다. 그리고 마음에 들기가 불가능한 것이 아닌가 하는 혹독한 불안감을 느꼈다.

그는 자기 복장에 청년다운 명랑한 장식품을 덧붙였다. 보석을 몸에 붙이기도 하고 향수를 사용하기도 하며 긴장된 마음으로 식탁에 나타나는 것이었다. 그는 자기를 매혹한 그 감미로운 젊은이를 마주보면 스스로 늙어 가는 육체가 구역질이 나도록 싫어졌다. 자기의 희끗희끗한 머리카락, 날카로운 얼굴 모습을 바라볼 때면 항상 수치심과 절망감에 빠지는 것이다. 육체적으로 자기에게 활기를 띄워 주고 재생시켜 주려는 충동이 그를 몰아댔다. 그래서 그는 자주 그 호텔 안에 있는 이발사를 찾아가게 된 것이다.

이발하기 위하여 가운을 두르고, 그 말 잘하는 사람이 매만져 주는 손길 밑에, 의자에 기대앉아, 아센바하는 거울에 비치는 자기의 모습을 고통스러운 눈초리로 관찰하였다.

"머리가 너무 세었구려." 그는 입을 찡그리며 말하였다.

"뭐 대단치 않습니다." 그 남자는 대답하였다. "다시 말하면 조그마한 손질도 안하신 죄이지요. 그것은 훌륭한 분들에게는 자주 있을 수 있는 일이지만, 겉치장을 소홀히 하시는 까닭입니다. 그러나 그것은 결코 칭찬할 만한 일이 못 됩니다. 더구나 그러한 분들이 자연적인 것이냐 인공적인 것이냐 하는 문제에 구애를 하신다면 그야말로 어울리지 않는 일로서 한층 좋다고 할 수 없는 일입니다. 만일 미용술에 대하여 어떤 사람들이 도덕적인 엄격성을 주장하여서, 이론적으로, 이를 만들어넣는 것까지 인공적인 것이라고 시비를 하게 된다면, 적잖이 말썽이 일어날 겝니다. 결국 다시 말하면 우리들의 연령이라는 것이 우리들의 정신 상태, 우리들의 마음먹기에 달려 있는 것입니다. 그러니 경우에 따라서는, 백발을 그대로 놓아 두는 것이 한층 더 허위적인 것이라고, 수정을 하는 것보다도 그대로 두는 것이 보다 더 거짓을 나타내는 것이라고 할 수 있지 않겠습니까? 선생님의 머리에 대해서 말씀드린다고 해도 그 원래의 머리 빛깔을 도로 찾아서 가질 권리가 있는 것입니다. 어떻게 하시겠습니까, 그 머리 빛깔을 원래의 빛으로 도로 만들어 드리면?"

"그러면 어떻게 한단 말이지?" 아셴바하는 물었다.

그러니까 그 웅변가는 손님의 머리를 두 가지의 약물로 씻었다. 그 하나는 맑은 물이었고 다른 하나는 거무스름한 물이었다. 그러니까 머리는 젊었을 때와 같이 새까매졌다. 그러고 나서 뜨거운 아이롱으로 보드라운 몇 개의 웨이브를 만들어 치켜올렸다. 그러고 나서 몇 걸음 뒤로 물러나 꾸며진 머리를 검토해 보았다.

"이제는 다 되고, 단지." 하며 그는 말을 이었다. "얼굴 피부를 약간만 생기있게 하면 되겠습니다."

한 번 일을 시작하면 그칠 줄을 모르고, 만족할 줄을 모르는 사람처럼, 그 이발사는 자꾸만 새로운 힘을 얻어 여러 가지 화장법을 차례차례로 시행해 갔다. 아셴바하는 편안하게 몸을 쉬면서 해주는 대로 막지를 못하고, 오히려 그와 같이 해주는 것을 마음속으로 기쁘게 생각하며 흥분되어 있었다. 자기의 눈썹이 거울 속에서 점점 뚜렷하게 화장되어 가고 균형 잡힌 모양으로 그려져 가는 것을, 자기의 눈이 한층 옆으로 길게 보이게 되는 것을, 그리고 그 눈의 광채가, 아래 눈두덩이 약간의 채색으로 훨씬 빛나 보이게 되는 것을 거울 속에서 보았다. 그 다음에 그 아래 부분의 피부가 누르스름하고 가죽 같던 것이, 경미한 채색으로 보드라운 분홍색의 활기를 띠게 되는 것, 지금껏 핏기가 없고 희미하던 입술이 딸기 빛깔로 부풀어오르는 것, 뺨과 입에 있는 깊은 주름살과 눈 가장자리에 있는 잔주름들이 크림과 청춘의 입김 속에 사라져 없어지는 것을 보았다.—가슴 두근거리며 그는 한 사람의 꽃피는 청년을 거울 속에서 발견한 것이다. 미용사는 마침내 만족을 나타내었으며, 그런 사람들이 잘하듯이 자기가 치장해 놓은 손님을 향하여 비굴하게 아첨을 하면서 고맙다고 하는 것이었다. "그저 약간 치장을 했을 뿐입지오." 하고 이발사는 아셴바하의 모양을 마지막으로 손질하였다. "이제 선생님께서도 마음놓으시고 연애를 하실 수 있습니다." 아셴바하는 마음이 화려하여져서 꿈과 같은 행복감을 맛보며 동시에 혼란되고 겁나는 기분으로 나섰다. 그의 넥타이는 빨갛고, 넓은 챙이 달린 밀짚모자는 오색이 영롱한 리본이 달려 있었다.

후덥지근하고 미지근한 폭풍이 일기 시작했다. 비는

드물었으며 몇 방울 어쩌다가 떨어질 뿐이었다. 그런데도 공기는 축축하고 막막하고 썩은 냄새가 가득하였다. 펄럭펄럭하는 소리, 찰랑찰랑하는 소리, 윙윙거리는 소리들이 귀에 가득하였다. 곱게 화장을 한 채 열에 들뜬 이 사나이는, 질이 나쁜 바람의 정(精)이 공중에서 제멋대로 위세를 떨치고 있는 것들을 생각하였다. 그리고 흉악한 바다의 조류들과 같이 그 저주받은 사나이의 음식물을 파헤치고 물어뜯고 더러운 물건으로 못 먹게 만드는 것같이 생각되었다. 그것은, 무더움이 식욕을 없앴으며, 음식물은 전염병균으로 감염되어 있다고 생각하는 관념이 억제할 수 없게 일어났기 때문이었다.

미소년의 뒤를 밟아서, 어느 날 오후 아센바하는 그 병든 도시의 혼잡한 중심지로 깊숙이 빠져들었다. 이 미궁(迷宮)의 뒷골목, 운하(運河), 다리, 광장이 너무나 서로 닮아 있었기 때문에 자기가 어디에 있는지를 모르게 되고, 게다가 방향조차 명확하지 않게 되었는데, 그는 다만 자기가 사모하여 쫓아가고 있는 그 모습을 놓치지 않으려고 그것만을 근심하고 있었다. 그리고 비열한 조심성에 강요되어 벽에 몸을 바싹 붙이기도 하고 앞에 가는 사람의 등뒤에 숨어 가면서 감정과 계속적인 긴장으로, 자신의 정신과 육체가 얼마나 피곤하고 기진맥진하였는지를 의식하지 못하였다. 타지오는 자기들 가족의 뒤에서 따라가고 있었다. 좁은 장소에 오면 그는 항상 여자 가정교사와 수녀와 같은 누나들을 먼저

보내고 혼자서 천천히 뒤따르며 가끔 고개를 뒤로 돌렸다. 자기를 좋아하는 사나이가 뒤에서 따라오는 것을 어깨 너머로, 그 이상하게 흐릿한 눈초리를 가지고 힐끔 돌아보며 확인하기 위함이었다. 그는 아센바하를 본 것이다. 그러면서도 그가 몰래 따라오는 것을 폭로하지 않았다. 그 눈치를 알고 아센바하는 황홀하였다. 그래서 그는 그 눈초리에 의해서 자꾸만 이끌려 따라가게 된 것이다. 정열의 보이지 않는 줄로 말미암아 이끌려가는 바보가 되어서, 사랑에 눈이 먼 이 사나이는 온당치 않은 그 희망을 바라고, 몰래 뒤따라가는 것을 멈추지 않았다.—그러나 결국은 그 희망의 모습에게 배반을 당하여 놓치고 만 것이다. 폴란드 사람들은 짧은 아치형 다리를 건너갔는데, 그 다리의 마루턱으로부터 그들은 뒤쫓는 사람의 눈에서 보이지 않게 되었다. 그래서 부지런히 다리의 한가운데까지 올라가 보았으나 그들은 이미 보이지 않았다. 그는 그들을 찾기 위해 세 개의 방향을 살펴보았다. 똑바로 가는 길과 좁고 지저분한 선창길을 따라 좌우쪽길로 찾아본 것이다. 소용이 없었다. 드디어 피로와 쇠약 때문에 할 수 없이 더 찾아보는 것을 단념하게 되었다.

아센바하는 머리가 화끈화끈하였으며, 몸은 끈적끈적하는 땀으로 뒤덮이고, 목덜미가 부들부들 떨렸다. 더 이상 참을 수 없는 갈증이 자기를 괴롭혀서 그는 무엇이고 좋으니 그저 당장 목을 적셔 줄 물건이 없는가 하고 주위를 살펴보았다. 조그마한 채소가게 앞에서 그는 몇 개의 과일을 샀다. 딸기가 지나치게 익어서 말랑말랑해진 것을 사서 걸으면서 먹었다. 조용하고 마술에 걸린 듯한 작은 광장이 그의 눈앞에 펼쳐졌다. 그는 그 장소가 눈에 익었다. 몇 주일 전에 그가 도망할 계획을 짜던 장소였다. 그는 이 장소의 한가운데 물받이 통의 계단 위에 쓰러지듯 걸터앉았다. 그리고 둥그스름한 돌 위에 머리를 기대었다. 사방은 고요하였다. 포석 사이에서 풀이 자라나고 먼지가 온통 뒤덮여 있었다. 무너져 가는 집들은 크고 작고 일정하지가 않았으며 그 중에서 궁전같이 보이는 것이 하나 있었는데, 내부에는 텅 비어 있는 뾰족탑의 창과 사자 장식이 달린 작은 발코니가 있는 집이었다. 또 다른 한 채의 집의 아래층은 약국이었다. 따뜻한 바람의 충격이 가끔 석탄산 냄새를 싣고 왔다.

그 자리에 그는 앉아 있었다. 그 명인(名人), 그토록 이름을 날린 예술가, 〈가련한 사나이〉의 저자, 참으로 모범적이며 순수한 형식으로 방랑생활이나 흐릿한 깊이는 싹 뽑아 버리고, 낭떠러지에 대하여는 동정을 거절하고, 타락한 것을 사정없이 질타하던 저자. 자기의 지식을 극복하고, 모든 풍자로부터 벗어나서 성장하고, 대중의 신뢰에 따르는 의무를 채득하고 있는 그 유명해진 사나이는, 공식적인 명예를 가지고 있으며, 이름은 귀족의 칭호를 붙여 부르게 되었으며, 그의 문체에 따라서 아이들이 공부하게끔 마련되어 있었는데—지금 그는 거기에 앉아 있는 것이다. 두 눈은 감겨 있었으며, 다만 이따금씩 조롱하듯 놀라운 듯한 시선이, 그 밑에서부터 겉으로 흘러나와서는 금방 재빨리 숨어 버리는 것이었다. 그리고 미용 기술로서 두드러지게 된 그의 입술은, 축 늘어진 채로 이상스러운 꿈의 논리로서, 졸고 있는 두뇌가 만들어 내는 하나하나의 말마디를 형성하여 내놓고 있었다.

"왜냐하면 아름다움이라는 것은, 파이드로스여, 잘 기억해 두어라, 아름다운 것만이 신성한 것이고 동시에 눈으로 볼 수 있는 것이란다. 때문에 그것은 감각적인 인간이 걸어가는 길일 것이고, 귀여운 파이드로스여, 예술가가 정신을 향하여 걸어가는 길인 것이다. 그런데 너는, 나의 사랑하는 자여, 정신적인 것으로 향하기 위하여 감각의 길을 지나가지 않을 수 없었던 사람이, 한 번이라도 현명함과 진실된 인간의 품위를 획득할 수가 있었을 거라고 너는 생각하느냐? 그렇지 않으면 오히려 너는(이 점에 대해서는 너의 마음대로 결정하여라), 너는 혹시 이것이 위험하고 또한 사랑스러운 길인 것이며, 진실로 잘못된 죄악의 길이어서 인간을 반드시 사도(邪道)로 인도하게 되는 것이라고, 너는, 믿는가? 왜냐하면, 이 점은 꼭 말해 두어야 하겠는데, 우리들 시인들은 아름다움의 길을 걸어가면 반드시 에로스의 신이 따라오게 되는 것이며, 길나잡이를 서주게 마련이기 때문이다. 정말로 우리들은 설사 우리들 방식의 영웅일지라도, 그리고 훈련된 군인일지라도, 아무래도 우리는 여자다운 점이 있는 것이다. 왜냐하면 정열이 우리들을 높이어 주며, 우리들의 동경은 항상 사랑임에 틀림없기 때문이다.—그것이 우리들의 기쁨이요 동시에 창피이기도 한 것이다. 너는 이제 우리들 시인이 현명하지도 않고 존엄하지도 못하다는 것을 알 수 있겠지? 우리들이 필연적으로 사도(邪道)에 빠지게 되고 필연적으로 방종해지고 감정의 모험가가 되지 않을 수 없다는 것도? 우리들의 문체(文體)가 우수한 조화를 가지고 있는 것도 허위이며, 어리석은 일인 것이다. 우리들의 명성과 고귀한 지위는 장난이며 우리들에 대한 대중의 신뢰라는 것은 더할 나위 없는 웃음에 지나지 않는 것이다. 예술에 의한 초등 교육과 청년 교육은 너무나 대담하고, 금지하여야 할 계획이다. 왜냐하면 천성이 낭떠러지를 향하여 타락하게끔 되어 있는 인간, 어찌할 수 없는 자연적인 성질로 나락에 빠지지 않을 수 없는 인간이 어떻게 교육자로서 적합한 사람이라고 할 수 있겠는가 말이다. 우리는 그 나락을 부정하고 싶단다. 그리고 위엄도 가지고 싶단다. 그러나 우리가 어디로 향하든지 그놈의 나락이 우리를 끌어당기니 어찌하겠느냐! 그래서 우리는 그 분해시키는 인식인가 무엇인가 하는 것을 거부한다. 그 이유는 인식이라는 것이 파이드로스여, 아무런 위엄도 엄격함도 가지고 있지 않기 때문이다. 그것은 인자하고, 이해하고, 용서하고, 그러면서 아무런 형태도, 품성도 가지고 있지 않다. 그것은 나락과 공감을 가지고 있으며 그것이 바로 나락이라고도 할 수 있지. 그 나락을 그러한 이유로서 우리가 단연 배격하는 것이란다. 그리고 금후로는 우리의 노력이 아름다움 한 가지만을—다시 말하면 단순성과 위대성과 새로운 엄격성과를, 제2차적인 순진과 형태를 얻으려고 노력하는 것이다. 그런데 그 형태와 순진이라는 것은 파이드로스여, 그대로 도취와 정욕의 경지로 이끌어가며, 고상한 사람을, 아마 그 자신의 아름다운 감격성이 불명예스러운 것이라고 해서 배격하는, 그 무서운 감정의 죄악으로 이끌어갈는지도 모른다. 즉, 그 나락 속으로 말이다. 그 아름다운 것조차도.—이러한 것이 확실히 우리들 시인을 그리로 이끌어 가는 것이다. 우리들은 뛰어오를 힘이 없고 그저 그대로 방황할 힘밖에는 없다. 자, 이제 나는 간다. 파이드로스여, 너는 여기 머무르거라. 그리하여 내 모습이 보이지 않게 되거든 너도 가거라."

그후 며칠이 지나서 구스타프 폰 아센바하는 어쩐지 몸이 시원치 않아 보통때보다 늦게서야 호텔 문을 나섰다. 그는 일종의 육체뿐만이 아닌 현기증을 참지 않으면 안 되었다. 그것은 격심하게 밀려 올라오는 불안감과 동반되어 있었다. 어디로 빠져나갈 구멍도 희망도 없는 불안감, 그것이 외부 세계에 관한 것인지 또는 자기 자신의 존재에 관한 것인지 명백하지 않는 불안감이 었다. 홀에서 그는 이미 운반할 준비가 다 되어 있는 많은 짐을 발견하였다. 그래서 문지기에게 여행을 떠나는 사람이 누구인가 물었다. 그러자 문지기는 그 폴란드 귀족의 이름을 대답하였는데, 그것은 벌써 그가 마음속으로 각오하고 있던 이름이었다. 그는 여윈 얼굴을 조금도 변하지 않고 고개를 약간 치켜드는 행동만으로 문지기가 이야기하는 말을 들어넘겼다. 그것은, 누구나 별로 알 필요가 없는 일을 얻어듣고, 그냥 머릿속에 처리해 둘 때에 잘하는 끄덕임에 지나지 않았다. 그러고는 또 물어 보기를, "언제 떠난다오?" —"점심 후에는 곧 떠난답니다." 하고 문지기가 대답하였다. 그는 고개를 끄덕하고 바닷가를 향해 나갔다.

바닷가는 쓸쓸하였다. 길게 뻗은 첫번 모래사장으로부터 해변을 분단하고 있는 넓고 잔잔한 물 위에는 잔물결이 앞으로부터 뒤로 밀리고 있었다. 한때는 그다지 다채롭게 활기를 띠고 있던 해수욕장, 지금은 거의 황폐하다시피 되어서 모래사장도 깨끗하게 소제되어 있지 않는 이 유원지에는 가을다운 기색과 쇠퇴가 떠돌고 있는 듯하였다. 주인을 잊어버린 듯한 한 대의 사진기가 삼각대 위에 놓인 채 물가에 세워져 있었다. 그 위에는 까만 보자기가 덮이어서 싸늘한 바람에 펄럭이며 휠휠 나부끼고 있었다.

타지오는 아직도 남아 있는 서너 명의 동무들과 같이

자기 가족의 막사 오른쪽 앞에서 놀고 있었다. 아센바하는 무릎 위에 담요를 덮고, 바다와 막사 줄이 있는 한가운데쯤 자기 안락의자를 갖다 놓고, 기대어 앉아서 다시 한 번 소년을 관찰하였다. 감시를 받고 있지 않는 그 아이들의 놀이는 무질서하고 차츰 나쁜 방향으로 흘러가는 것 같았다. 부인네들은 아마 여행 준비 때문에 바빠서 그 아이를 감독할 시간이 없었던 모양이다. 반드가 달린 옷을 입고 포마드를 바른 까만 머리의 야슈라고 불리는 그 든든한 소년은, 얼굴에 모래를 뒤집어쓰게 된 것을 노하여 타지오에게 덤벼들어 드잡이를 하였다. 격투는 약한 쪽인 미소년이 쓰러짐으로써 금세 끝나 버렸다. 그런데 지금 헤어지게 된 이 순간에, 그 비천한 사나이의 봉사적인 감정이 잔인한 야만성으로 변하여서 오랫동안의 노예와 같은 행동에 대한 복수심이 일어난 것인지, 이긴 쪽의 사나이는 그후에도 진 쪽의 미소년을 놓아 두지 않았다. 그는 상대방의 등 위에 무릎을 짚고 그 얼굴을 오래도록 모래 속에 처박고 있었기 때문에, 타지오는 그러지 않아도 드잡이로서 허덕거리고 있던 판에 꼭 질식할 것만 같았다. 억누르고 있는 놈을 떨구어 버리려고 하는 그의 노력은 경련적이었다. 그것은 잠시 아주 그쳤다가 그 다음에 약하게 경련하듯이 움직일 뿐이다. 깜짝 놀라서 아센바하가 구원을 하려고 벌떡 일어났을 때에 폭행자는 마침내 그 희생자를 해방시켜 주었다. 타지오는 창백한 얼굴을 하고 반쯤 몸을 일으키더니 한 쪽 팔로 땅을 짚고 몇 분 동안 이나 움직이지도 못한 채 앉아 있었다. 머리는 헝클어지고 눈은 몽롱하였다. 그러더니 완전히 일어서서 천천히 저쪽으로 걸어갔다. 그래서 모두들, 그 아이의 이름을 불러보았다. 처음에는 큰 소리로, 다음에는 불안하게, 나중에는 애원하는 것처럼 부른 것이다. 그러나 그 아이는 듣지 않았다. 까만 머리의 청년은 자기의 지나친 행동을 곧 후회하게 되었음인지 그를 좇아가서 달래려고 애를 썼다. 타지오는 어깨를 한 번 흔들어서 거절하는 것이었다. 그리고 비스듬히 물 있는 데로 내려갔다. 그는 맨발이었으며 빨간 넥타이가 달린 리넨 양복을 입고 있었다.

타지오는 바닷물 앞에서 머뭇거렸다. 머리를 수그리고 한쪽 발끝으로 축축한 모래 위에 무엇인가 그림을 그리고 있더니, 잠시 후에 얕은 물 속으로 걸어 들어갔다. 거기는 가장 깊은 곳이라도 그의 무릎을 적시지 못할 정도였다. 어슬렁거리며 전진하여, 거기를 횡단하고, 모래사장 있는 데에 도달하였다. 거기서 잠시 얼굴을 먼바다로 향하고 서 있었다. 그러고 나서 그 두드러진 모래사장의 길고 좁은 일직선을 따라 왼쪽으로 천천히 걸어가기 시작하였다. 육지로부터는 폭이 넓은 물로 차단되고 동무들로부터는 거만한 기분으로 말미암아 차단되어서 소년은 아주 외톨이가 되어 아무 연락이 없는 형상으로 머리카락을 휠훨 날리고 저 먼바다 속을, 바람 속을, 안개와 같이 끝없는 것의 앞을 이리저리 거닐고 있었다. 다시 한 번 바라다보기 위하여 발을 멈추었다. 그러자 갑자기 무슨 추억이 살아 오른 것처럼, 또는 무슨 충격을 받은 것처럼 한쪽 손을 허리에 짚고 상체를 기본 자세로부터 아름답게 회전시키어 어깨너머로 해안을 돌아보았다. 거기서 바라다보고 있는 아센바하는 먼저와 마찬가지로 그대로 앉아 있었다. 그 소년의 몽롱한 회색 눈초리가 모래사장으로부터 건너와서 처음에 그 사나이의 시선과 마주치게 되었을 때와 마찬가지로. 아센바하의 머리는 안락의자의 등판에 기대어진 채 천천히 그 건너에서 걸어가는 소년의 동작을 따라갔다. 그러자 마치 그 시선을 마중하듯 그는 고개를 쳐들었으나 이내 가슴 위에 고개를 푹 숙여 버렸다. 그래서 그의 눈이 아래로부터 보였을 뿐만 아니라, 그의 표정은 깊은 잠이 들었을 때 축 늘어지고 깊이 가라앉은 듯한 인상을 주었다. 그러나 그에게는 저 멀리 있는 창백하고 사랑스러운 영혼의 인도자가 자기를 향하여 미소를 띄우고 윙크를 하는 것 같은 기분이었다. 마치 그 인도자가 자기의 손을 허리에서 풀어 주며 먼 곳을 가리키고 있는 듯한, 희망에 찬 거대한 물건 속으로 앞장서서 날아가는 듯한 기분이 되었다. 그래서 지금까지 여러 번 그랬듯이 그의 뒤를 좇으려고 몸을 일으켜 세웠다.

몇 분이 지나갔다. 그후에야 사람들이 비로소 의자 옆으로 엎어져 버린 그 사나이를 구원하려고 쫓아왔다.

그는 자기 방으로 운반되었다. 그리하여 그날이 저물기 도 전에 전세계는 놀라움과 존경심을 가지고 그가 서거(逝去)했다는 보도를 듣게 되었다.

옮긴이 약력

서울대학교 대학원 독문과 졸업
서울대학교 공과대학 및 교양학부 강사 역임
고려대학교 교수 역임

역　서
슈테판 스바이크 ≪감정의 혼란≫(서문문고 172번)
슈테판 스바이크 ≪황혼의 이야기≫(서문문고 10번)
쉴러 ≪군도≫(서문문고 164번)
헤르만 헤세 ≪시집≫
막스 뮐러 ≪독일인의 사랑≫

토마스만 단편집　〈서문문고 034〉

초판 발행 / 1972년 6월 5일
개정판 발행 / 1997년 5월 15일
개정판 3쇄 / 2005년 11월 30일
글쓴이 / 토마스만
옮긴이 / 박 찬 기
펴낸이 / 최 석 로
펴낸곳 / 서 문 당
주소 / 서울시 마포구 성산동 54-18호
전화 / 322-4916~8 팩스 / 322-9154
창업일자 / 1968. 12. 24
등록일자 / 2001. 1. 10
등록번호 / 제10-2093
SeoMoonDang Publishing Co. 2001

ISBN 89-7243-234-2　※ 잘못된 책은 바꾸어 드립니다

서문문고 목록

001~303

◆ 번호 1의 단위는 국학
◆ 번호 홀수는 명저
◆ 번호 짝수는 문학

001 한국회화소사 / 이동주
002 황야의 늑대 / 헤세
003 고독한 산책자의 몽상 / 루소
004 멋진 신세계 / 헉슬리
005 20세기의 의미 / 보울딩
006 가난한 사람들 / 도스토예프스키
007 실존철학이란 무엇인가/ 볼노브
008 주홍글씨 / 호돈
009 영문학사 / 에반스
010 쯔바이크 단편집 / 쯔바이크
011 한국 사상사 / 박종홍
012 플로베르 단편집 / 플로베르
013 엘리어트 문학론 / 엘리어트
014 모옴 단편집 / 서머셋 모옴
015 몽테뉴수상록 / 몽테뉴
016 헤밍웨이 단편집 / E. 헤밍웨이
017 나의 세계관 /아인스타인
018 춘희 / 뒤마피스
019 불교의 진리 / 버트
020 뷔뷔 드 몽빠르나스 /루이 필립
021 한국의 신화 / 이어령
022 몰리에르 희곡집 / 몰리에르
023 새로운 사회 / 카아
024 체호프 단편집 / 체호프
025 서구의 정신 / 시그프리드
026 대학 시절 / 슈토롬
027 태초에 행동이 있었다 / 모로아
028 젊은 미망인 / 쉬니츨러
029 미국 문학사 / 스필러
030 타이스 / 아나톨프랑스
031 한국의 민담 / 임동권
032 비계 덩어리 / 모파상
033 은자의 황혼 / 페스탈로치
034 토마스만 단편집 / 토마스만
035 독서술 / 에밀파게
036 보물섬 / 스티븐슨
037 일본제국 흥망사 / 라이샤워
038 카프카 단편집 / 카프카
039 이십세기 철학 / 화이트
040 지성과 사랑 / 헤세
041 한국 장신구사 / 황호근
042 영혼의 푸른 상흔 / 사강
043 러셀과의 대화 / 러셀
044 사랑의 풍토 / 모로아
045 문학의 이해 / 이상섭
046 스탕달 단편집 / 스탕달
047 그리스, 로마신화 / 벌핀치
048 육체의 악마 / 라디게
049 베이컨 수상록 / 베이컨
050 마농레스코 / 아베프레보
051 한국 속담집 / 한국민속학회
052 정의의 사람들 / A. 까뮈
053 프랭클린 자서전 / 프랭클린
054 투르게네프단편집/투르게네프
055 삼국지 (1) / 김광주 역
056 삼국지 (2) / 김광주 역
057 삼국지 (3) / 김광주 역
058 삼국지 (4) / 김광주 역
059 삼국지 (5) / 김광주 역
060 삼국지 (6) / 김광주 역
061 한국 세시풍속 / 임동권
062 노천명 시집 / 노천명
063 인간의 이모저모/라 브뤼에르
064 소월 시집 / 김정식
065 서유기 (1) / 우현민 역
066 서유기 (2) / 우현민 역
067 서유기 (3) / 우현민 역
068 서유기 (4) / 우현민 역
069 서유기 (5) / 우현민 역
070 서유기 (6) / 우현민 역
071 한국 고대사회와 그 문화 /이병도
072 피서지에서 생긴일 /슬론 윌슨

서문문고목록 2

073 마하트마 간디전 / 로망롤랑
074 투명인간 / 웰즈
075 수호지 (1) / 김광주 역
076 수호지 (2) / 김광주 역
077 수호지 (3) / 김광주 역
078 수호지 (4) / 김광주 역
079 수호지 (5) / 김광주 역
080 수호지 (6) / 김광주 역
081 근대 한국 경제사 / 최호진
082 사랑은 죽음보다 / 모파상
083 퇴계의 생애와 학문 / 이상은
084 사랑의 승리 / 모옴
085 백범일지 / 김구
086 결혼의 생태 / 펄벅
087 서양 고사 일화 / 홍윤기
088 대위의 딸 / 푸시킨
089 독일사 (상) / 텐브록
090 독일사 (하) / 텐브록
091 한국의 수수께끼 / 최상수
092 결혼의 행복 / 톨스토이
093 율곡의 생애와 사상 / 이병도
094 나심 / 보들레르
095 에머슨 수상록 / 에머슨
096 소아나의 이단자 / 하우프트만
097 숲속의 생활 / 소로우
098 마을의 로미오와 줄리엣 / 켈러
099 참회록 / 톨스토이
100 한국 판소리 전집 /신재효, 강한영
101 한국의 사상 / 최창규
102 결산 / 하인리히 빌
103 대학의 이념 / 야스퍼스
104 무덤없는 주검 / 사르트르
105 손자 병법 / 우현민 역주
106 바이런 시집 / 바이런
107 종교론, 국민교육론 / 톨스토이
108 더러운 손 / 사르트르
109 신역 맹자 (상) / 이민수 역주
110 신역 맹자 (하) / 이민수 역주
111 한국 기술 교육사 / 이원호
112 가시 돋힌 백합/ 어스킨콜드웰
113 나의 연극 교실 / 김경옥
114 목녀의 로맨스 / 하디
115 세계발행금지도서100선
/ 안춘근
116 춘향전 / 이민수 역주
117 형이상학이란 무엇인가
/ 하이데거
118 어머니의 비밀 / 모파상
119 프랑스 문학의 이해 / 송면
120 사랑의 핵심 / 그린
121 한국 근대문학 사상 / 김윤식
122 어느 여인의 경우 / 콜드웰
123 현대문학의 지표 외/ 사르트르
124 무서운 아이들 / 장콕토
125 대학·중용 / 권태익
126 사씨 남정기 / 김만중
127 행복은 지금도 가능한가
/ B. 러셀
128 검찰관 / 고골리
129 현대 중국 문학사 / 윤영춘
130 펄벅 단편 10선 / 펄벅
131 한국 화폐 소사 / 최호진
132 사형수 최후의 날 / 위고
133 사르트르 평전/ 프랑시스 장송
134 독일인의 사랑 / 막스 뮐러
135 사서삼경 입문 / 이민수
136 로미오와 줄리엣 /셰익스피어
137 햄릿 / 셰익스피어
138 오델로 / 셰익스피어
139 리어왕 / 셰익스피어
140 맥베스 / 셰익스피어
141 한국 고시조 500선/강한영 편
142 오색의 베일 /서머셋 모옴
143 인간 소송 / P.H. 시몽
144 불의 강 외 1편 / 모리악
145 논어 /남만성 역주
146 한여름밤의 꿈 / 셰익스피어
147 베니스의 상인 / 셰익스피어
148 태풍 / 셰익스피어
149 말괄량이 길들이기/셰익스피어

서문문고목록 3

150 뜻대로 하셔요 / 셰익스피어
151 한국의 기후와 식생 / 차종환
152 공원묘지 / 이블린
153 중국 회화 소사 / 허영환
154 데미안 / 해세
155 신역 서경 / 이민수 역주
156 임어당 에세이선 / 임어당
157 신정치행태론 / D.E.버틀러
158 영국사 (상) / 모로아
159 영국사 (중) / 모로아
160 영국사 (하) / 모로아
161 한국의 괴기담 / 박용구
162 욘손 단편 선집 / 욘손
163 권력론 / 러셀
164 군도 / 실러
165 신역 주역 / 이기석
166 한국 한문소설선 / 이민수 역주
167 동의수세보원 / 이제마
168 좁은 문 / A. 지드
169 미국의 도전 (상) / 시라이버
170 미국의 도전 (하) / 시라이버
171 한국의 지혜 / 김덕형
172 감정의 혼란 / 쯔바이크
173 동학 백년사 / B. 윔스
174 성 도밍고섬의 약혼 /클라이스트
175 신역 시경 (상) / 신석초
176 신역 시경 (하) / 신석초
177 베를렌느 시집 / 베를렌느
178 미시시피씨의 결혼 / 뒤렌마트
179 인간이란 무엇인가 / 프랭클
180 구운몽 / 김만중
181 한국 고시조사 / 박을수
182 어른을 위한 동화집 / 김요섭
183 한국 위기(圍棋)사 / 김용국
184 숲속의 오솔길 / A.시티프터
185 미학사 / 에밀 우티쯔
186 한중록 / 혜경궁 홍씨
187 이백 시선집 / 신석초
188 민중들 반란을 연습하다
/ 귄터 그라스
189 축혼가 (상) / 샤르돈느
190 축혼가 (하) / 샤르돈느
191 한국독립운동지혈사(상)
/ 박은식
192 한국독립운동지혈사(하)
/ 박은식
193 항일 민족시집/안중근외 50인
194 대한민국 임시정부사 /이강훈
195 항일운동가의 일기/장지연 외
196 독립운동가 30인전 / 이민수
197 무장 독립 운동사 / 이강훈
198 일제하의 명논설집/안창호 외
199 항일선언·창의문집 / 김구 외
200 한말 우국 명상소문집/최창규
201 한국 개항사 / 김용욱
202 전원 교향악 외 / A. 지드
203 직업으로서의 학문 외
/ M. 베버
204 나도향 단편선 / 나빈
205 윤봉길 전 / 이민수
206 다니엘라 (외) / L. 린저
207 이성과 실존 / 야스퍼스
208 노인과 바다 / E. 헤밍웨이
209 골짜기의 백합 (상) / 발자크
210 골짜기의 백합 (하) / 발자크
211 한국 민속약 / 이선우
212 젊은 베르테르의 슬픔 / 괴테
213 한문 해석 입문 / 김종권
214 상록수 / 심훈
215 채근담 강의 / 홍응명
216 하디 단편선집 / T. 하디
217 이상 시전집 / 김해경
218 고요한물방아간이야기
/ H. 주더만
219 제주도 신화 / 현용준
220 제주도 전설 / 현용준
221 한국 현대사의 이해 / 이현희
222 부와 빈 / E. 헤밍웨이
223 막스 베버 / 황산덕
224 적도 / 현진건

서문문고목록 4

225 민족주의와 국제체제 / 힌슬리
226 이상 단편집 / 김해경
227 삼략신강 / 강무학 역주
228 굿바이 미스터 칩스 (외) / 힐튼
229 도연명 시전집 (상) /우현민 역주
230 도연명 시전집 (하) /우현민 역주
231 한국 현대 문학사 (상) / 전규태
232 한국 현대 문학사 (하) / 전규태
233 말테의 수기 / R.H. 릴케
234 박경리 단편선 / 박경리
235 대학과 학문 / 최호진
236 김유정 단편선 / 김유정
237 고려 인물 열전 / 이민수 역주
238 에밀리 디킨슨 시선 / 디킨슨
239 역사와 문명 / 스트로스
240 인형의 집 / 입센
241 한국 골동 입문 / 유병서
242 토마스 울프 단편선/ 토마스 울프
243 철학자들과의 대화 / 김준섭
244 파리시절의 릴케 / 버틀러
245 변증법이란 무엇인가 / 하이스
246 한용운 시전집 / 한용운
247 중론송 / 나아가르쥬나
248 알퐁스도데 단편선 / 알퐁스 도데
249 엘리트와 사회 / 보트모어
250 O. 헨리 단편선 / O. 헨리
251 한국 고전문학사 / 전규태
252 정을병 단편집 / 정을병
253 악의 꽃들 / 보들레르
254 포우 걸작 단편선 / 포우
255 양명학이란 무엇인가 / 이민수
256 이육사 시문집 / 이원록
257 고시 십구수 연구 / 이계주
258 안도라 / 막스프리시
259 병자남한일기 / 나만갑
260 행복을 찾아서 / 파울 하이제
261 한국의 효사상 / 김익수
262 갈매기 조나단 / 리처드 바크
263 세계의 사진사 / 버먼트 뉴홀
264 환영(幻影) / 리처드 바크
265 농업 문화의 기원 / C. 사우어
266 젊은 처녀들 / 몽테를랑
267 국가론 / 스피노자
268 임진록 / 김기동 편
269 근사록 (상) / 주희
270 근사록 (하) / 주희
271 (속)한국근대문학사상/ 김윤식
272 로렌스 단편선 / 로렌스
273 노천명 수필집 / 노천명
274 콜롱바 / 메리메
275 한국의 연정담 /박용구 편저
276 삼현학 / 황산덕
277 한국 명창 열전 / 박경수
278 메리메 단편집 / 메리메
279 예언자 /칼릴 지브란
280 충무공 일화 / 성동호
281 한국 사회풍속야사 / 임종국
282 행복한 죽음 / A. 까뮈
283 소학 신강 (내편) / 김종권
284 소학 신강 (외편) / 김종권
285 홍루몽 (1) / 우현민 역
286 홍루몽 (2) / 우현민 역
287 홍루몽 (3) / 우현민 역
288 홍루몽 (4) / 우현민 역
289 홍루몽 (5) / 우현민 역
290 홍루몽 (6) / 우현민 역
291 현대 한국시의 이해 / 김해성
292 이효석 단편집 / 이효석
293 현진건 단편집 / 현진건
294 채만식 단편집 / 채만식
295 삼국사기 (1) / 김종권 역
296 삼국사기 (2) / 김종권 역
297 삼국사기 (3) / 김종권 역
298 삼국사기 (4) / 김종권 역
299 삼국사기 (5) / 김종권 역
300 삼국사기 (6) / 김종권 역
301 민화란 무엇인가 / 임두빈 저
302 무정 / 이광수
303 야스퍼스의 철학 사상
/ C.F. 월레프